中國語言文字研究輯刊

二六編

第 **15** 冊

漢語音義學研究論集（二集）——
第二屆漢語音義學研究國際學術研討會論文集
（上）

黃仁瑄 主編

花木蘭文化事業有限公司

國家圖書館出版品預行編目資料

漢語音義學研究論集（二集）——第二屆漢語音義學研究國
際學術研討會論文集（上）／黃仁瑄 主編 -- 初版 -- 新北市：
花木蘭文化事業有限公司，2024〔民 113〕
序 24+ 目 2+186 面；21×29.7 公分
（中國語言文字研究輯刊 二六編；第 15 冊）
ISBN 978-626-344-611-3（精裝）
1.CST：聲韻學 2.CST：語意學 3.CST：文集
802.08 112022492

ISBN-978-626-344-611-3

9 786263 446113

中國語言文字研究輯刊
二六編 第十五冊 ISBN：978-626-344-611-3

漢語音義學研究論集（二集）——
第二屆漢語音義學研究國際學術研討會論文集（上）

編　　者　黃仁瑄
總 編 輯　杜潔祥
副總編輯　楊嘉樂
編輯主任　許郁翎
編　　輯　潘玟靜、蔡正宣　美術編輯　陳逸婷
出　　版　花木蘭文化事業有限公司
發 行 人　高小娟
聯絡地址　235 新北市中和區中安街七二號十三樓
　　　　　電話：02-2923-1455／傳真：02-2923-1452
網　　址　http://www.huamulan.tw 信箱 service@huamulans.com
印　　刷　普羅文化出版廣告事業
初　　版　2024 年 3 月
定　　價　二六編 16 冊（精裝）新台幣 55,000 元

漢語音義學研究論集（二集）——
第二屆漢語音義學研究國際學術研討會論文集
（上）

黃仁瑄 主編

編者簡介

黃仁瑄，男（苗），貴州思南人，博士，華中科技大學二級教授，博士生導師，博士後合作導師，兼任《語言研究》副主編、韓國高麗大藏經研究所海外研究理事等，主要研究方向是歷史語言學、佛經語言學、漢語音義學。發表論文 70 餘篇，出版專著 4 部（其中三部分別獲評教育部高等學校科學研究優秀成果獎三等獎、全國古籍出版社年度百佳圖書二等獎、湖北省社會科學優秀成果獎一等獎、湖北省社會科學優秀成果獎二等獎），主編教材 1 種，完成國家社科基金一般項目 2 項、全國高等院校古籍整理研究工作委員會項目 2 項，在研國家社科基金重大項目 1 項（獲滾動資助）、中國高等教育學會高等教育科學研究規劃課題重大項目 1 項。目前致力於漢語音義學的研究工作，運營學術公眾號「音義學」，策劃、組編「數字時代普通高等教育新文科建設語言學專業系列教材」（總主編），開發、建設「古代漢語在線學習暨考試系統」（http://ts.chaay.cn）。

提　要

　　《漢語音義學研究論集（二集）》是「第二屆漢語音義學研究國際學術會議」會議論文的結集。集中所收文字既有對音義專書的面的梳理（如《清抄本〈西番譯語〉的釋義注音研究》《「無窮會本系」〈大般若經音義〉複音詞釋文特色研究》），又有對音義個案的深入討論（如《玄應〈一切經音義〉「同」述考》《德藏 Ch 5552 號〈大般涅槃經卷〉六音義芻議》《〈可洪音義〉「麥」部字與他部字之音義混用——從「麰」「麶」「䵃」》《「咲」在日本的音義演變》）；既有對音義匹配研究的探索（如《音義匹配錯誤的類型》《〈三國志〉裴松之音切之音義匹配研究》《〈磧砂藏〉隨函音義音注及其語境信息自動匹配》），又有基於音義關係視角的語言問題考察（如《「居」「處」二詞詞義辨析及其在楚簡釋讀上之參考作用》《〈戰國策〉「商於」不作「商于」考辨》《說脎、膰、皤與便便》《基於〈同源字典〉的漢語同源詞韻部及聲紐關係再探》）；等等。這些討論無疑將對漢語音義學學科建設產生積極的推動作用。

國家社會科學基金重大項目「中、日、韓漢語音義文獻集成與漢語音義學研究」（19ZDA318）

華中科技大學一流文科建設重大學科平臺建設項目「數字人文與語言研究創新平臺」

序言——漢語音義學學科史鳥瞰

尉遲治平

　　漢語音義學是一門十分古老但是又足夠新興的學科。之所以說漢語音義學是一門十分古老的學科，是指從傳統語言文字學的視角看，音義學作為小學之分支學科，已經有一千多年的學術發展歷史。

　　每一門學科都有自己專有的典籍。所謂「典籍」，是一個學科最重要最基本的文獻，這些文獻構成了這個學科的基礎知識，形成了區別於其他學科的學術體系，掌握這些典籍，纔能辯章學術之長短得失，纔可以說具備了進行學科研究的能力；還有一類典籍是這個學科最早的一批文獻，這些文獻具有坐標性，是學科誕生的標識，明瞭這些典籍，纔能考鏡學科發展之演化源流，纔可能具有創新性研究的自覺意識。作為具有深遠歷史傳統的漢語言文字學學科群，文字學和訓詁學在先秦已有萌芽，而音韻學和音義學要晚到漢魏六朝，相較之下，音義學還要早於音韻學。因此，考定學科的創始文獻，確認學科的濫觴源頭，無疑是學科史研究的重要課題。對於許多歷史足夠悠久的學科，由於早期文獻的匱乏，這幾乎是一個無法完成的任務。在中國學術史上，漢語音義書的產生有兩個高潮：一個是漢魏六朝，經史子集群書音義風起雲湧，蔚為壯觀；第二個高潮在隋唐五代，隨著漢譯佛經的大量問世，為了研治佛書，特別是誦讀梵文語詞的需求，佛經音義也就應運而生。《經典釋文》集漢魏六朝音義書之大成，部分音義書下延到隋唐之際，也就為追溯音義書的發端，解決這個學科史的難題提供了良好的條件。

　　《經典釋文》的作者陸德明，不僅是一位傑出的經學家、訓詁學家——準確地說是音義學家，而且還是一位優秀的文獻學家、歷史學家，《經典釋文》卷首《序錄》就是一篇珍貴的漢魏六朝音義學史。所謂「序錄」，或作「敘錄」，語出目錄學。《漢書》卷三十《藝文志》總序曰：「成帝時，以書頗散亡，使謁者陳農求遺書於天下。詔光祿大夫劉向校經傳、諸子、詩賦，步兵校尉任宏校兵書，太史令尹咸校數術，侍醫李柱國校方技。每一書已，向輒條其篇目，撮其指意，錄而奏之。會向卒，哀帝復使向子侍中奉車都尉歆卒父業。歆於是總群書而奏其《七略》，故有《輯略》，有《六藝略》，有《諸子略》，有《詩賦略》，有《兵書略》，有《術數略》，有《方技略》。今刪其要，以備篇籍。」《隋書》卷三十三《經籍志二·史·簿錄篇》著錄有劉向撰《七畧別錄》二十卷，劉歆撰《七畧》七卷。從這些記載可知，「錄」是每書「條其篇目，撮其指意」的提要。校書雖然有劉向、任宏、尹咸、李柱國四人分任，而撰寫錄文僅劉向一人，各書校迄即錄即分別奏上，所以其子劉歆「總群書」就順理成章命名為《別錄》；劉歆又將《別錄》二十卷刪略分為七類，所以書名《七略》；至班固復將《七略》七卷「刪其要，以備篇籍」，僅餘一卷為《漢書·藝文志》。顏師古注指出班固所做是「刪去浮冗，取其指要也。其每略所條家及篇數，有與總凡不同者，轉寫脫誤，年代久遠，無以詳知。」對《七略》的增刪省改，《漢志》都在每類之後的總凡統計中注明「出」、「省」、「入」若干家、若干篇。因此，雖然《別錄》和《七略》已經亡佚不可得見，但是從《漢書·藝文志》仍可考知二書體制及其內容梗概。大致說起來，全志分六略：六藝略、諸子略、詩賦略、兵書略、術數略、方技略；六略下再分三十八種。全志之首有總序，闡釋先秦學術之演變及漢室蒐書藏書校書之始末；每一略有大序，通論此略學術之大勢；每一種有小序，敘述此種學術之源流，這就是所謂「序」，可能來自《七略》的《輯略》。每一書著錄書名篇目，介紹撰人姓氏、年歷事蹟，解說本書的緣起、流傳、存佚、真偽，評騭其是非得失，論定其學術價值，如此等等，即所謂「錄」，自《別錄》提煉而得。這種體制就是「序錄」，對中國古典目錄學產生了深遠的影響。《隋書·經籍志》雖然變《七略》、《漢志》以降的七分法為經、史、子、集四分的部類體系，但是其編纂體制一仍舊法，以《別錄》、《七略》正統繼嗣自居。《隋書》卷三十三《經籍志二·史部·簿錄篇》小序曰：「漢時，劉向《別錄》、劉歆《七畧》剖析條流，各有其部，推尋事迹，疑

則古之制也。自是之後，不能辨其流別，但記書名而已。博覽之士，疾其渾漫，故王儉作《七志》，阮孝緒作《七錄》，並皆別行，大體雖準向、歆，而遠不逮矣。」《隋志》以後乃形成目錄學的一大派別——序錄體，並被學者推崇為是中國古典目錄之正宗。

根據上面的討論，祇要通覽《經典釋文》之《序錄》，就可以看出此文確實是既有「序」復有「錄」，就是目錄學所說的「序錄」，無可置疑就是一部漢魏六朝音義學的通代專科序錄體目錄，或者說是一部漢魏六朝音義學學科史，對於探尋中華首發音義書無疑具有無可替代的價值。

《經典釋文·序錄》有一節是「注解傳述人」，以人為綱，分《周易》、《古文尚書》、《毛詩》、《周禮》、《儀禮》、《禮記》、《春秋左氏》、《春秋公羊》、《春秋穀梁》、《孝經》、《論語》、《老子》、《莊子》、《爾雅》等十四經，闡述源始流變、派別家數，師徒授受等學術情勢，並列舉注解傳述著作的提要。在每經注解傳述人的末尾，另有「作音人」一項，說明「音」雖然也屬於「注解傳述」，但是與一般注解還是有區別，否則不必重複立項。下面以服虔為例說明二者的不同性質，之所以選擇服氏是因為《經典釋文》所引諸家，服氏祇有虔一人，如果單引「服」應當就是服虔，不致發生混淆。

服虔，東漢九江太守，《注解傳述人·左氏》著錄服虔《解誼》三十卷；又《音》一卷，《舊唐書·經籍志》作《春秋左氏音隱》一卷；另《隋書·經籍志》有《漢書音訓》一卷。查檢《經典釋文》徵引服虔例，得二十二例，表列如次。

編號	卷　目	摘　字	導　語	釋　文
1	毛詩音義上	麟之止	服虔注《左傳》云	視明禮脩則麒麟至。
2	毛詩音義上	鬒	服虔注《左傳》云	髮美為鬒。
3	春秋左氏音義之一	如忘	服虔云	如，而也。
4	春秋左氏音義之一	靳之	服云	恥而惡之曰靳。
5	春秋左氏音義之二	公嗾	服本	作「嗾」。
6	春秋左氏音義之三	觀釁	服云	間也。
7	春秋左氏音義之四	問王子圍之為政	服虔	一本無「圍」字，服虔、王肅本同。
8	春秋左氏音義之四	使走	服虔	服虔、王肅本作「吏」，云：「吏不知歷者。」

9	春秋左氏音義之五	乃施	服虔云	施罪於邢侯也。
10	周易音義	沬	服虔云	日中而昬也。
11	周易音義	爻繇	服虔云	抽也，抽出吉凶也。
12	毛詩音義上	驟諫	服虔云	數也。
13	毛詩音義中	弔唁	服虔云	弔生曰唁。
14	毛詩音義下	刊木	服虔云	削也。
15	莊子音義上	庸詎	服虔云	詎，猶未也。
16	古文尚書音義上	輴	服虔云	《漢書》作橇。服虔云：「木橇，形如木箕，摘行泥上。《尸子》云：『澤行乘蕝。』蕝，音子絕反。」
17	周禮音義下	七閩	服虔	《漢書音義》服虔音近蠻。
18	莊子音義下	郢人	服虔云	《漢書音義》作「㝔人」。服虔云：「㝔人，古之善塗堅者，施廣領大袖以仰塗而領袖不污，有小飛泥誤著其鼻，因今匠石揮斤而斲之。㝔，音混。」
19	春秋左氏音義之二	遂扶以下	服虔	服虔注作「跣」，先典反。云：「徒跣也。」
20	春秋左氏音義之四	蔽諸侯	服虔	服虔、王肅、董遇並作「弊」，婢世反。云：「踣也。」
21	春秋公羊音義	竹箯	服虔	音編。
22	爾雅音義下	貃	服虔	音覓。

　　表中，1～15 有義無音，16～20 有音有義，21～22 有音無義。有義無音十五例中，1、2 兩例明言「服虔注《左傳》」，3～9 七例見《春秋左氏音義》，都應該出自《春秋左氏傳解詁》。有音有義五例中，16～18 三例明言《漢書》或《漢書音義》，應該出自《漢書音訓》。16：服虔云：「木橇，形如木箕，摘行泥上。《尸子》云：『澤行乘蕝。』蕝，音子絕反。」反語緊接《尸子》的後面，很容易讓人誤會是尸子所作之音。按，尸子名佼，戰國時人，《漢書·藝文志·雜家》：「《尸子》，二十篇。名佼，魯人。秦相商君師之，鞅死，佼逃入蜀。」《注解傳述人》中無尸佼其人，先秦人也不作反語，故此《尸子》應是服虔所引，反語應為服虔所作。19、20 兩例見《春秋左氏音義》，應該出自《春秋左氏音（隱）》。從上面的分析可以明顯看出「注解」和「音」的區別，「注解」以釋義為主，「音」則必須注音。

　　有了這個認識，下面可以對十四經所有作音人進行觀察，篩選最早的作音

人。下表中漢人和魏晉人分列；作音人時代依《經典釋文‧序錄》；三禮音《序錄》原文混雜不分，表中分開別列；凡「梁」或「近」時的作音人不列入表中；《孝經》「先儒無為音者」，《穀梁》也無作音人，兩經表中不列。

經　名	標　識	漢　人	魏晉人	備　注
周易	為《易音》者三人		魏：王肅，晉：李軌、徐邈	
尚書	為《尚書音》者四人	孔安國、鄭玄	晉：李軌、徐邈	陸德明案：「漢人不作音，後人所託。」
詩	為《詩音》者九人	鄭玄	魏：王肅，晉：徐邈、江惇、干寶、李軌，未詳：蔡氏、孔氏、阮侃	蔡氏、孔氏、阮侃列徐邈之後，也應為晉人。
周禮	作《音》人	鄭玄	魏：王肅，晉：李軌、徐邈，未詳：劉昌宗、王曉	劉昌宗列李軌和徐邈間，也應為晉人。王曉列三禮作音人之末，陸德明注：「北士，江南無此書，不詳何人。」應與陸氏同時。
儀禮	作《音》人	鄭玄	魏：王肅，晉：李軌、劉昌宗	
禮記	作《音》人	鄭玄	魏：王肅，吳：射慈，晉：孫毓、李軌、劉昌宗、徐邈、曹耽、尹毅、蔡謨、范宣，劉宋：徐爰，未詳：謝楨、繆炳	謝楨列射慈和孫毓間，繆炳列孫毓和曹耽間，則二人應為晉人。
左氏	右《左氏》	服虔	魏：高貴鄉公（曹髦）、嵇康、杜預，晉：李軌、荀訥、徐邈	
公羊	右《公羊》		晉：李軌、江惇	
論語	右《論語》		晉：徐邈	
老子	右《老子》		晉：戴逵	
莊子	右《莊子》		晉：向秀、郭象、李頤李軌、徐邈	
爾雅	右《爾雅》		魏：孫炎，晉：郭璞	

漢代作音人祇有三位：孔安國、鄭玄和服虔。《注解傳述人》有三人簡歷：博士孔安國：「字子國，魯人，孔子十二世孫。受《詩》於魯申公，官至諫大夫、臨淮太守。」北海鄭玄：「字康成，高密人。師事馬融。大司農徵不至還家。凡所注《易》、《尚書》、三《禮》、《論語》、《尚書大傳》、《五經中候》，箋

毛氏，作《毛詩譜》，駁許慎《五經異議》，鍼何休《左氏膏肓》，去《公羊墨守》，起《穀梁廢疾》，休見大慙。」九江太守服虔：「字子慎，河南人。」三人以孔安國（前 156～74 年）年齒最長，是西漢人，鄭玄（127～200 年）是東漢人，兩人相差約三百年，服虔生卒年不詳，應與鄭玄同時。

《注解傳述人》：「為《尚書音》者四人。」陸德明注：「孔安國、鄭玄、李軌、徐邈。案，漢人不作音，後人所託。」吳承仕先生疏證加案語說：「按，建安以前不行反語，孔安國更不得有作音之事。此皆後人依義作之，非孔等自作。若李、徐以下，固當專撰音書矣。」（《經典釋文序錄疏證》，中華書局 2008 年）按，「建安」是東漢末漢獻帝的年號。陸德明案語和吳承仕先生疏證蓋源自六朝顏之推。《顏氏家訓》卷七《音辭》：「孫叔言創《爾雅音義》，是漢末人獨知反語。至於魏世，此事大行。」後人根據《家訓》此言認為反切之法起自孫氏。宋王應麟《玉海》卷四十四《藝文·小學上》就說：「世謂蒼頡制字，孫炎作音，沈約撰韻，為椎輪之始。」孫炎即孫叔言，言或作「然」。《注解傳述人》有其小傳：「字叔然，樂安人，魏祕書監徵不就。」但是，如果仔細推敲顏之推之語，祗是由孫炎創《爾雅音義》推知「漢末人獨知反語」，明明是說在孫炎之前已經有反語行世，「創」指「創作」《爾雅音義》一書，並不是「創製」反語之事。所以吳承仕先生也祗說「孔安國更不得有作音之事」和「若李（軌）、徐（邈）以下，固當專撰音書」，卻對孔、李之間的鄭玄不置一詞，顯然是對鄭玄等漢末人是否「獨知反語」拿捏不準。陸德明之說後世也有不少學者持反對意見，尤以章太炎先生駁論最為犀利，他在《國故論衡》上卷《音理論》中說：「造反語者非始孫叔然也」，接著自注說：「案，《經典釋文》序例謂『漢人不作音』，而王肅《周易音》，則序例無疑辭，所錄肅音用反語者十餘條。尋《魏志》肅傳云：肅不好鄭氏，時樂安孫叔然授學鄭玄之門人，肅集《聖證論》以譏短玄，叔然駁而釋之。假令反語始于叔然，子邕豈肯承用其術乎？又尋《漢地理志》，廣漢郡梓潼下應劭注：『潼水所出，南入墊江。墊音徒浹反。』遼東郡沓氏下應劭注：『沓水也，音長荅反。』是應劭時已有反語，則起于漢末也。」（《章氏叢書》，浙江圖書館 1919 年）文中《魏志》肅傳為意引，略有訛誤。原文見《三國志·魏書》卷十三《王朗子肅傳》：「初，肅善賈（逵）、馬（融）之學，而不好鄭氏，采會同異，為《尚書》、《詩》、《論語》、三《禮》、《左氏》解，及撰定父朗所作《易傳》，皆列於學官。其所論駁朝廷典制、郊祀、宗廟、喪

紀、輕重，凡百餘篇。時樂安孫叔然受學鄭玄之門，人稱『東州大儒』，徵為祕書監，不就。肅集《聖證論》以譏短玄，叔然駁而釋之。」《注解傳述人》易類有王肅《注》十卷，陸德明注：「字子邕，東海蘭陵人，魏衞將軍、大常、蘭陵景侯。又注《尚書》、《禮容服》、《論語》、《孔子家語》，述《毛詩注》，作《聖證論》難鄭玄。」可以與王肅本傳互相參證。又章太炎先生用《漢書·地理志》顏師古注引應劭「墊音徒浹反」和「沓音長荅反」證明反語「起于漢末」。顏師古是顏之推的孫子，章太炎先生此舉似乎有以孫之矛攻祖之盾的意思。其實，正如上文所說，顏之推祇是由孫炎創《爾雅音義》推知「漢末人獨知反語」，與章太炎先生的看法並無二致，祇是顏氏從孫炎推論，章氏據應劭駁議，而周祖謨先生又以服虔另立新說。周先生在《顏氏家訓音辭篇注補》一文中說：「顏師古《漢書》注中所錄劭音，章氏亦未盡舉，而應劭音外，復有服虔音數則。如惴音章瑞反，鮒音七垢反，臑音奴溝反（廣韻人朱切），瘣音於鬼反（廣韻榮美切），踢音石奐反（廣韻他歷切），是也。故唐人亦謂反切肇自服虔。」（《問學集》上冊，中華書局 1966 年）上文列表中編號 16～22 七例《經典釋文》所引服虔反語和直音也可以作為佐證。周先生文中所言「唐人亦謂反切肇自服虔」，指日釋安然《悉曇藏》卷一第一評《梵文本源》引唐武玄之《韻詮·反音例》云：「服虔始作反音。」（《大正新修大藏經》84 冊「悉曇部」）又唐景審《（慧琳）一切經音義序》云：「然則古來音反，多以傍紐而為雙聲，始自服虔。」（《正續一切經音義》，上海古籍出版社 1986 年）可見，陸德明所說「漢人不作音」與音義學史實不符，而顏之推所說「漢末人獨知反語」倒是音義學學科溯源推始的斷代指標。

服虔、鄭玄和應劭都是「漢末人」。應劭（約 151～約 203 年），《經典釋文》雖然引用了幾條應劭音，但是《注解傳述人》並沒有著錄其人，生活時代應該晚於鄭玄（127～200 年）。服虔生卒年不詳，《世說新語》曾記載鄭玄與他客舍邂逅的一段逸事，見卷上之下《文學第四》：「鄭玄欲注《春秋傳》，尚未成時，行與服子慎遇宿客舍。先未相識，服在外車上與人說己注《傳》意。玄聽之良久，多與己同。玄就車與語曰：『吾久欲注，尚未了。聽君向言，多與吾同。今當盡以所注與君。』遂為服氏注。」玩味文意，服虔似應年長於鄭玄，至少二人年輩相若，再加上安然和景審二人的指認加持，將服虔確定為創立漢語音義書第一人應該沒有問題。

　　《後漢書》卷一百九下《儒林傳下》有服虔傳，曰：「服虔，字子慎，初名重，又名祇，後改為虔，河南滎陽人也。少以清苦建志，入太學受業。有雅才，善著文論，作《春秋左氏傳解》，行之至今。又以《左傳》駁何休之所駁漢事六十條。舉孝廉，稍遷，中平末，拜九江太守。免，遭亂行客病卒。所著賦、碑、誄、書記、連珠、九憤，凡十餘篇。」中平末為東漢靈帝中平六年（189），服虔應該亡於此年之後。又《後漢書》卷一百一《朱儁傳》：「及董卓被誅，催、汜作亂，儁時猶在中牟。陶謙以儁名臣，數有戰功，可委以大事，乃與諸豪桀共推儁為太師，因移檄牧伯，同討李催等，奉迎天子。乃奏記於儁曰：『徐州刺史陶謙、前楊州刺史周乾……太山太守應劭、汝南太守徐璆、前九江太守服虔、博士鄭玄等，敢言之行車騎將軍河南尹莫府』」云云。據《後漢書》卷九《獻帝紀》記載，初平三年夏四月辛巳，誅董卓，夷三族。五月丁未，董卓部曲將李催、郭汜、樊稠、張濟等反。漢獻帝初平三年是公元192年，可知當時服虔已經被罷免九江太守，但是尚在人間。據此，可以將服虔作《春秋左氏音》的年代定為此年前後。

　　一般認為，中國最早的韻書是魏李登的《聲類》。隋潘徽《韻纂序》說：「且文訛篆隸，音謬楚夏，《三蒼》、《急就》之流，微存章句；《說文》、《字林》之屬，唯別體形。至於尋聲推韻，良為疑混，酌古會今，未臻功要。末有李登《聲類》、呂靜《韻集》，始判清濁，纔分宮羽。」（《隋書》卷七十六《文學列傳·潘徽傳》）這是說李登在訓詁書、文字書之外創立了音韻書這種語言文字學撰著體制。唐封演《聞見記》卷二「文字」條說：「安帝時，許慎特加搜採，九千之文始備，著為《說文》，凡五百四十部，皆從古為證，備論字體，詳舉音訓，其鄙俗所傳涉于妄者，皆許氏之所不取，故《說文》至今為字學之宗。魏時有李登者，撰《聲類》十卷，凡一萬一千五百二十字，以五聲命字，不立諸部。晉有呂忱，更按羣典，搜求異字，復撰《字林》七卷，亦五百四十部，凡一萬二千八百二十四字，諸部皆依《說文》，《說文》所無者，是忱所益。後魏楊承慶者，復撰《字統》二十卷，凡一萬三千七百三十四字，亦憑《說文》為本，其論字體時復有異。梁朝顧野王撰《玉篇》三十卷，凡一萬六千九百一十七字。此復有《埤蒼》、《廣蒼》、《字指》、《字詁》、《字苑》、《字訓》、《文字志》、《文字譜》之類，互相祖述，名目漸多。」這段文字主要敘述的是以《說文解字》為始祖的漢語文字學學科創業史，兼及漢語音韻學學科史的開山著

作。有學者認為文中「不立諸部」是不分韻部，從而否認李登《聲類》是韻書。通觀封演這段議論，講的是許慎《說文解字》創設五百四十部首，「至今為字學之宗」，晉呂忱《字林》、後魏楊承慶《字統》、梁顧野王《玉篇》等書，收字雖然續有增益，但是「亦五百四十部」，「諸部皆依《說文》」。《聲類》置此議論框範中自不能外，可見李登「不立諸部」應該是指不立五百四十諸部，同時另創「以五聲命字」之法，因此被古人認定為千年韻書之祖。惜此書早已亡佚，無法遽定其體制性質，但是在這裡要考辨的是音韻書和音義書發軔之先後，如果《聲類》在音義書之後，更遑論「更在孫山外」的六朝蜂出的諸家韻書了。

《魏書》卷九十一《術藝‧江式傳》載江式上表論古今文字演變及學術之源流，其中說：「晉世義陽王典祠令任城呂忱表上《字林》六卷。尋其況趣，附託許慎《說文》，而案偶章句，隱別古籀奇惑之字，文得正隸，不差篆意也。忱弟靜別放故左校令李登《聲類》之法，作《韻集》五卷，宮、商、黴、徵、羽各為一篇，而文字與兄便是魯衛，音讀楚夏，時有不同。」江式表文指出呂氏兄弟忱撰《字林》附託許慎《說文》，靜著《韻集》，仿效李登《聲類》，二書文字魯衛，音讀楚夏，並強調《韻集》特異不同之處，是「宮、商、黴、徵、羽各為一篇」，此言足可解釋封演《聞見記》所述李登《聲類》「以五聲命字，不立諸部」的具體體制內容，李登《聲類》應該就是與《說文》一系文字書體制不同的音韻書，其法李登《聲類》創之，呂靜《韻集》效之。另外，表文稱「故左校令李登」，可知其時李登已經不在人世，則李登應該卒於晉初。

根據上面的討論，音韻學首部著作《聲類》比起音義學首部著作《春秋左氏音》要晚了七八十年。如果從服虔修撰第一部音書《春秋左氏音》算起，漢語音義學已經有兩千多年的歷史了，這是研究漢語音義學學科史需要瞭解的史實。

文獻是記錄知識的載體。《隋書‧經籍志》對圖書的分類，是以魏徵為代表的學者對知識體系的認識，反映了唐人心目中的學科門類。下表是《隋書‧經籍志》著錄漢魏六朝音義書的情況。表中祇列經部，《老子》、《莊子》除外；「本經」祇出一種比示其意，一般取第一種；《孝經》原本無音；《爾雅》原置於《論語》類。列表目的是觀察目錄的分類以及音義書與本經的關係，不論書的真偽存佚。

類	本　經	音義書
易	《周易》二卷，魏文侯師卜子夏傳。	《周易音》一卷，東晉太子前率徐邈撰。《周易音》一卷，東晉尚書郎李軌弘範撰。《周易音》一卷，范氏撰。《周易并注音》七卷，祕書學士陸德明撰。
書	《古文尚書》十三卷，漢臨淮太守孔安國傳。	《古文尚書音》一卷，徐邈抹撰。梁有《尚書音》五卷，孔安國、鄭玄、李軌、徐邈等撰。
詩	《毛詩》二十卷，漢河間太傅毛萇傳，鄭氏箋。	《毛詩箋音證》十卷，後魏太常卿劉芳撰。梁有《毛詩音》十六卷，徐邈等撰。《毛詩音》二卷，徐邈撰。《毛詩音隱》一卷，干氏撰。《毛詩并注音》八卷，祕書學士魯世達撰。
禮	《周官禮》十二卷，馬融注。	《禮音》三卷，劉昌宗撰。
禮	《儀禮》十七卷，鄭玄注。	梁有李軌、劉昌宗《音》各一卷。鄭玄《音》二卷。
禮	《禮記》十卷，漢北中郎將盧植注。	《禮記音義隱》一卷，謝氏撰。《禮記音》二卷，宋中散大夫徐爰撰。梁有鄭玄、王肅、射慈、射貞、孫毓、繆炳《音》各一卷；蔡謨、東晉安北諮議參軍曹耽、國子助教尹毅、李軌、員外郎范宣《音》各二卷；徐邈《音》三卷；劉昌宗《音》五卷。《禮記音義隱》七卷，謝氏撰。
春秋	《春秋經》十一卷，吳衛將軍士燮注。《春秋左氏長經》二十卷，漢侍中賈逵章句。	《春秋左氏傳音》三卷，魏中散大夫嵇康撰。梁有服虔、杜預《音》三卷，魏高貴鄉公《春秋左氏傳音》三卷，曹耽《音》、尚書左人郎荀訥等《音》四卷。《春秋左氏傳音》三卷，李軌撰。《春秋左氏傳音》三卷，徐邈撰。
春秋	《春秋公羊傳》十二卷，嚴彭祖撰。	《春秋公羊音》，李軌、晉徵士江淳撰，各一卷。
春秋	《春秋穀梁傳》十三卷，吳僕射唐固注。	梁有《穀梁音》一卷。
論語	《論語》十卷，鄭玄注。	《論語音》二卷，徐邈等撰。
爾雅	《爾雅》三卷，漢中散大夫樊光注。	《爾雅音》八卷，祕書學士江灌撰。梁有《爾雅音》二卷，孫炎、郭璞撰。

　　在《隋書‧經籍志》中，音義書都排列於本經及其各種解詁注疏的下面，對音義書的這種處置，套用一句俗語就是「各歸各家，各找各媽」，這種類例以後成了正統目錄的成例。

　　音義書對正經的依附關係，不久在《經典釋文》問世後就被打破了。《舊

唐書》卷一百二《馬懷素傳》記唐玄宗開元年間,「是時祕書省典籍散落,條流無敘。懷素上疏曰:『南齊已前墳籍,舊編王儉《七志》。已後著述,其數盈多,《隋志》所書,亦未詳悉。或古書近出,前《志》闕而未編;或近人相傳,浮詞鄙而猶記。若無編錄,難辯淄、澠。望括檢近書篇目,并前《志》所遺者,續王儉《七志》,藏之祕府。』上於是召學涉之士國子博士尹知章等,分部撰錄,并刊正經史,粗創首尾。」開元九年(721)書成,由元行沖上《開元群書四部錄》二百卷,隨之毋煚刪略審定為《古今書錄》四十卷,至後晉少帝開運二年(945),劉昫等人編纂《舊唐書》,又刪落《古今書錄》全部序注,僅餘書目撰人,成《經籍志》一卷。《經典釋文》無疑屬「括檢近書篇目」之列,可想而知對這部書的歸類是一個前《志》從所未遇的難題。以前的音書都是單書之音義,《經典釋文》卻是《易》、《書》、《詩》、《禮》、《春秋》、《孝經》、《論》、《老》、《莊》、《爾雅》等書的音義,若論本經有十四種,附麗任何一經都不合適。《開元群書四部錄》和《古今書錄》都已經亡佚,但劉昫的刪節本尚存,可以考知其梗概。《舊唐書》卷四十六《經籍志》將「經史子集」改名「甲乙丙丁」,《甲部》共設十二類:「四部者,甲乙丙丁之次也。甲部為經,其類十二。一曰易,以紀陰陽變化;二曰書,以紀帝王遺範;三曰詩,以紀興衰誦嘆;四曰禮,以紀文物體制;五曰樂,以紀聲容律度;六曰春秋,以紀行事褒貶;七曰孝經,以紀天經地義;八曰論語,以紀先聖微言;九曰圖緯,以紀六經讖候;十曰經解,以紀六經讖候;十一曰詁訓,以紀六經讖候;十二曰小學,以紀字體聲韻。」與《隋書‧經籍志》經部十類比較,不同之處一是將「緯書」改名「圖緯」,一是新增「經解」、「詁訓」兩類,這兩類都是從《隋志》的「論語」類中分離出來設置的類目。「詁訓」類收納《隋志》「論語」類中的《爾雅》、《別國方言》、《釋名》、《廣雅》等訓詁書;「經解」類收納《五經然否論》、《五經咨疑》、《經典大義》等書,《經典釋文》即在「經解」類;「小學」類包括《說文解字》、《字林》、《玉篇》等文字書和《聲類》、《韻集》、《韻略》、《四聲韻略》、《切韻》等音韻書,值得指出的是《韻集》、《韻略》、《四聲韻略》等幾種書正是陸法言撰寫《切韻》的重要參考韻書。

回過頭再深入解析「甲部為經,其類十二」那段文字,纔能認識《舊唐書‧經籍志》類例改革在漢語音義學學科史上的意義。在甲部十二類中,前九類都是正宗的經部文獻,小學是漢語文字音韻學,「經解」從「論語」中分立,意

味著該類文獻不再粘附於固定的經書，附庸關係發生了鬆動，類屬產生了離心力。《經典釋文》一入目錄就處於這樣一種不穩定的狀態，比起本體所包含的漢魏六朝音義書，《經典釋文》與本經多了一層隔膜，加了一段距離，很容易由於目錄學家的不同觀念而流入其他門類——小學，這一點已經被後來漢語音義學學科發展的歷史所證實。另一方面，《經典釋文》集漢魏六朝音義書之大成，是體量最為龐大的漢籍音義書，是歷代學者最常用最權威的音義學典籍，其歸類動向對其他音義書會產生強大的引導力和吸附性，從而成為音義書類屬轉換和漢語音義學學科發展的指標。例如，一般認為創立音義學學科的是清代學者謝啟昆，他在《小學考》卷四十五《音義一》說：「今從晁氏《讀書志》載《經典釋文》之例，別錄音義一門。」又如南宋陳振孫《直齋書錄解題》將《經典釋文》著錄於卷三「經解類」，解題說：「前世《藝文志》列於經解類，《中興書目》始入之小學，非也。」所謂「前世《藝文志》」指《新唐書·藝文志》。可見雖然一持正面肯定態度，一持負面否定態度，但是謝啟昆和陳振孫兩位學者殊途同歸地都非常重視《經典釋文》脫離「經解」錄入「小學」在漢語語言文字學學科史上的指標性意義。這裡需要強調的是，《經典釋文》脫離「經解」錄入「小學」的流變，恰恰濫觴於《經典釋文》開始就區隔本經別立「經解」。如果從開元九年（721）《開元群書四部錄》創設「經解」著錄《經典釋文》算起，漢語音義學學科從經學中破殼出雛已經有一千三百年了。令人遺憾的是，《舊唐書·經籍志》刪去了《開元群書四部錄》和《古今書錄》的序錄，使後人無法知曉原作者創設「經解」著錄《經典釋文》的學術思考，否則那會成為漢語音義學學科史的重要文獻。

謝啟昆《小學考》將音義與訓詁、文字、聲韻同列為小學四大分支學科，因此從學科史的視角看，《經典釋文》轉入「小學」顯然要比錄入「經解」在漢語音義學學科史上的意義更為重大。打個比方，錄入「經解」猶如破殼出雛，轉入「小學」就是蛻卵化蝶。但是目錄學史上的「小學」的內涵並不總是一樣。上面說過，從《舊唐書·經籍志》觀察唐人心目中的「小學」，那是承繼自《隋書·經籍志》，「紀字體聲韻」，祇有文字書和音韻書，「詁訓」和「經解」是從《隋志》的「論語」類中分離出來的，「詁訓」收訓詁書，「經解」著錄了《經典釋文》，還有許多群經型經部圖書，如果僅僅取《經典釋文》，那麼看起來與「詁訓」、「小學」合起來隱然就是音義與訓詁、文字、音韻四分的架

構，但是這祇是從現代學科分類體系解析的看法，從唐人的眼光看，「小學」是不包含訓詁書和音義書的。根據上面所引的謝啟昆和陳振孫的意見，到宋代《經典釋文》「始入之小學」。謝啟昆所說「晁氏《讀書志》」，指南宋晁公武所著私家藏書目錄《郡齋讀書志》，成書於宋高宗紹興二十一年（1151），早於《小學考》六百五十年。

《郡齋讀書志》卷一上曰：「經部其類十：一曰易類，二曰書類，三曰詩類，四曰禮類，五曰樂類，六曰春秋類，七曰孝經類，八曰論語類，九曰經解類，十曰小學類。」前八類是本經，第九類是群經，《經典釋文》不在此類，而是於第十類中著錄，這是《經典釋文》脫「經解」入「小學」的無可爭辯的事實。在「小學類」中除了《經典釋文》之外，音義學還有宋賈昌朝所撰《羣經音辨》七卷；訓詁學有《爾雅》、《方言》、《陸氏埤雅》、《博雅》等書，文字學有《玉篇》、《類篇》、《說文解字》等書，音韻學有《廣韻》、《禮部韻畧》、《集韻》、《四聲等第圖》等書。南宋還有一部私家藏書目錄《遂初堂書目》，是尤袤所作，也成於宋高宗紹興年間。此書經部「小學」類也收錄陸德明《經典釋文》，還有《開元文字音義》、《羣經辨音》等音義書，再就是郭璞注《爾雅》、張楫《博雅》、陸佃《埤雅》、呂忱《字林》、劉熙《釋名》、揚雄《方言》、舊監本許氏《說文》、徐鍇《說文》、《玉篇》、《廣韻》、《分韻玉篇》、《類篇》、《廣韻考正》、《四聲韻類》、吳棫《補韻》等訓詁、文字、音韻書。不難看出，這兩種宋人私家藏書目錄的「小學」，是合併了「詁訓」和「經解」，形成包括訓詁、文字、音韻、音義四個部分的格局，祇是沒有設立相應的四個下面一個層級的小類目，與《隋書·經籍志》和《舊唐書·經籍志》的「小學」已經有了本質性的區別。

至於被陳振孫指斥的《中興館閣書目》，是南宋陳騤主持編纂的官修國家藏書目錄，編成於宋孝宗淳熙五年（1178），所以又名《淳熙中興館閣書目》。此書已經亡佚，類例不明，難知其詳，與《遂初堂書目》和《郡齋讀書志》的共同之處是將《經典釋文》從「經解」移入「小學」，這種措置割斷了《經典釋文》與經書的直接關係，從時人尊經的觀念看當然要斥之為「非也」，從漢語音義學學科史的視角看卻是一種與《隋志》以降正統目錄類例不同的創新之舉。所謂「創新」意味著與眾不同，特標獨異。這三種目錄，或為官修，或為私纂，成書前後不過在二三十年間，這樣群體反道統的「創新」是一種小概率事件，大

概率是前有所承，古已有之。下面可能是追尋前修的一條線索。

元馬端臨《文獻通考》卷一百七十四《經籍考一》載：「景祐初，命翰林學士張觀，知制誥李淑、宋郊，編四庫書，判館閣官覆視錄校。二年，上經、史八千四百二十五卷；明年，上子、集萬二千三百六十六卷。差賜官吏器幣，就宴輔臣、兩制、館閣官，進管句內侍官一等。詔購求逸書，復以書有謬濫不完，始命定其存廢。因仿《開元四部錄》為《崇文總目》。慶曆初，成書。……政和七年，校書郎孫覿言：『太宗皇帝建崇文殿為藏書之所。景祐中，仁宗皇帝詔儒臣即秘書所藏，編次條目，所得書以類分門，賜名《崇文總目》。』……淳熙四年，秘書少監陳騤等言：『中興館閣藏書，前後搜訪，部帙漸廣，乞仿《崇文總目》類次。』五年，書目成。」可見盛唐、北宋、南宋三代敕撰國家書目之間存在著因襲關係，《崇文總目》仿擬參考過《開元群書四部錄》，《中興館閣書目》又仿擬參考過《崇文總目》。

《崇文總目》是北宋歐陽修總纂的官修國家書目。《歐陽文忠公集》卷一百二十四為《崇文總目敘釋》，「敘釋」即類序，可見歐陽修總纂並非掛名虛銜，而是深度參預了《總目》的編撰工作。此書原本已佚，現存者是清儒從《永樂大典》等文獻中輯錄出來的本子。經部分易類、書類、詩類、禮類、樂類、春秋類、孝經類、論語類、小學類十類，小學類又分上下兩卷，卷七為「小學類上」，卷八為「小學類下」（見清錢東垣《崇文總目輯釋》卷首《崇文總目原目錄》）。《經典釋文》三十卷即在「小學類上」著錄，另外此卷還有《爾雅音訓》二卷、《廣雅音》一卷等音義書；除音義書之外，「小學類上」中還有《爾雅》、《小爾雅》、《爾雅正義》、《方言》、《釋名》、《博雅》等訓詁書，《說文解字》、《說文解字繫傳》、《玉篇》、《重修玉篇》等文字書；「小學類下」則包括《唐廣韻》、《韻詮》、《唐韻》、《切韻》、《大宋重脩廣韻》、《韻略》、《集韻》、《聲韻圖》等音韻書。與《開元群書四部錄》的精簡本《舊唐書·經籍志》比較，在類目分合方面，《舊唐志》是「甲部為經，其類十二」，《總目》祇有十類，前九類相同都是九經文獻，後三類「經解」、「詁訓」、「小學」併為「小學類」，包括訓詁、文字、音韻、音義四類文獻。還應該重視的是，宋徽宗政和七年（1117）孫覿所言本朝「仿《開元四部錄》為《崇文總目》」時，儒臣「編次條目，所得書以類分門」，足可看出「歐陽修等校正條目、討論撰次」（《四庫全書總目提要》語），重視分類法的嚴謹學術態度。例如，《崇文總

目》對《經典釋文》的提要說:「唐陸德明撰。德明為國子博士,以先儒作經典音訓,不列註、傳,全錄文,頗乖詳略。又南北異區,音讀罕同,乃集諸家之讀九經、《論語》、《老》、《莊》、《爾雅》者,皆著其飜語以增損之。」這段文字十分強調《釋文》為「經典」兼及「註、傳」,僅摘字而不「全錄文」,列上下文以注音釋訓的特點,顯然已經注意到音義書與一般經解類註疏書的區別。所以,《崇文總目》作者是根據文獻性質,纔把《經典釋文》從「經解」分入「小學類」的。

《崇文總目》書成於宋仁宗慶曆元年(1041)),早《中興館閣書目》一百三十七年,早《郡齋讀書志》一百一十年,早《小學考》七百六十年。如果從《崇文總目》引《經典釋文》「始入小學」算起,漢語音義學學科已經有約一千年的歷史了。

《崇文總目》對宋代官私目錄無疑有著巨大影響,即使是激烈反對將《經典釋文》引入「小學」類的陳振孫,在《直齋書錄解題》,中也經常引用《崇文總目》。至於《遂初堂書目》、《郡齋讀書志》、《中興館閣書目》三書雖然都是將《經典釋文》歸屬於小學類,但是尤袤、晁公武和陳騤三人或第三者有片言隻語說到這種措置來自《崇文總目》。反之,陳振孫認為《經典釋文》「前世《藝文志》列於經解類,《中興書目》始入之小學」,謝啟昆也號稱「今從晁氏《讀書志》載《經典釋文》之例,別錄音義一門」,這應該不是事實。上文所引《文獻通考》就提到陳騤編撰《中興館閣書目》上書明言「乞仿《崇文總目》類次」。《南宋館閣錄續錄》卷四《修纂》有更詳細的記載:「淳熙五年六月,秘書省上《中興館閣書目》七十卷、《序例》一卷。」自注:「先是,淳熙三年十月,秘書少監陳騤等言:『中興以來館閣藏書,前後搜訪部帙漸廣,循習之久,未曾類次書目,致有殘缺重複,多所訛舛。乞依《崇文總目》,就令館職編撰,更不置局。』五年三月,秘書監陳騤等復言:『謹按慶曆元年《崇文總目》,書成。』」按《南宋館閣錄》十卷,即陳騤所撰,《續錄》十卷,無撰人名氏,但繼本錄續記南宋職官沿革故實,纖悉畢備,當因舊文而增附,所載必有所本,與《文獻通考》互參,足證《中興館閣書目》與《崇文總目》類次編目的因襲關係。《郡齋讀書志》常常引用《崇文總目》,比對著錄有無,篇卷多寡,提要異同。下面兩條涉及類目出入,尤其值得注意。《子部·五行類》中《河圖天地二運賦》一卷:「右不著撰人。論天地二運,蓋三命書也。

《崇文目》以為卜筮類。」又《月波洞中記》一卷：「右序稱唐任逍遙得之於太白山月波洞石壁上，凡九篇。相形術也，《崇文目》置之五行類。」前書不同意《崇文總目》的編次，從卜筮類轉入五行類，後書從《崇文總目》「置之五行類」。從這些情況判斷，晁公武撰寫書目時曾經逐條仔細參覈比勘過《崇文總目》，並且特別注意類目的出入。《郡齋讀書志》部類依從《崇文總目》而稍有刪併增益，其中經部增加「經解」類，這是《崇文總目》刪除的類目，晁公武又恢復過來，但是並沒有隨之如同《新唐書‧藝文志》——此目也是歐陽修領銜修纂——把《經典釋文》移入「經解」內，而是仍然留置於小學類，於此可見晁公武是追隨《崇文總目》分類編次的。謝啟昆所謂「從晁氏《讀書志》載《經典釋文》之例」，實際上應該是「從《崇文總目》載《經典釋文》之例」。《遂初堂書目》在《史部‧目錄類》著錄有《崇文總目》，說明尤袤參閱過《崇文總目》，因為《遂初堂書目》是尤氏的私家藏書目錄，不是如同史志目錄那樣無論有無存佚凡書即錄。總而言之，在《經典釋文》入小學這一點上，《崇文總目》就是前文所說《遂初堂書目》、《郡齋讀書志》、《中興館閣書目》三書「前有所承，古已有之」的源文獻，而從漢語音義學學科史的視角看，這三種宋人書目同時也承繼了源文獻的缺陷。那就是小學類著錄的三種音義書，《經典釋文》是連同《五經文字》、《九經字樣》等群經文字訓詁書入小學，《爾雅音訓》、《廣雅音》是粘附於《爾雅》、《廣雅》入小學的，眾多音義書還歸屬於本經所在的類目下，說明這些學者對音義書的屬性還把握不準；另一方面，「小學」之下還沒有設置文字、訓詁、音韻和音義四個分支學科。這些問題，直到清代乾隆年間謝啟昆撰《小學考》纔最終得到徹底解決。因此，比起從漢末以降一千多年來諸多音義學著作，《小學考》在漢語音義學學科史上的學術地位是無可比擬的。

　　除了《小學考》之外，有清一代音義學的重要著作還有《經典釋文考證》、《漢魏音》等書。《經典釋文考證》三十卷，盧文弨撰，此書用明葉林宗抄本與通志堂本、注疏本等版本進行比勘，徵引歷代文獻相關資料進行互證並參用清儒顧炎武、戴震、錢大昕、段玉裁等人的校勘成果擇善而從，改正錯譌衍奪，對音切、釋義、用語也多所考訂辨證，是清代《經典釋文》研究最稱精當的著作，是漢語音義學學科史中重要的文獻。到了二十世紀八十年代，黃焯先生的弟子賀鏞將老師對《經典釋文》校勘的箋識抄出，彙集成《經典釋

文匯校》一書，由中華書局於 1980 年影印出版。此書以《通志堂經解》本為底本，匯集歷代學者校語，包括盧文弨《經典釋文考證》之後的清儒、近現代如黃侃、吳承仕等學者，以及黃焯本人的研治成果，可以視為《經典釋文考證》的續編。1983 年中華書局又影印出版了黃焯先生斷句的通志堂本《經典釋文》，2006 年，復將黃焯從弟黃延祖查漏補缺校勘整理的重輯《經典釋文匯校》與通志堂本《經典釋文》排成上下兩欄，一一對應，以便比對使用，另將黃焯先生撰寫的《關於經典釋文》、《經典釋文正誤》（未竟稿）、《經典釋文略例》（未竟稿）三篇文章一併附於書後，以供參考。另外，清末民初吳承仕先生也撰有《經典釋文序錄疏證》，專治《經典釋文序錄》，闡述包括《老子》、《莊子》在內的群經的興衰，經學師徒授受源流，音書註解撰述沿革，廣徵博引，考證精詳；作者還有《經籍舊音序錄》一卷和《經籍舊音辨證》七卷，前書致力於作音人的生平和著述的考訂，後書專就《經典釋文》所錄舊音錯訛和難解之處進行考辨解釋。2008 年，中華書局將吳氏這三種關於《經典釋文》的著作合為一書出版，書後附載黃侃先生的《經籍舊音辨證箋識》和沈兼士先生的《吳著經籍舊音辨證發墨》兩篇文章。上述這些文獻都是研讀《經典釋文》不可或缺的參考資料，是漢語音義學學科史的重要文獻。

　　《漢魏音》四卷，洪亮吉撰。書匯集東漢三國魏世諸家經傳註疏中的音讀為一編。洪氏信從陸德明「漢人不作音」之說，認為反語改漢人之音，置之不錄，輯錄材料包括讀若、讀如、讀似、音如、音似、聲相近、聲相似等擬音，讀為、讀曰、讀與某同、音、讀等直音，以及急氣、緩氣、長言、短言、籠口、急舌等譬況各類音註。此書一向被視作研究漢魏古音的音韻學著作，但是並不是如同清代古音學家王念孫、江有誥、張成孫等學者所著的漢魏古韻譜那樣，使用辭賦詩文的韻字歸納韻部，祗是臚列材料。《漢魏音》不立韻部，而是將字目按照《說文解字》的文字學部首類聚排次，《說文》所無者附見於後。部首及轄字編排皆依《說文》原序；字目下註明音注、語料出處、作注人。因此，從文獻性質上看，《漢魏音》與《經典釋文》是一樣的，即裒輯書音──上下文語境義的讀音。不同之處在於，《經典釋文》的語料採自音義書的反語和直音，《漢魏音》則採自訓詁書的讀若和譬況；《經典釋文》按本經類聚條目，相同的條目可能分散在不同的經卷章節，《漢魏音》則按《說文解字》字頭類聚條目，相同的條目排列在一起，打個比方，《經典釋文》如同從圖書中抄出的

卡片櫃，檢尋一個條目需要重頭到尾翻看抽出，《漢魏音》如同整理好的數據庫，舉一字而諸家音讀畢現。洪亮吉《漢魏音序》力倡「古之訓詁即聲音」，提出其撰著宗旨是「求漢魏人之訓詁，而不先求其聲音，是謂舍本事末。今《漢魏音》之作，蓋欲為求漢魏諸儒訓詁之學者設耳。」這段話清晰地表明《漢魏音》的宗旨在於以音斷義，也就是「音義匹配」。因此，從體制、內容和宗旨上看，《漢魏音》與其說是音韻學著作，倒不如說是一部音義學巨著，可以看作《經典釋文》的前編，條目數量則大大超過《經典釋文》。另外，清人胡元玉還撰有《漢音鉤沉》一卷並《敘例》、《附記》各一卷，性質應該與《漢魏音》相同，祗是此書難覓，不知其詳。所以，《漢魏音》可說是現時唯一可用的前《經典釋文》音義學資料彙編，在漢語音義學學科史上佔有重要學術地位。

前面說過，漢語音義學是一門十分古老但是又足夠新興的學科，之所以說漢語音義學是一門「十分古老」的學科，是因為從服虔首創音義書、《開元群書四部錄》定《經典釋文》為「經解」、《崇文總目》引《經典釋文》入「小學」三個時間節點看，漢語音義學學科已經有一千乃至兩千年的歷史；之所以說漢語音義學是一門「足夠新興的學科」，是因為學者自覺地以漢語音義學作為自己的研究領域，將漢語音義學學科建設作為一個重大課題提到日程上，進行認真研究和努力奮鬥，還祗是近十幾年間的事情。

音義學和文字學、音韻學、訓詁學組成一個學科群，這是具有鮮明中國特色的學科架構，在國際學科分類體系——例如由聯合國教科文組織批准並維護的 ISCE（International Standard Classification of Education，國際教育標準分類法）中自然不會有所反映，可是即使在中國自己的學科分類體系中也得不到切確合理的定位。下表是漢語言文字學在國家標準 GB／T13745-92《學科分類與代碼》中的分佈。

一級學科	二級學科	三級學科
740 語言學	740.40 漢語研究	740.4025 漢語音韻
		740.4040 漢語訓詁

從三級學科代碼可以看出，點號前面三位數字是一級學科代碼，後面前兩位數字是二級學科代碼，後兩位數字是三級學科代碼（參見 GB／T13745-92，§6 編碼方法）。這些代碼反映該學科在分類體系中的級別、位置以及與相關學科的關係。漢語音韻和漢語訓詁同屬二級學科漢語研究下的三級學科，這種

定位與中國傳統的四部分類法音韻學和訓詁學同屬小學的學術觀念相符。但是，小學的另一個分支學科——文字學在國標體系中卻沒有位置，更不用說音義學了。國標中另有一個代碼是 740.1045 的三級學科「文字學」，其上級學科是 740.10 普通語言學，可見這是指向全球所有文字的「普通文字學」的一般文字學，而漢字在世界文字之林中特立別標，獨樹一幟；漢語文字學更是具有自己獨特的理論體系和方法論，又擁有一批最優秀的學者、令人驚羨的研究成果和體量豐碩歷史悠久的文獻遺產，可以說是最富有中國特色的學科，可惜沒能同漢語音韻、漢語訓詁一起在祖國的學科體系中佔有自己應有的一席之地。2006 年，國家開始對《學科分類與代碼》第一版進行修訂，並於 2009 年正式發佈第二版 GB / T13745-2009。此版本適應學術研究的發展，增添了不少新興的學科，總共設置了 62 個一級學科、748 個二級學科、近 6000 個三級學科，但是在這個最新版本中漢語文字學和漢語音義學仍然付之闕如。

與《學科分類與代碼》性質類似的，從文獻學、教育學等不同角度對學科進行分類的國家標準或規範還有《中國圖書館分類法》、《中華人民共和國學位條例·授予博士、碩士學位和培養研究生的學科、專業目錄》、《漢語主題詞表》等文件，情況大致相同，都沒有「漢語音義學」的類目，這裡就不再一一贅述了。

當然，文字學和音義學的缺位原因並不完全相同，漢語文字學沒有被納入學科體系顯然是遭受到了不應有的忽視，而漢語音義學受到忽視更主要的原因是建立獨立學科的條件還不夠成熟。

從現時的眼光看起來，民國以降已經有不少可以視為「漢語音義學」的學術論著，但是從書名、出版簡介、版權著錄都沒有「音義學」這樣的文獻標識。舉幾個近時的例子。《經典釋文·序錄·注解傳述人》載：「徐邈，字仙民，東莞人。東晉中書侍郎、太子前衛率。」並著錄徐邈所撰《尚書音》、《詩音》、《周禮音》一卷、《禮記音》三卷、《左氏音》三卷、《論語音》一卷、《莊子音》三卷等，另外還有《穀梁注》十二卷。在《經典釋文》所徵引的漢魏六朝二百三十多家音義書中，徐邈所存的材料是最多的一種。蔣希文先生長期從事徐邈音的輯佚、考訂、整理和研究，撰寫了系列論文，並最終出版了專著《徐邈音切研究》（貴州教育出版社 1999 年），但是學術界同仁，也包括蔣希文先生本人從來都認為他的這些論著都是漢語音韻學研究。其實，音義書的音切和音韻

書的音切性質很不相同，韻書的音切是語音系統中的一個節點，音義書的音切是文本中一個字的讀音；韻書所有音切構成音韻系統，缺一不可，音義書的音切可能不能歸納出一個完整的語音系統，可以有許多音韻地位的音切缺位；韻書一個韻字及其音切祗有一次，音義書一個字頭及其音切可以出現多次；韻書一個音切是某個語義的韻字的讀音，音義書一個音切多半不是字頭字面意義的讀音；因此二者的研究方法也有很大區別，韻書音切的研究目的是確定這個音切在音韻系統中的價值，即由攝、韻、等、呼、紐、調決定的所謂「音韻地位」，音義書音切研究的目的一般是判斷音切所注的實際的字義，即所謂「音義匹配」。所以，漢語音義學的學科屬性不應該與漢語音韻學混為一談。又如吳承仕先生所著《經典釋文序錄疏證》對《經典釋文‧序錄》著錄的音義書及其作者精加考訂，徵引浩博，實為一部漢魏六朝漢語音義學史，但是中華書局 2008 年整理出版的《經典釋文序錄疏證──附經籍舊音二種》，在版權頁的圖書在版編目（CIP）數據著錄的檢索數據Ⅲ，主題詞標註的卻是「經學──考證」。又如徐時儀教授校注的《一切經音義三種校本合刊》（上海古籍出版社 2008 年），對唐釋玄應、慧琳兩種《一切經音義》和遼釋希麟的《續一切經音義》三部佛典音義書進行整理點校注釋，是一部漢語音義學的力作，但是此書的圖書在版編目（CIP）數據著錄的檢索數據Ⅲ，主題詞標註的卻是「佛經──訓詁」。再如岳利民教授所著《〈經典釋文〉音切的音義匹配研究》（巴蜀書社 2017 年），《經典釋文》是漢語音義學最重要的典籍，「音義匹配」是漢語音義學最核心的研究課題，而此書正是首部以「音義匹配」為主題，對漢語音義學典籍進行全面而系統的專書研究的學術著作，但是書的圖書在版編目（CIP）數據著錄的檢索數據Ⅲ，主題詞標註的卻是「《經典釋文》──研究」，連學科標識都沒有。這些圖書的 CIP（Cataloguing In Publication，在版編目）編製人員祗是依照規定從國家標準、規範《中國圖書館圖書分類法》、《漢語主題詞表》中提取數據，對圖書進行著錄、分類標引和主題標引，不可能及時反映學術研究和學科建設的最新進展。

　　一門學科的創立，必須具備區別於其他學科的獨立的理論體系、方法論和研究材料，必須有學者創議，必須傳承有豐富的文獻遺產，擁有一批研究者，積累相當的研究成果，開展具有廣泛影響的學術活動。

　　我在十幾年前應黃仁瑄教授之請寫的《〈新譯大方廣佛華嚴經音義校注〉

序——兼論漢語音義學和佛典音義》中就已經提出了「漢語音義學」的學科觀念。「漢語音義學」觀念的形成，絕不是「靈機一動」或者「忽發奇想」，而是如佛家所說「隨其器量，善應機緣」。1979 年我入嚴學宭教授門下求學，恩師命我以清儒洪亮吉之《漢魏音》為材料探討漢魏古音，在抄錄《漢魏音》數千條目製作學術卡片的同時，通讀了嚴式誨輯刻的《音韻學叢書》，發現《漢魏音》與叢書所收的古音學著作的性質根本不同。現在回過頭來看，《漢魏音》實際上與《經典釋文》的編撰體制相同，與其說是古音學著作，不如說是音義學書（參見下文關於《漢魏音》性質的討論）。第二學期，嚴師又命我改做梵漢對音，介紹我到北京師範學院（今北京師範大學）旁聽俞敏先生的梵文課程。在京期間，為了選題翻閱了《大正新修大藏經》中從漢魏到唐宋的漢譯佛經以及史傳部、事彙部、目錄部、悉曇部的佛書，開始熟悉佛經音義書，後來在撰寫學位論文《周隋長安方音》的過程中，也經常查閱佛經音義。接著，我參加許嘉璐教授主持的《傳統語言學辭典》（河北教育出版社 1990 年）的編寫工作，負責音韻分支的音義部分，從而對漢語音義學的外延內涵、緣起沿革、傳述著作有了全面系統的暸解。次年，以《傳統語言學辭典》的音韻分支作為基礎，擴展到現當代詞目，作為《音韻學辭典》出版（湖南出版社 1991 年），此書的一篇序言提出「收條目擴大到《經典釋文》一類書，這就伸到經學領域裡去了。」雖然這個問題與具體撰稿人無關，卻也勾起原先由《漢魏音》生出的困惑，並聯想到謝啟昆在《小學考》中所說的「音義為解釋群經及子、史之書，故諸家著錄不收入小學。然其訓詁、反切，小學之精義具在於是，實可與專門著述互訂得失。」從而更進一步深入思考音義與音韻、訓詁的關係。2004 年，獲得國家社會科學基金重大項目「漢語信息處理和計算機輔助漢語史研究」（04&ZD027），在進行項目設計時，在傳統語言學典籍數字化部分，根據黃侃先生在《訓詁學講詞》中提出的「十種小學根柢書」，設置了六個基本模塊——說文類（《說文解字》）、雅書類（《爾雅》、《小爾雅》、《廣雅》）、方言類（《方言》）、釋名類（《釋名》）、韻書類（《廣韻》、《集韻》）、字書類（《玉篇》、《類篇》），又設置了十個擴展模塊——音義類、語法類、註疏類、悉曇類、考證類、韻圖類、古音類、今音類、俗語類、全集類，每類包括典籍本書及其清儒註疏，例如說文類包括《說文解字》、《說文解字繫傳》、《說文解字注》、《說文解字義證》、《說文通訓定聲》、《說文句讀》、《說文釋例》、《說文聲表》，每種書包括

數字化文本、格式化文檔、XML 標註文本和關係數據庫等不同格式的數字化文件；並以此書為材料進行數字化研究，撰寫學術論文和專著。在音義類，同黃仁瑄博士商定以唐五代玄應《一切經音義》、慧苑《大方廣佛華嚴經音義》、慧琳《一切經音義》、可洪《新集藏經音義隨函錄》、希麟《續一切經音義》等五種佛典音義展開多視角全方位的系列研究；同岳利民博士商定以「音義匹配」作為《經典釋文》創新研究的突破口。兩位博士優異的研究成果，於我如通幽曲徑上最後一把推力，從而宅在漢語音義學學科大門前，按響了門鈴。因此層層緣起，纔能最終提出建設漢語音義學學科的思想。

那篇給黃仁瑄教授《新譯大方廣佛華嚴經音義校注》的序是 2010 年寫的，但是書到十年後的 2020 年纔正式出版（中華書局 2020 年），不過此前已經在部分學者中流傳。在這段時間，黃仁瑄教授就已經以敏銳的學術眼光，開始了漢語音義學學科建設的不懈努力，陸續出版了《大唐眾經音義校注》（中華書局 2018 年）、《新譯大方廣佛華嚴經音義校注》（中華書局 2020 年）、《續一切經音義校注》（中華書局 2021 年）；2019 年，又獲得國家社會科學基金重大項目「中、日、韓漢語音義文獻集成與漢語音義學研究」（19ZDA318），漢語音義學開始納入國家社會科學研究規劃，漢語音義學學科建設的工作開始正式啟動；2021 年，開辦了微信公眾平臺（公眾號）「音義學」，設置了漢語音義學的相關欄目，推送漢語音義學的最新研究成果和原創文章，吸附了不少學者特別是年青學者參加到漢語音義學的研究中，形成了廣泛的影響；隨之藉勢和上海師範大學徐時儀教授聯合發起召開首屆漢語音義學研究國際學術研討會，會議主題就是「漢語音義學學科建設」，會議於 2021 年 10 月在安徽省淮北市舉行，國內外三十多所高等院校和研究機構近九十位專家出席，另有兩百多位網友通過騰訊會議旁聽了會議，會議共收到論文六十八篇，會後由黃仁瑄教授主編出版《漢語音義學研究論集（一集）》，此次會議匯聚海內外漢語音義學研究者，共享研究心得，展現了漢語音義學最新研究成果，呈現出一派勃勃生機。次年 10 月，第二屆漢語音義學研究國際學術研討會接著在浙江省杭州市舉行，會議主題與首屆相同而更加具體——「漢語音義學學科建設：理論‧實踐」，出席會議的海內外學者近百人，提交論文八十餘篇，最後結集為本書，即黃仁瑄教授主編的《漢語音義學研究論集（二集）》。第一屆會議固然首創之功不可沒，但是首屆之後便成空谷絕響之例並不罕見，這是因為學術會議的舉

辦實在不是一件「說走就走」的易事。所以，本次會議賡續學脈也應該具有重要意義，說明漢語音義學已經形成穩定的研究隊伍和鮮明獨特的研究領域。前不久，第三屆漢語音義學研究國際學術研討會也已經在貴州省遵義市成功舉辦，圓滿閉幕，下一屆會議的承辦單位也已經落實。凡此種種充分展現了以黃仁瑄教授為代表的學者建設漢語音義學學科的極大熱忱和非常之韌性。

上面所述，是漢語音義學學科從發軔到現今的發展歷程，回首已經兩千年，作為漢語言文字學學科群的一員，比較訓詁學、文字學、音韻學，音義學至今還沒有完全獲得應有的身份認同，學科建設的任務任重而道遠，漢語音義學的研究者正在為此而努力。這本論文集正是這批學者從事漢語音義學研究的心血結晶，有許多關於漢語音義學學科建設的很好意見，希望得到各位讀者的關注。

尉遲治平 2023 年 9 月 8 日晚於華中科技大學

目次

清抄本《西番譯語》的釋義注音研究[*]

清抄本《西番譯語》的釋義注音研究[*]

施向東[*]

摘　要

　　作為一本雙語詞典，清抄本《西番譯語》在眾多的音義書中具有自己的特殊地位，由於該書釋義是通過藏文藏語這樣一種異族的語言文字來表達的，對漢語母語讀者而言具有別樣的體驗，有些釋義甚至對漢語訓詁學有重要的啟發。該書的藏漢對音在漢藏語音的歷時研究中也具有重要的價值。

關鍵詞：西番譯語；音義書；釋義；注音

　　《西番譯語》是明清官修的雙語系列辭書《華夷譯語》中的一種，是漢—藏雙語對照的簡明辭典，基本體例是每個詞條分三部分：漢字詞條，藏文詞條，以及藏文的漢字對音。這對於懂得漢語的人學習藏文藏語是極其有用的工具書，對於懂得藏文藏語的人學習漢語也不失為有用的參考書。從漢語的立場看，藏文詞條就是對漢字詞條的釋義，而藏—漢文字對音既是對於藏文的注音，也是對於漢字的注音。這對於研究明清時期的漢語的音義，不啻是普通字書韻書之外的另一類有用文獻，值得我們去用心研究。

------

*　基金項目：教育部人文社會科學研究規劃基金項目「新出故宮本《西番譯語》綜合研究」（18YJA740039）

*　施向東，男，1948 年生，上海市人，主要研究方向為音韻學，漢藏比較和梵漢對音。天津大學語言科學研究中心，天津 300072。

一、清抄本《西番譯語》的時代、性質和音系基礎

　　《西番譯語》是明清官修的雙語辭書《華夷譯語》中的一種，現存的有多種不同的本子。比較流行的是收入商務印書館《叢書集成》初編第 1261 冊的影印《龍威祕書》本《西番譯語》（1936 年）。此本屬於明代永樂年間編譯的「乙種本」〔註1〕，收詞 740 條。2018 年，故宮出版社將祕藏於深宮世人難得一睹的「丁種本」《西番譯語》抄本影印出版，此本是清代乾隆年間會同四譯館所編，收詞 2103 條。根據《清實錄‧高宗實錄》卷 324 記錄的乾隆十三年的一段上諭，我們知道，這一個本子是對明代「乙種本」《西番譯語》的修訂擴編本，其性質，跟清代所編纂的另外一套《西番譯語》絕然不同。清代的另一套《西番譯語》共 9 種，每一種的封面標作「川番譯語」，卷首都有小序，說明該書調查記錄的語言在四川、西康地區通行的具體地點，根據其交代的具體地點，我們可以確定，該種譯語所記錄的語言／方言，就是該地所通行使用的語言／方言。而乙種本《西番譯語》所記錄的藏語，並沒有交代其通行地點，我們推測，它應該就是在藏區具有權威性的通用語言，或者說是代表西藏上層的官方語言，而不是如同《川番譯語》中的某一種地點語言或方言。清抄本跟乙種本一樣，卷首也沒有通行使用地的說明文字，說明它也是通用的藏語。藏語當然也有方言，但是，乙種本跟清抄本卻不是專門記錄某個藏語方言的。乾隆在那篇上諭中說：「朕聞四譯館所存外裔番字諸書，雖分類音譯名物，朕所識者，《西番》一種，已不無訛缺。」〔註2〕很難想像，乾隆會去專門學習一種藏語方言。進一步說，其中的藏漢對音，其漢語的音系，也一定不會是川康一帶的漢語方言，而應該是通用漢語。這樣的定位，對於我們的音義研究，是必要的前提。

二、清抄本《西番譯語》的釋義研究

　　從藏文釋義反觀漢語詞義，具有一種很異樣的體驗。

（一）從清抄本《西番譯語》的釋義看雙語辭書的釋義特點

1. 選詞釋義以漢語為基點，但是帶有濃厚的藏文藏語的特點

　　作為官修的雙語辭書，其使用者首先是清廷有關機構的司職人員，因此，

〔註1〕關於《華夷譯語》種類及版本的名稱，請參見馮蒸（1981）。
〔註2〕見《清實錄》第十三冊，高宗實錄卷 324，乾隆十三年九月壬戌日。北京：中華書局，2008：352～353 頁。

其選詞釋義是以漢語為基點的。也就是說，清抄本《西番譯語》的編纂，首先是確定好漢語詞條，再意譯成相應的藏文，並注明藏文的漢字音譯。在這一點上，乾隆是誤解的。前引乾隆十三年的上諭說：「亦照《西番》體例，將字音與字義，用漢文注於本字之下。」意思是說，藏文詞條是「本字」，漢文的字音與字義，是對藏文本字的譯注。而事實卻恰恰相反。比如「地理門」234 詞條「通」zaŋs-thal〔註3〕，按 zaŋs 義為「銅，紅銅」，《藏漢大辭典》zaŋs-thal 銅灰。絕無「通」的意思。這不由得使人推測，調查人持本向被調查人詢問「通」，而被調查人聽成了「銅」，這才有了 zaŋs-thal 的記錄。若是藏語先行，則此條不可能出現在「地理門」，而應在「珍寶門」或「器用門」中才對〔註4〕。

正因為選詞釋義是從漢語出發的，所以，清抄本《西番譯語》中很多詞語是中土特有而非藏區所有的事物、制度、觀念等等的名稱，如「天文門」的 26 陰、27 陽、53 乾坤、78 七政；「地理門」244 皇圖、251 郡縣；「人物門」523 儒、596 皇帝、673 秀才、675 道士；「宮殿門」876 衙門；「衣服門」1089 蟒龍；「文史門」1224 聖旨；「鳥獸門」1352 鳳凰、1370 麒麟；「人事門」1983 致仕，等等。假如以藏語為本，這些詞語都不可能出現。

但是我們說選詞釋義是從漢語出發的，並不意味着不顧及藏文藏語的特點，正相反，編譯此書的目的是為政府管理藏區事務提供便利，因此選詞釋義常常帶有濃重的藏文化特色。比如，「經部門」一門 90 個詞條，都是與佛教有關的詞語，這是與藏區普遍的佛教信仰相適應的，而與漢語中一提到「經」多聯想到儒家經典不同。除此之外，其它各門的收詞和釋義，也往往體現藏區不同於中土的文化特點。比如，「時令門」295～306 子丑寅卯辰巳午未申酉戌亥 12 地支，藏文直接用 byi-ba（鼠）、glaŋ（牛）、stag（虎）、yos（兔）……等來釋義，這鮮明地反映了藏曆的 12 生肖紀年法。「人物門」676 喇嘛 ser-mo-ba，「飲食門」990 酥油 mar，「衣服門」1060 法衣 chos-gos，1096 氀毻 phrug，「文史門」1239 番字 bod-yig，「通用門」1560 朵甘 mdo-khams（今譯「多康」，青海和康區的總名），一望而知就是跟藏地藏族有關的詞語。而有些詞語，通

〔註3〕按，此處引用《西番譯語》中的詞條，數字為詞條在全書中的出現次序，引號內為漢語詞條，其後為藏文詞條（原為藏文字母，這裡為閱讀和印刷便利按通用規則轉寫為拉丁字母），後仿此，不再一一說明。

〔註4〕清抄本「器用門」808 銅印 zaŋs-tham，「珍寶門」1129 銅 zaŋ。

過藏文的釋義就能發現其藏文化特色，比如「飲食門」981 牛肉 tshag-sha（義為「犛牛肉」）、989 炒麵 rtsam-pa（音義為「糌粑」），「文史門」1233 真字 gzabs-ma（按，真字即真書、正楷，藏文 gzab-ma 義為「西藏印書用的楷字」，用藏文字體喻指漢字字體），「數目門」1419 貫 shal-ba（義為「成串的念珠」，用藏人熟悉的成串事物喻指成串的銅錢），「花木門」1789 紅花 gur-kum（鬱金，藏紅花）等等。有些字的釋義中蘊含深刻的意義，需要我們去深入挖掘。比如，「人物門」675 道士 bon-po。按，藏文 bon-po 義為「本布教」（亦作「苯教、苯布教」），是佛教之外藏區本地的一大宗教，歷史上曾經與佛教爭鬥不斷，頗似中土的道教與佛教之爭。而本布教徒「早期但以禱神伏魔為人禳病薦亡為業」〔註5〕，也與中土道士相同。所以將「道士」譯為 bon-po，對於內地人士理解本布教、藏人理解道教而言，堪稱頗為精妙的譯法。又如「時令門」374 五行 vbyuŋ-ba-lŋa。按 vbyuŋ-ba 意為「大種，原質」，本指構成世界的「土水火風」四大，亦作 vbyuŋ-ba-bzhi，現將 bzhi（四）改為 lŋa（五），來譯意指「金木水火土」的五行，可謂深得詞義精髓。「四大」為世界的原質這是古印度哲學的基本思想，通過佛教的傳播傳入藏區為藏人所接受。而中土的「五行」觀念，就其本原而言也是認為它們是構成世界的基本元素。基於 vbyuŋ-ba（四大）的觀念來理解 vbyuŋ-ba-lŋa，可以說是帶有藏文化特色的五行觀。此詞典型地體現了藏文釋義的藏文化特色。

2. 選詞釋義具有公文用語的特徵

作為一部小型雙語辭書，清抄本《西番譯語》最核心的任務就是提供兩種語言最常用的詞彙的對譯。選擇詞條，選擇義項，都要為這個任務服務。而作為政府管理邊疆事務所用的專門工具書，其選詞釋義又具有「公文用語」的一些特徵，選用的詞語，正式度較高，多涉及行政管理、官場往來，其所取的義項都是比較傳統的、偏書面化的，明清時代北方口語中一些新義項仍未被收錄，比如：「人物門」655 媽媽，藏文作 ma-ma。按藏文 ma-ma 有「乳母、奶娘、媒母」或「產婆」等義，但是沒有口語中已經使用的「母親」義。「宮殿門」857 廠，藏文作 khrom，義為「會，市，人物彙聚之地」，這與《廣韻·漾韻》「廠，露舍」的釋義相合，而沒有近代的「工廠」義。又「飲食門」987 白

〔註 5〕見張怡蓀主編《藏漢大辭典》，北京：民族出版社，1983：1853。

酒，藏文作 vbras-chaŋ，義為「米酒，醪糟酒」，此與古代以濁酒為白酒正同，而絕非近現代特稱蒸餾酒為白酒之義。又「衣服門」1076 手帕，藏文作 la-thod，義為「頭巾，纏頭布」，與《廣韻·鎋韻》「帕，帕額，首飾」的釋義相合，並無今天的「手絹、手帕」之義。而義項為「手絹、手帕」者，另有詞條 1075 手巾，藏文作 lag-phyis，義為「手巾，手帕」。這可見清抄本《西番譯語》選擇詞語、選擇義項時重視其正式度的特點。

（二）從清抄本《西番譯語》的釋義看漢語的詞彙發展演變

漢語的歷史悠久，漢語詞彙的發展經歷了漫長的過程，到清抄本《西番譯語》產生的清代前期，跟上古、中古以及近代早期相比，漢語詞彙的面貌已經發生了許多變化。但是以三百多年之後的現代人的眼光看來，它仍然帶着不少「古代」的特徵。這首先是因為，在清代前期，漢語尚未經歷「現代化」的洗禮，儘管已是「近古」，卻仍然還沒有出離「古代」的畛域。其次，由於上述的「公文用語」的性質，所收詞語書面語性質突出，正式度較高，所以在詞義方面「存古」的程度會高於世俗化的口語。儘管如此，比起清代仍然被奉為正式文體的文言文，清抄本《西番譯語》的收詞釋義，還是不可避免地帶上了時代的烙印，反映了漢語詞彙發展演變的長足進步。

1. 新詞新義的收錄，反映了時代的前進和詞彙的發展

比如：「時令門」370 時常 dus-rgyun-du（經常，常常），「彩色門」396 鵝黃 ŋur-ser（鵝黃色）、410 黑綠 ljaŋ-nag（黑綠）、413 鴨綠 ne-tso-kha（鸚哥綠）、418 閃色 tshos-gnyis-ma（閃緞，二色），「身體門」476 腿 brla（大腿）、498 胖 rgyags-pa（肥胖）、513 力氣 stobs-rtsal（體力，精力），「人物門」541 婆 sgyug-mo（婆婆，岳母）、619 總兵 mdav-dpon（武官，將軍）、621 牌手 phub-dmag（盾牌兵）、623 庫子 mdzod-pa（管家，司庫者）、624 牢子 btson-bsruŋ（看守監獄者）、634 土官 sde-pa（酋長，部落主）、708 我每 ŋed-tsho（我們）、709 你每 khyod-tsho（你們）、710 他每 khoŋ-tsho（他們），「宮殿門」881 臥房 gzims-khaŋ（臥室）、887 庫房 mdzod-khaŋ（儲藏室，庫房）、888 廚房 thab-tshaŋ（廚房）、889 廂房 rna-khaŋ（耳房。按，此詞《漢語大詞典》和《藏漢大辭典》都未收，藏文蓋以意譯出）、903 過道 sraŋ（小巷，房間過道）、912 茶房 ja-khaŋ（茶店，茶館）、913 酒店 chaŋ-sa（按藏文直譯是「酒所」，即飲酒處。《藏漢

大辭典》chaŋ-khaŋ，chaŋ-vtshoŋ-sa 酒店，酒館），「飲食門」989 炒麵 rtsam-pa（糌粑，炒麵）、1001 吃飯 za-ma-zo（食物—吃），「衣服門」1048 襯衣 naŋ-gos（內衣）、1050 皮襖 slog-pa（裘，皮襖）、1052 褡褳 stod-rtse-riŋ-ba（披肩—長。按「褡褳」為元代服飾名）、1071 帳房 ras-gur（帳篷、布幕）、1077 合包 khug-ma（小囊，荷包。按，「合包」即「荷包」），「方隅門」1122 這裡 vdi-ka（按，《藏漢大辭典》作 vdi-ga 這裏，此時），「珍寶門」1162 石榴子 nal（一種紅寶石。按，明·曹昭《格古要論》：石榴子出南蕃，類瑪瑙，顏色紅而明瑩，如石榴肉相似，故名曰石榴子），1163 金剛鑽 rdo-rje-pha-lam（金剛，鑽石）、1164 鴉鶻石 gzi（一種寶石），「經部門」1196 打掃 gad-rgyabs（打掃，灑掃，擦拭），「文史門」1127 金葉 gser-glegs（金冊）、1128 金牌 gser-yig（金字銘牌）、1237 漢字 rgya-yig（漢字）、1266 勘合 vdzin-yig（契約，單據），「鳥獸門」1353 海清 bzhad（鴻鵠，天鵝。按，海清即海東青，產於黑龍江的一種猛禽，非藏地所有，故以天鵝喻指之）、1367 鸚哥 ne-tso（鸚鵡）、1396 海蚆 mgron-bu（海巴，海貝），「通用門」1551 作養 brtse-skyoŋ（愛撫，培養）、1635 催攢 gzham-bskul（促使，推動），「香藥門」1663 鴉片 ʔa-phim（鴉片），「花木門」1763 莩薺 gze-ma（蒺藜。按，此譯不切）、1769 西瓜 zo-chen（桶—大。按，藏地原無西瓜，此以大桶為喻）、1782 綿花 shiŋ-bal（木棉，木本綿花）、1787 兒茶 rdo-ja（兒茶，一種木本植物，入藥止血），「人事門」1951 公幹 gzhuŋ-las（公事，公家的事）、1987 抽分 sho-gam（關卡稅，貨物稅）、2096 要緊 gal-che（重要），等等。這些詞少數在唐宋時已見使用，但大多是元明以後新產生的。新詞有的反映了新事物、新觀念，如「西瓜、鴉片」，有的是原有事物、觀念改換了新名稱，如「腿、胖」，等等。

也有一些詞，清抄本《西番譯語》記錄的不是它們早先是舊義項，而是其新產生的義項，如：「地理門」210 庄 groŋ-phran（小村子），按「庄」是「莊」的俗體字，「莊」本義為草盛大貌，上古用作莊嚴、莊重、恭敬義，引申出盛飾、盛多義。南北朝以下將王公貴族佔有的土地園圃稱為莊，後世又用為通名。章炳麟《新方言》：「《爾雅》：六達謂之莊……今人以為通名，田家村落謂之莊，山居園圃亦謂之莊。」「地理門」210「莊」的藏文釋義，正是其「田家村落」之新義。「時令門」366 晚暮 srod（黃昏，初更時），按，《漢語大詞典》「晚暮」條只有「形容年老」「猶歲末」和「謂出仕時間已太遲」三個義項。

但是實際上唐宋時已有用作如字面上的「黃昏、天黑」義，如歐陽修《漁家傲》:「十月輕寒生**晚暮**，霜華暗卷樓南樹。」郭印《恭南酷熱》:「晨興迨**晚暮**，危坐沸鼎中」。到明清時，此義成為日常用語，如明代湛若水《次韻劉毅齋諸公遊東山》:「泥滑未須愁**晚暮**，崖高猶擬直追攀。」張太素《訂正太素脈秘訣》:「痞膈客氣，**晚暮**蒸熱。」清代葉桂《臨證指南醫案》:「早上涼，**晚暮**熱，即當清解血分，久則滋清養陰。」〔註6〕此一義項當補入《漢語大詞典》。

「人物門」646 丈母 sgyug-mo（岳母，婆婆）。按，據《顏氏家訓·風操》，宋代以前凡父輩的妻子都可稱丈母，宋代產生了新義，專稱岳母為丈母。朱翌《猗覺寮雜記》:「《爾雅》:妻之父為外舅，母為外姑。今無此稱，皆曰丈人、丈母。」648 小姐 sras-mo（小姐，女孩的尊稱）。按，宋時稱樂戶、妓女為小姐，元明以後才有稱縉紳之家閨閣女子為小姐的。如王實甫《西廂記》:「只生得個小姐，小字鶯鶯。」「通用門」1601 利害 vjig-ruŋ（可怕，堪畏）。按，「利害」本是「利」與「害」的合稱，如《周禮·夏官司馬》:「山師掌山林之名，辨其物與其利害，而頒之於邦國，使致其珍異之物。」元代始用作「厲害」義。如元雜劇《魯智深喜賞黃花峪》:「這廝利害，一對拳剪鞭相似。我可怎末了。」「人事門」2081 本事 blo-shed（勇氣，心力，精力）。按，「本事」本義是本務、原事、原物、原委，如《管子·五輔》:「明王之務，在於強本事，去無用，然後民可使富。」宋代始生「本領、能耐」義，與此譯義近，如明凌濛初《初刻拍案驚奇》:「此人有一身好本事，弓馬熟嫻，發矢再無空落，人號他連珠箭。」這些新義，後來都成了常用義。

2. 貌似現代詞的古詞語，體現了清抄本《西番譯語》的時代性

清抄本《西番譯語》雖然收錄了許多新詞新義，但它畢竟是近三百年前所編輯的，其中有些我們今人看來貌似現代詞語的詞條，其藏文釋義卻跟我們今天理解的意思不同，它還保持着編纂此書的那個時代仍然實際通行的古代漢語中原有的意義。從這一點說，清抄本《西番譯語》在漢語詞彙史上具有承上啟下的意義，它既記錄了那個時代的新詞新義，也為後世才發生詞義變化而當時尚未變化的詞語「立此存照」，而這正是它的重要價值所在之一，這是我們今天閱讀使用這部雙語辭書時必須留意的。比如:

〔註6〕現代漢語方言有「晚暮晌」一詞，流行於京冀地區，意指黃昏、天黑，當即源於「晚暮」一詞。

「地理門」176 灘 grog-mo（水沖深谷）。按，「灘」今義為水邊平地，如沙灘、灘塗，而古義為水淺石多水流湍急處，如李白《送王屋山人魏萬還王屋》詩：「卻思惡溪去，寧懼惡溪惡。咆哮七十灘。水石相噴薄。」「灘」之義與此藏文釋義完全一致。240 世界 vjig-rten（世間，梵音譯為路迦，義即宇宙）。按，王力《漢語史稿》下冊說到：現在我們所謂「世界」，上古漢語裏叫做「天下」（當然先民心目中的天下要比現在的世界小得多）。「世界」這個名詞是從佛經裏來的。它的最初意義和現代意義還不相同……「世」是「時間」的意思，「界」是「空間」的意思。「世界」本來是包括時間、空間來說的，略等於漢語原有的「宇宙」（《淮南子・原道訓》：「紘宇宙而章三光」，注：四方上下曰宇，往古來今曰宙）〔註7〕。清抄本《西番譯語》的藏文譯義，正符合佛經中的原意。又「人物門」695 野人 vbrog-pa（居住山野之人，不住城市之人），按，《論語・先進》：「先進于禮樂，野人也。」朱熹集注：「野人謂郊外之民。」正與此釋義同，而與現代漢語的「野蠻之人、粗野之人」迥異。又「器用門」773 毬 gru-gu（線團，圓球）。按，「毬」是「球」的異體字，古代「球」是玉名，「毬」才是今天意義上的「球」的本字。古代踢毬也叫蹴鞠，唐徐堅《初學記》：「今蹴鞠曰戲毬。古用毛糾結為之。今用皮。」藏文釋義所謂「線團，圓球」，反映了「毬」的初始意義。又「飲食門」938 羹 sha-thug（肉糜，肉粥）。按，今天所謂「羹」是常常是湯汁一類食物，如「銀耳蓮子羹、蝦皮豆腐羹」，而古代所謂「羹」則是帶汁的肉，可以調味（叫做「和羹」），也可以不調味（叫做「大羹、太羹」）。王力《古代漢語》第四冊常用詞（十三）【羹】特別指出：「上古的羹，一般是帶汁的肉，而不是湯。〔註8〕」清抄本《西番譯語》的藏文釋義正確地傳達了這一古義。

當然，此本也不是一味地保留古義，對於有些意義已經變化，新義已經普及的詞，它還是不拒絕吸收的。比如「人事門」1807 勸 gzham（婉言勸告），按，「勸」古義是勉勵的意思，《說文・力部》：「勸，勉也。」後來才衍生出「規勸，說服」的意思。此處藏文釋義已經是新義。又 1814 / 569〔註9〕走 vchag

---

〔註7〕王力《漢語史稿》下冊，北京：中華書局，1980：521。

〔註8〕王力《古代漢語》第四冊，北京：中華書局，1981：1500。

〔註9〕「／」前的數字是該詞在清抄本《西番譯語》中出現的序次，「／」後的數字是該詞在乙種本《西番譯語》中出現的序次，並列二者，是為了對比兩個本子的不同。

（行走，往來），而乙種本作 rgyug（跑）。按「走」在上古、中古時代確有「跑、奔」義，但是元明以後「走」的行走義已經被普遍使用了。如元《古本老乞大》：「月黑也，恐怕迷失走了。」明《萬曆野獲編》：「時人惜於少保之語曰：『鷺絲冰上走，何處尋魚嗛？』真一時的對，亦千古冤痛。」又 1816 去 soŋ（去吧），按，「去」古義是「離開」，《說文・大部》：「去，人相違也。」段注：「違，離也。」而此處藏文釋義用的是新義「去往」。

3. 一詞異釋和異詞同釋，反映了詞義發展的豐富多樣以及漢藏構詞賦義的差別

一詞異釋是詞義不斷分化豐富的表現。這是由於詞義的發展隨着人們認知能力的發展，對世界認知的範圍不斷擴大，跨領域跨範疇的隱喻轉喻帶來的結果。因此，一詞異釋常常分佈在不同的門類中。

如「天文門」17 斗 skar-khyim（星斗），「器用門」777 斗 bre（斗，量具），在漢語中，「斗」本是量器，星座因為形狀像斗而被叫做「北斗、南斗」。又如「天文門」22 氣 khug-rna（霧氣，雲氣），「身體門」484 氣 dbugs（氣息，呼吸之氣），兩者雖然有自然界和人身的不同，但是意義上的聯繫是顯然的，所以段玉裁《說文解字注》云：「氣本雲氣，引申為凡氣之稱。」這種情況更多地表現在當單音節字獨立成詞或作為語素出現在雙音節或多音節詞中的時候，如「天文門」23 漢 dgu-tshigs（銀漢，銀河），「文史門」1237 漢字 rgya-yig（漢字），按，「漢」本漢水之名，被映射到天上，「漢、天漢」遂成為銀河的名字。「彩色門」390 花 khra-ris（斑斕—紋理），「花木門」1680 花 me-tog（花朵），前者是形容詞，形容色彩多樣交雜，後者是名詞，指植物的一種器官。

這種情況在藏文釋義中同樣反映出來。比如「天文門」2 日 nyi-ma（太陽），而在「時令門」293 日 nyin（晝、白天），「日」的意思已經是由表示實體的本義引申來的表示時間的引申義「晝、白天」。同樣的，「天文門」3 月 zla-ba（月亮），而「時令門」348 閏月 zla-shol 一詞中，用的則是其引申義「月份」。有意思的是，「天文門」94 月缺 zla-phyed（半月）和「時令門」365 半月 zla-phyed（半月）藏文釋義用詞一樣，但是詞義卻不同，前者是「半個月亮」，表示實物，後者是「半個月，十五天」，表示時間，所以兩者歸到了不同的門類中。

下仿此，不再一一加注。

　　需要注意的是，在清抄本《西番譯語》中，還存在不同於一詞異釋的「一字異釋」現象，這是由於漢字有「假借」一途，同一個漢字由於假借而充當了不同的詞的載體。比如「身體門」474 足 zhabs（「腳」的敬語），「通用門」1502 足 vdaŋ（足夠）。按，「足」本是表示人體膝以下部分的象形字，用作「足夠、豐足」義是假借了「浞」（此據朱駿聲說，見《說文通訓定聲·需部》）。又「人物門」557 子 bu（兒子），「時令門」295 子 byi-ba（鼠，地支的「子」）。

　　異詞同釋在某種情況下就是同義詞現象。語言中存在同義詞乃是詞彙豐富發展的結果。清抄本《西番譯語》儘管只是一本小型的雙語辭書，但是還是收錄了不少的同義詞（或同義語素），其表現就是不同的漢語詞條其藏文釋義相同，或者是漢語詞條的不同語素其藏文釋義相應的語素相同。比如：

　　「地理門」218 遠 riŋ、220 長 riŋ-po、「身體門」500 長 riŋ、「人事門」1935 疏 riŋ，四者都用 riŋ 釋義，按，《詩經·魯頌·泮水》鄭箋：「長，遠也。」《玉篇·云部》：「疏，遠也。」長、遠、疏三詞同義。又地理門 219 近 nye、人事門 1934 親 nye，按，《論語·學而》朱熹集注：「親，近也。」親、疏是空間距離在人際關係上的投影，故漢藏同用「遠、近」來隱喻。「天文門」74 天黑 srod（黃昏，初更時）、「時令門」366 晚暮 srod（黃昏，初更時），二詞意義相同，只是後者的書面語色彩更濃一些。

　　值得注意的是，有時候，兩個漢語詞條的藏文釋義相同，但它們卻不是同義詞，像「鳥獸門」1328 魚 nya（魚）跟「時令門」309 望 nya（望日，藏曆每月十五日），「時令門」320 寒 graŋ（寒冷，寒凍）跟「數目門」1417 數 graŋ（數目，數量）。之所以出現這種情況，是因為藏語中也存在一詞多義現象，給甲詞釋義用了 A 義項，給乙詞釋義用了 B 義項，於是就出現了似同實異的情況。

　　還有的時候，藏文釋義中有相同語素的漢語詞條並沒有同義關係，卻存在同類關係，即這些漢語詞條具有某一相同的義素，可在某一角度上成為一個聚合的類。這就向我們揭示了漢藏兩種語言構詞賦義的不同之處。比如：「地理門」156 土 sa（土，地，處所）、161 堆 sa-phuŋ（土堆）、241 地界 sa-vtshams（地界，疆界）、243 地名 sa-miŋ（地名）、275 路程 sa-tshigs（驛站，地段）、「人物門」596 皇帝 sa-bdag（邦君，地主、地祇）、「宮殿門」856 市 tshoŋ-sa（集市），以上各詞並不同義，但是藏文釋義都含有語素 sa，而漢語詞條只有

241 地界、243 地名帶有語素「地」，其餘各詞的構詞語素並不帶「土／地／處／所」等，可是其語義結構中都含有義素「土／地／處／所」等，如「堆」是「聚土」，「路程」是「地段」，「皇帝」是「土地的主人」，即所謂「普天之下莫非王土」，「市」是「交易處所」等等。藏文釋義常常把漢語詞條的義素轉化為語素使之顯性化，而漢語詞條的義素卻不總是帶有顯性的語素與之對應。有意思的是，漢語詞條的有些義素，常常可以通過漢字的義符體現出來，如「天文門」140 水滴 chu-thig（水滴）、「地理門」167 河 chu-bo（河流）、170 澳 chu-dkyogs（水曲）、173 泉 chu-mig（泉水）、177 潭 vkhyil-chu（靜水，止水，窪地彙集之水，旋渦。按：《廣雅・釋水：「潭，淵也。」《說文・水部》：「淵，回水也。」《管子・度地》：「水出地而不流，命曰淵水。」）、182 波 chu-ris（水紋，水面皺紋），「滴、河、澳、泉、潭、波」都帶有義符「水」，而藏文釋義都帶有語素 chu（水）。再如「人物門」562 樵 shiŋ-thun（拾柴者，樵夫）、「宮殿門」852 板 shiŋ-lebs（木板）、「飲食門」935 菓 shiŋ-tog（木實，果子）、「花木門」1685 松 thaŋ-shiŋ（松樹）、1698 槐 tshos-shiŋ（槐樹）、1733 桑 gos-shiŋ（衣—樹）、1735 柴 bud-shiŋ（柴火），「樵、板、菓、松、槐、桑、柴」都帶有義符「木」，而藏文釋義都帶有語素 shiŋ（木，樹）。最有意思的是，有些含有同一語素的藏文詞卻是反義詞，比如「人事門」1792 壽 tshe-riŋ（壽命—長）、1897 夭 tshe-thuŋ（壽命—短），「飲食門」957 臭 dri-ŋan（氣味—劣／壞）、965 香 dri-zhim-po（氣味—香／可口），這些藏文釋義的共同語素是上位語素，而不同的語素是互相構成反義語素的下位語素。而在漢語詞條中，這些都只是並不外顯的義素。以上這些都顯現了漢藏雙方在構詞賦義方面的特點和差異，是非常有意義的研究入口，可以引導我們作進一步的深入探索。

（三）清抄本《西番譯語》釋義的訓詁學意義

小型雙語辭書中兩種語言詞語的互注，有時看來是很簡單的事。然而事實上有時候並不簡單。漢藏兩種同源異流的語言在漫長的歷史發展演化中，因為使用者的不同的生存環境、宗教信仰、文化背景和民族特性，其差別有時候是顯著的、巨大的。比如「地理門」245 中國 yul-dbus（地域—中央），漢語此詞原指九州中部黃河中游一帶地方，是古代中國的中央部位，藏文釋義從字面看並無不確，yul-dbus 可以指任何地方的中部地區，但是特指中部藏區，拉薩河谷一帶地方，由於佛教的影響，也常常用來指中印度摩揭陀國。漢藏差別不可

謂不大。又如「經部門」1193 利益 byin-brlabs（給予—加持），漢語「利益」本指對主體有益的事或物，而藏文釋義是指佛力加持的神力、威力、福力、功力。兩者的含義雖然有相合之處，而藏文的意義更多地帶有宗教色彩。但是由於語言的內在邏輯，兩者又有許多相同的、相似的、平行的特點。因此，藏文釋義不但展示出漢藏詞義的差別性，而且透露出漢藏兩種語言解釋詞義的共同思維邏輯和方式，這對於訓詁學而言不啻是極為寶貴的研究資料。

1. 藏文釋義抓住了事物的特徵，同於漢語對該詞的訓釋

如「地理門」170 澳 chu-dkyogs（水—曲）。按，《說文·水部》:「澳，隈厓也。其內曰澳，其外曰鞫。」段注:「毛詩曰:『奧，隈也。』此言水曲之裏淵奧然也。」《阜部》:「隈，水曲也。」漢藏同用事物的特徵「水曲」來解釋「澳」這一名物詞。屬於此類的還如「天文門」24 暍 nyi-zer（日—光線）。按《說文·日部》:「暍，日景也；景，日光也。」「身體門」440 睛 mig-vbras（目—米／果），按，《玉篇》:「睛，目珠子也。」又 430 鬢 skra-vtshams（頭髮—分際／界限），《藏漢大辭典》skra-mtshams 髮際，額上有髮無髮的分界處。按，《釋名·釋形體》:「鬢，濱也，濱厓也，為面額之崖岸也。」漢藏兩者對「鬢」的特徵及得名緣由的解釋如出一轍。又「宮殿門」848 窗 skar-khuŋ（星—孔；天窗）。按，《說文·囪部》:「囪，在牆曰牖，在屋曰囪。」段注:「屋在上者也。」字或從穴作「窗」。藏文釋義強調窗是看星的孔，漢語訓詁強調窗是開在屋頂上的，其言雖殊，其揆一也。

對於動詞而言，動作行為的特徵也是釋義常常關注的中心。如「人事門」1911 跪 pus-mo-btsug（膝蓋—安放／置），《說文通訓定聲·解部》:「跪，拜也……兩膝拄地所以拜也。」《藏漢大辭典》或作 pus-mo-sa-la-btsugs-pa（膝蓋—地—在—置放）。按，「跪」這一動作的特徵就是膝蓋着地。tshugs 即「措／錯」字也。《說文·手部》:「措，置也。」字或作「錯」，《周易·繫辭》:「苟錯諸地，而可矣。」《疏》:「錯，置也。」《釋文》:「錯，音措。」這是將一個比較抽象的動詞的中心特徵用具體的語言描述出來的釋義方法。類似的如 1912 謝 leg-gsol（善妙—陳說），按，漢語中無論感恩還是道歉都說「謝」（如「謝恩、謝罪」），其共同特徵就是用巧妙的言辭進行告白，所以《史記·張耳陳餘列傳》集解引晉灼曰:「以辭相告曰謝。」此藏文釋義可謂點破了「謝」

的核心特徵。

2. 藏文釋義突出事物的功能、職分，與漢語對該詞的訓釋一致

如「地理門」180 溝 yur-ba（灌溉渠，導水灌田之水溝）。按，《周禮·考工記·匠人》：「匠人為溝洫。」鄭注：「主通利田間之水道。」《說文·水部》：「溝，水瀆也。廣四尺，深四尺」。段注：「匠人職曰：九夫為井，井間廣四尺，深四尺謂之溝。」漢藏對「溝」的釋義，都突出了其為人工開挖的水溝，為灌田而用。又 280 園圃 ldum-ra（種植蔬菜、花草的園地），按，《慧琳音義》卷二十引《蒼頡解詁》云：「種樹曰園，種菜曰圃。」則漢藏釋義密合無間。「宮殿門」856 市 tshoŋ-sa（買賣—處所）。按，《說文·冂部》：「市，買賣所之也。」漢藏同用「買賣場所」這一功能來解釋名物「市」的意義。又「花木門」1716 茜 btsod（紅顏料，茜草），按，《廣韻·霰韻》：「茜，草名，可染絳色。」漢藏所釋相同。1733 桑 gos-shiŋ（衣—樹／木）、1736 薪 thab-shiŋ（灶—樹／木），分別指出了「桑、薪」的用處在於解決穿衣和燒柴的問題。諸如此類的又如「器用門」766 扇 bsil-g·yab（涼—搖動；扇子），按，《匡謬正俗》卷五：「原夫扇者，所用振揚塵氛，來風卻暑。」771 梳 skra-bshad（頭髮—梳理；梳子）。《說文·木部》：「梳，理髮也。」段注本作「梳，所以理髮也。『所以』二字今補。器曰梳，用之理髮因亦曰梳。凡字之體用同稱如此。」此與「衣服門」1082 梳頭 skra-bshad 同釋，漢藏命意相同，「體用同稱」亦相同。古代中國禮教森嚴，身份的講究可謂細緻嚴密，因此有時候釋義需要極其細緻。比如「人物門」597 皇后 btsun-mo-dam-pa（后妃—正／最上）、598 皇妃 btsun-mo-gzhon-shos（后妃—副—其中之一），蔡邕《獨斷下》：「帝嫡妃曰皇后」，《類篇·女部》：「妃，眾妾總稱。」這裏藏文釋義將「后」跟「妃」的差別解釋得再清楚不過。664 宗族 gduŋ-gcig-pa（族／姓／氏族—同一—人）、665 鄉黨 yul-gcig-pa（地方／地域—同一—人），兩者一繫於血緣，一繫於鄉土，區別也是一清二楚的。

3. 藏文釋義使用藻詞、借詞解釋詞語

「藻詞」也稱「藻飾詞」，是藏語中很有特色的一類詞語，「藻詞」使用比喻、借貸等手法構造詞彙，富有修辭色彩，形象生動，特徵鮮明，常常被使用於詩歌等文藝作品中。但是它有一個明顯的缺點，就是一個藻詞常常可以指代很多不同的對象，詞義有時候不是很確定。清抄本《西番譯語》藏文釋義

中有一些便使用了「藻詞」來對應漢語詞。比如「人物門」596 皇帝 sa-bdag（土地—管轄），按，此詞在藏語中還有「土司、酋長、邦君、地主、地祇、土地神」等義，這裏用來給「皇帝」釋義，正取其「普天之下莫非王土」之義。器用門 740 車 shiŋ-rta（木—馬），取義與漢語中「木牛流馬」正同。「天文門」23 漢 dgu-tshigs（九—節；天漢，銀河），按，古以九為多，九曲黃河，正謂其曲折之多，此藏文釋義，也抓住了銀河富於曲折的特點。「器用門」712 棋 mig-maŋ（目／孔—多；棋，棋盤），按，圍棋棋盤網格縱橫，並以「目」為其度量單位，此釋義正好抓住了「棋」的特點。「宮殿門」832 殿 gzhal-yas-khaŋ（無量數—房子；無量宮，宮殿），按，藏文釋義以佛教中的概念無量宮來解釋「殿」，極盡誇張之能事，突出了「殿」與一般房舍的不同。「文史門」1267 一本 bevu-bum（犢牛—瓶子；手冊，喻指經典，精神食糧），「一本」這個詞的這個意思，各辭書都不載，當據以補錄。

有一些詞藏文用借詞釋義，除了前文已經提到的用音譯梵文詞釋義之外，還有用蒙語、漢語借詞釋義的。借詞是一種語言從其他語言中連音帶義一起借用過來的，在長期使用中，人們聽其音就能知其義，這也是自古以來被使用的釋義方法之一。清抄本《西番譯語》中此類釋義雖不多，但也不可忽視。如「文史門」1229 印信 tham-ka，按，此詞來自蒙語借詞，《華夷譯語》「器用門」300 印 談哈 tamaqe，又「花木門」1694 棗 chi-pa-ka，按，此詞亦來自蒙語借詞，《華夷譯語》「花木門」89 棗 赤不罕 cibuqan〔註10〕。引用漢語借詞釋義的，其藏文就是漢語詞的譯音，如「器用門」749 棹 cog-tse（桌子），又 793 鐘 coŋ、「飲食門」942 醬 tsaŋ、「香藥門」1666 當歸 taŋ-gu、「花木門」1690 橘子 cu-rtsi、「珍寶門」1126 玉 yaŋ-ṭi（羊脂）、1135 錢 doŋ-tse（銅子）等等，都是不同時期借入藏語的漢語詞。有一個詞條十分有趣，「經部門」1209 都綱 vdu-khaŋ（聚／集—房／室），從讀音看，似乎是一個從藏語借入漢語的借詞。魏源《聖武記》卷五：「其大剌麻坐牀者四人，曰西勒圖，其誦經室曰都綱。」但是此詞漢語中原有，義為僧官之一種，《清史稿·職官志三》：「府僧綱司都綱、副都綱，州僧正司僧正，縣僧會司僧會，各一人。」如此看來，這又是漢語借入藏語的借詞。從清抄本此詞列於表示人物身份的 1207 國師、

〔註10〕參見賈敬顏、朱風《蒙古譯語 女真譯語 彙編》，天津古籍出版社，1990：29、37。

1208 禪師之後來看，後一義的可能性為大。

漢語訓詁學有豐富的理論和實踐，但是在雙語辭書中的訓詁實踐和理論還有待總結和研究。清抄本《西番譯語》中有一些有趣的例子值得深入探索。比如「通用門」1465 教 slob（教，學），「宮殿門」854 學 slabs-grwa（學習—院子）。按，此處「學」是「太學、縣學」之「學」，為名詞，而其語素 slabs 則是動詞性的。藏文動詞 slob-pa，未來式為 bslab，過去式為 bslabs，命令式為 slobs，兼有「學、教」兩義。漢語「教、學」也是一語之分化。《說文・教部》：「教，上所施下所效也。」「斆（學），覺悟也。」段玉裁注：「《學記》曰：『學然後知不足，知不足然後能自反也。』按知不足所謂覺悟也。《記》又曰：『教然後知困。知困然後能自強也。故曰教學相長也。』《兌命》曰：『學學半，其此之謂乎！按《兌命》上『學』字謂教，言教人乃益己之學半。教人謂之學者，學所以自覺，下之效也，教人所以覺人，上之施也。故古統謂之學也。』」這裏，施教、受教都謂之學，因此，「人物門」666 師傅 slob-dpon（教—官），680 徒弟 slob-ma（學—人），「師、徒」亦同用 slob 為詞根。這就是訓詁學上所謂「施受同辭」，在漢藏語言中如出一轍。

三、清抄本《西番譯語》的藏漢對音研究

利用清抄本《西番譯語》的藏漢對音來研究清初漢語官話的語音狀況，是發掘此書利用價值的重要一環。通過前文的分析我們已經知道，清抄本《西番譯語》最有特色處之一就是它的藏語詞條的漢譯音亦即藏漢對音。與以往的《華夷譯語》諸種本子相比，不但其書寫格式不同，其對音條例、用字，以及對音所反映的其所依據的藏漢語音均有不同，它詳實記錄了清代初期官話語音的實際狀況，通過它與以往文獻的對比，也顯示了近代漢語官話語音的演變的歷史面貌。可以說，作為一部記錄藏漢歷史語音的文獻，它的最重要的價值也在這裏。

（一）從《西番譯語》看清初「正音」及北方官話音

1. 清抄本《西番譯語》的藏漢對音反映的主要是清初官話正音

上文已經指出，清抄本《西番譯語》的漢語音系基礎是朝廷認可的官話正音，這是不言而喻的事情。清代康熙朝李光地、王蘭生奉旨所編《音韻闡微》的

音韻系統被奉為一朝正音〔註11〕，同為奉旨編寫的《西番譯語》理所當然地應該按此正音來用字、對音。從《西番譯語》藏漢對音使用到的 119 個漢字來看，這些字聲、韻母的變化和表現，與清代《音韻闡微》所表現的音韻系統是相當程度地吻合的，但也略有區別。從語音史的角度看，有幾個問題是值得提出來的。

（1）尖團合流

	a	i	u	e	o
ky	基雅 濟雅	基 濟	濟俞 久愛 湫愛	基葉 濟葉	基岳 濟嶽
gy	基雅 濟雅	基 濟	濟俞 基俞 久愛	基葉 濟葉	基岳 濟嶽
khy	期雅 齊雅	期 齊	求	期葉 齊葉	期嶽
py	濟雅	濟			濟嶽
by	濟雅	濟	久 濟俞 湫愛	基葉 濟葉	濟嶽
phy	齊雅	齊	儲 齊俞 秋愛	齊葉	齊嶽
c	濟雅	濟	湫愛 濟俞 諸	濟葉	濟岳 卓
j	濟雅 基雅	濟	湫愛	濟葉	濟岳 卓
ch	齊雅 察	齊	秋愛 儲	齊葉	齊嶽 綽

《音韻闡微》反映的清初正音尖團合流尚未發生，而清抄本《西番譯語》的對音昭示出尖團合流現象在口語中其實已經開始，但是擦音聲母的齶化顯然滯後，因此舌面擦音中尚未見到精、見組字。稍後出現的李汝珍《李氏音鑒・凡例》所謂「如四卷所載，北音不分香廂、姜將、羌槍」云云，可證李氏所生活的嘉慶年間連擦音也混而不分了。所謂「合流」，絕非是見組細音併入精組，也不是精組細音併入見組，而是產生了一組新的聲母。因此，清抄本《西番譯語》的對音可以說是漢語史上「尖團合流」發展過程的一個里程碑。

（2）知莊章組已經開始合流

《音韻闡微》知章組尚未演化為舌尖後音，與莊組略有區別，〔註12〕而清抄本《西番譯語》對音用字反映出知莊章組已經開始合流。見下表：

	a	i	u	e	o
kr	扎	知	諸	遮	
gr	扎	知	諸		卓

〔註11〕（清）莎彝尊《正音咀華》：「何為正音？答曰：遵依欽定《字典》、《音韻闡微》之字音即正音也。」
〔註12〕葉寶奎《音韻闡微音系初探》，廈門大學學報（哲學社會科學版），1999 年 4 期。

khr	察		遲		儲		車		綽	
pr	巴喇／補喇		畢哩			布嚕		伯呼		
br	扎 補喇		畢哩	諸	補嚕／布嚕		遮 巴呼／補呼		補囉／播囉	
phr	察 琶喇		琶哩			普嚕		珀呼／琶呼		頗囉
tr										
dr	扎		知		諸		哲遮		卓	
thr										
c		濟雅	濟	諸 淑				濟葉	卓	濟嶽
j	基雅／濟雅				淑			濟葉	卓	濟嶽
ch	察	齊雅	齊 儲 秋					齊葉	綽	齊嶽

如上述，藏文帶下加字-r-的音節在 k-組 t-組聲母中已經捲舌化，在 p-組聲母中也部分地捲舌化（其餘的仍然保持複輔音聲母），對音用字有「扎知諸哲遮卓，察遲儲車綽」，其中：扎莊母察初母，莊組字；知哲卓知母遲儲澄母，知組字；諸遮章母車綽昌母，章組字。這三組音顯然已經相混，一起歸併為捲舌聲母。從表中還可以看出，知莊章組不僅自相互混，而且還跟尖團合流之後的舌面塞擦音聲母互混，從這一點看，其音值恐怕還在 tʃ／tʃh 向 tʂ／tʂh 演化的過程中，因為介於 tɕ組和 tʂ組之間，所以在對音中搖擺不定。

（3）疑母與零聲母的分混

藏文基字輔音 ᵃŋ-作聲母，清抄本對音時用到的字有「阿烏影母額鄂疑母」，如「時令門」312 晨 sŋa 對音「阿」、「人事門」1900 哭 ŋu 對音「烏」、「通用門」1545 誠 ŋes-par 對音「額愛—巴呼」、「身體門」432 臉 ŋo 對音「鄂」，等等。藏文基字輔音 ᵃʔ-（相當於漢語影母）作聲母，清抄本對音時用到的字幾乎與譯 ᵃŋ-相同，有「阿烏影母鄂疑母」，如「花木門」1762 橄欖ʔa-ru-ra 對音「阿—嚕—喇」、「人事門」1991 差去ʔu-lag 對音「烏—拉克」、「鳥獸門」1363 鶺鴒ʔoŋ-log 對音「鄂昂—羅克」，等等。

藏文基字輔音 ᵃv-（相當於 ᵃʔ-的濁音ɦ-，清化後與 ᵃʔ-同）作聲母，清抄本對音時用到的字有「伊烏影母鄂疑母」，如「通用門」1532 其 te-vi 對音「德—伊」〔註13〕、「器用門」797 磬 vur-tiŋ 對音「烏呼—氐昂」、「天文門」34 光 vod 對音「鄂特」，等等。

藏文基字輔音 ᵃw-作聲母，清抄本對音時用到的字有「幹影母」，如「鳥獸

〔註13〕按此詞疑有誤。「其」之義當作 devi，按本書譯例當音譯為「德愛」也。

門」1301 狐 wa 對音「斡」、「天文門」101 金星 ba-wa-saŋ 對音「巴—斡—薩昂」。

藏文基字輔音 ɯy-作聲母，清抄本對音時用到的字有「雅岳疑母伊倚影母俞葉喻四」，如「天文門」30 覆 ya-phib 對音「雅—丕補」、「通用門」1477 偏 yo 對音「岳」、1489 是 yin 對音「伊安」、「人物門」535 吏 druŋ-yig 音「諸昂—倚克」、「衣服門」1015 鞋 yu-bcad 對音「俞—濟雅特」、「人事門」1796 智 ye-shes 對音「葉—佘愛」等等。

此外，非詞首音節的藏語詞綴-ba、-bo 通音化為 wa、wo；前加字 d-的影響下基字輔音 b 通音化，db->w-，也造成一些零聲母的音節。清抄本對音時用到的字有「斡倭烏影母鄂疑母」，如「天文門」20 煙 du-ba 對音「都—斡」、「人物門」629 伴當 zla-bo 對音「達—倭」、「器用門」794 鼓 rŋa-bo 譯作「阿—鄂」、「人物門」600 王子 dbaŋ 對音「斡昂」、「身體門」425 頭 dbu 對音「烏」、「地理門」209 野 dben-pa 對音「倭安—巴」。

由上面的對音可以看出，當時漢語中疑母字與零聲母（影母、喻四母）的糾纏已經很深，影母字「阿／烏」可譯藏文 ŋa／ŋu，疑母字「鄂雅嶽」也可譯藏語零聲母的音節。某些影母字和疑母字一定範圍內可以在［ŋ］／［ʔ］之間自由變讀，如烏［ʔu／ŋu］、鄂［ŋo／ʔo］，這是官話中疑母最後消失的前奏。

（4）入聲韻尾已經脫落

《音韻闡微》一書保留中古韻書的格局，入聲還是保留著，但是由於塞音韻尾相混，入聲由原來與陽聲相配變為與陰聲相配。而官話口語中更進一步，入聲不再保有塞音韻尾，變為開音節而與陰聲混同。清抄本《西番譯語》對音用字反映出官話中入聲韻尾已經脫落的事實。我們應該說明，清抄本《西番譯語》對音用字分別大小字，大字只代表一個「輔音＋元音」的音節，所有的韻尾都由大字後頭的小字來表達。因此對音中的大字應該只是一個開音節。但是我們看到清抄本的對音字中有一些字是中古入聲字。全書對音用到的漢字 119 個，其中中古入聲字 49 個，占全部用字的 41%。

對音大字中的中古入聲字如下：

穆簇（屋韻）岳卓（覺韻）綽若（藥韻）郭鄂托諾莫（鐸韻）格額伯珀澤喀（陌韻）策（麥韻）碩（昔韻）克國勒特墨塞德（德韻），以上各韻字中古收-k 尾；畢密日（質韻）訥（沒韻）達噶喇擦薩（曷韻）斡（末韻）嘎扎察（黠韻）髻（轄韻）哲呼熱（薛韻），

以上各韻字中古收-t 尾；卡納匝拉（合韻）塔（盍韻）葉（葉韻），以上各韻字中古收-p 尾。

如果這些字仍帶著塞音韻尾-k／-t／-p，或者哪怕已經混並弱化為-ʔ，都會影響到它跟藏語的正確對音，也影響到它們與後邊跟着的輔音（或元音）韻尾的結合。比如本書「穆」字譯藏文 mu，藏語 mu 意為「邊界、盡頭」，如果把「穆」讀成 muk 或 muʔ，那相應的藏語詞就是 mug「饑荒、災荒」；又本書「喇」字譯藏文 ra，藏語 ra 意為「山羊」，如果把「喇」字的入聲韻尾-t 或-ʔ 讀出來，那就是相應的另外詞了， རག rag「黃銅；水堤」，རད་པ rad-pa「衣服（舊詞）」。如果一個詞元音之後有詞尾，應該跟元音直接結合，不可能中間隔一個塞輔音。「地理門」164 川 thaŋ 對音「塔昂」，如果「塔」字帶着入聲韻尾-p 或-ʔ，那麼［thapŋ］或［thaʔŋ］成何讀音？「衣服門」1003 巾 dar-thod 對音「達哷—托特」，如果「托」字帶着入聲韻尾-k 或-ʔ，那麼［thokd］或［thaʔd］的讀音就根本是不可想像的了。

因此，清抄本《西番譯語》的對音證明了清初官話已經完全失去了入聲的塞音韻尾，這在研究近代官話入聲韻尾的演變上具有重要的地位。

（5）清抄本《西番譯語》對音用字反映出許多俗讀音被吸收進了官話中

在《音韻闡微》等文獻中，雖然成系統地收入了清代的「時音」，但是一些越出系統之外的俗讀音還是沒有得到反映。而清抄本《西番譯語》對音用字中吸收了許多俗讀音，這些音很多被繼承下來，成為官話的一部分，直到今天還活躍在普通話當中。比如：

「阿」，《廣韻》果攝歌韻字，果攝字在清抄本《西番譯語》對音中都對 o，只有「阿」字對 a 元音，如「人物門」548 姑ʔa-lce 對音「阿—濟藥」、「花木門」1762 橄欖ʔa-ru-ra 對音「阿—嚕—喇」。明代《西儒耳目資》中「阿」音 o，清代《康熙字典》、《音韻闡微》「阿」仍然與歌韻字同切下字，「正音」是 o。「阿」對 a 當是清初以來的慣用俗讀音。如滿語 ama（父親）譯作「阿瑪」、age（哥哥）譯作「阿哥」等等。清代編寫的《西域同文志》、《同文韻統》也都拿「阿」對 a 音。潘耒《類音》卷二「圖說·二十四類圖說」中，第十一類「阿正音」對應歌戈韻，第十二類「阿北音」，對應家麻韻。這裏所謂「北音」，正是北方官話的口語音。

「卡」，《廣韻》無此字，《字彙補》從納切，音雜。則是相當於咸攝合韻的

入聲字。但是清抄本《西番譯語》用來譯 kha 音，如「彩色門」417 顏色 kha-mdog 的研究「卡—多克」、「人事門」1962 生活 kha-gso 對音「卡—莎」，等等。此亦用俗音，清初滿語 kharun（哨探）譯「卡倫」。

「喀」，《廣韻》和《音韻闡微》均同「客」音，而清抄本《西番譯語》「客」譯 khe，「喀」譯 kha，不與「客」同音，如「天文門」11 雪 kha-ba 對音「喀—幹」、「身體門」422 口 kha 對音「喀」，「通用門」1560 朵甘 mdo-khams 對音「多—喀穆」，等等。此亦是俗音。清代「喀爾喀」即 khalkha，都不用《廣韻》音。

「策」，《廣韻》和《音韻闡微》均初母字，本當讀捲舌音，但是清抄本《西番譯語》譯 tshe，則與清母字「城」同音，如「時令門」328 初 tshes 對音「策愛」、「身體門」447 齒 tshems 對音「策穆」、「花木門」1721 芥 ske-tshe 對音「格—策」，等等。此音《西儒耳目資》有記錄，標寫為「此黑切」。

「擦」，此字《廣韻》無，《篇海》《字彙》並「初戛切」，音察。本亦當讀捲舌音，但是俗讀失去捲舌，則與清母字「撮」同音，如「時令門」325 熱 tsha 對音「擦」、「人物門」559 侄 ru-tsha 對音「嚕—擦」、「飲食門」981 牛肉 tshag-sha 對音「擦克—沙」。以上兩例說明，一些莊組字失去捲舌音色，混入精組聲母，這是今天北京音部分莊組字不讀捲舌音的先例。

「柯」，此字韻書字書均與「歌」同音，讀作不送氣的全清聲母字，如《廣韻·歌韻》「古俄切。柯，枝柯，又斧柯。」《康熙字典·木部》：「《唐韻》古俄切，《集韻》《韻會》《正韻》居何切，並音歌。」但是在清抄本中「柯」字對音 kho，是讀作送氣的次清聲母的，如「通用門」1464 用 vkhol 對音「柯勒」、「人事門」2034 嫉妒 vkhon-vdzin 對音「柯安—諾安」。此音清末韻書《韻籟》有記錄，「客衍章」中「科蝌柯苛珂軻」等字同音。

（二）從《西番譯語》看清初藏語的語音系統

藏文藏語具有悠久的歷史。如同漢字漢語一樣，在歷史的長河中，不可避免地發生種種變化。但是兩者最大的區別是，漢字是標示音節的意音文字，語音演變後，字跟音之間的關係似乎沒有顯著的變化（即使有，一般人也不會過多措意，只有少數學者會去探究，比如為什麼從「吾 wú」得聲的「衙」字讀 yá，從「古 gǔ」得聲的「居」字讀 jū，聲母韻母差距如此之大），而藏

文是標示音位的拼音文字，語音演變後，藏文的寫法未變而讀音卻明顯地不同。清抄本《西番譯語》的藏漢對音，明白地顯示了當時藏語詞彙的讀音與藏文書寫形式之間的距離，而它跟乙種本《西番譯語》對音的差別，又明確地告訴了我們明清三百年間語音發展的細微脈絡。因此通過清抄本《西番譯語》的藏漢對音可以窺見當時藏語語音的共時狀況，也可以瞭解到藏語語音發展變化的歷時狀況。

1. 清初藏語音節結構簡化，複輔音趨向消亡

藏文反映的古藏語的音節結構很複雜，基字（基礎聲母）之前有前加字、之上有上加字，之下有下加字，元音後面有後加字、再後加字，也就是說，一個音節可以有複輔音聲母，也可以有複輔音韻尾。比如 brgyad「八」、vkhregs「硬」等等。原先這些寫出來的字母都是要發音的。到清初，音節結構大大簡化，複輔音韻尾消亡，複輔音聲母基本上消亡。再後加字消亡，前加字和上加字不再發音，下加字引起基字聲母變化，與基字一起變為單輔音聲母，等等。只有聲母 p / ph / b / s 下面的下加字-r-還保留複輔音的讀音（到現代藏語中也失去複輔音的讀音了）。比如：

類　型	例　詞
1 前加字失去音讀	「天文門」42 照 gsal-ba 對音「薩勒—幹」，「地理門」225 低 dmav 對音「馬」
2 上加字失去音讀	「天文門」4 星 skar-ma 對音「嘎呀—馬」，「鳥獸門」1309 馬 rta 對音「達」
3 下加字-y-引起基字齶化 ky / py＞tɕ	「器用門」778 秤 rgya-ma 對音「基雅—馬」，「地理門」184 沙 bye-ma 對音「基葉—馬」
4 下加字-r-引起基字捲舌化 kr / tr＞tʂ	「身體門」429 髮 skra 對音「紮」，「時令門」323 暖 dro 對音「卓」
5 下加字-w-失去讀音	「花木門」1732 草 rtswa 對音「匝」（對比「身體門」483 脈 rtsa 對音「匝」）。「宮殿門」907 院子 rwa-ba 對音「喇—幹」（對比「地理門」281 牆垣 ra-ba 對音「喇—幹」）
6 再後加字-s 失去讀音	「地理門」226 寬 yaŋs 對音「雅昂」，231 硬 vkhregs 對音「車克」。對比乙種本：「地理門」／73 寬 yaŋs 對音「羊思」，／79 硬 mkhregs 對音「木克立思」

但是

複輔音	例　詞
pr	「器用門」790 漆 pra-rtsi 對音「補喇—諮」，鳥獸門 1314 猿 spre 對音「伯呀」，
phr	「通用門」1485 精 phra 對音「琶喇」，「衣服門」1096 氆氌 phrug 對音「普嚕克」
br	「鳥獸門」1320 蛇 sbrul 對音「補嚕勒」，「人事門」1945 忙 brel 對音「巴呀勒」，
sr	「方隅門」1113 直 srid 對音「斯哩特」，「飲食門」969 燒 bsreg-pa 對音「斯呀克—巴」

可見，清抄本《西番譯語》見證了藏語複輔音的消失，僅剩的一點點尾聲，乃是歷史演變的痕跡，不久亦將歸於湮滅。

2. 清初藏語聲母系統結構性的變化

（1）全濁聲母清化，引起聲母系統類型和數量的簡化

這一變化並不始於清代，明代乙種本《西番譯語》中已經有所反映。但是明代的全濁聲母清化在對音中表現得並不徹底。而到清抄本中，藏語的全濁聲母清化過程基本完成，除了一部分帶前加字的 zh 聲母保留濁音讀法外，其他的全濁聲母都已經跟全清聲母合併，對音中沒有區別了。需要指出，清初藏語全濁聲母清化的完成，跟漢語官話及大多數方言中全濁聲母清化是平行的演變，只是漢藏各有特點而已。藏語的特點之一是濁擦音 zh 的清化還留著尾巴，無前加字的 zh 已經全部清化混同 sh，如「地理門」277 田地 zhiŋ-sa 對音「施昂—薩」，「花木門」1681 木 shiŋ 對音「施昂」等等，但是在一些前加字後的 zh 仍然保持濁音，如「時令門」355 前年 gzhi-niŋ 對音「日—尼昂」，「器用門」762 盆 gzhoŋ-pa 對音「若昂—巴」，這說明了全濁聲母清化的過程仍在進行中。清抄本《西番譯語》對音所反映的濁音清化還有一個特點，就是濁塞音、塞擦音清化為不送氣清塞音、塞擦音，而不與送氣聲母混同，這一點跟漢語北方官話濁音清化後平聲送氣、仄聲不送氣是不同的，跟現代藏語拉薩話濁音清化後前音節送氣、後音節不送氣也不同。

（2）下加字-r-引起基字輔音的捲舌化，使藏語增加了聲母的類型和數量

全濁聲母清化減少了藏語的聲母的類型和數量，但是下加字-r-引起基字輔音的捲舌化又使藏語增加了聲母的類型和數量。藏語本來沒有捲舌塞擦音聲母，明清以後，下加字-r-逐漸使 t 組、k 組和 p 組聲母捲舌化，使藏語本身

有了捲舌塞擦音聲母。明代乙種本《西番譯語》的對音中，只見 dr—捲舌化，如「人事門」／596 急 drag-pa 對音「紮罷」，／634 恩 drin 對音「真」等等。清抄本中，不但 dr-捲舌化，kr-、khr-、gr-也全部捲舌化，p-組也開始了捲舌化的進程，部分 br-、phr-也有對音捲舌聲母字的，如「身體門」429 發 skra 對音「紮」，「天文門」33 成 grub 對音「諸補」等等。但是這一音變過程還沒有完成，還在繼續著，正如上文已經指出的，p 組和 s 聲母後的-r-大部分仍讀複輔音。

（3）下加字-y-造成了 k-組聲母和 p-組聲母的齶化，使之併入 c-組聲母

下加字-y-在清初已經造成了 k-組聲母和 p-組聲母的齶化，ky-／gy-／py-／by-跟 c-／j-已經合併，khy-／phy-跟 ch-已經合併。這一音變並沒有造成新的聲母產生，也沒有造成原有聲母的減少，只是在原來的聲母格局內部進行了局部調整。這跟漢語的「尖團合流」有同有異。相同之處就是介音-y-［j］／-i-造成舌根聲母 k 組聲母的齶化，不同之處一是藏語被齶化的還包括了唇音 p 組；二是藏語舌面聲母 c 組原本就有，而漢語 tɕ組聲母是尖團合流後新產生的。

3. 清初藏語韻尾系統的狀況

藏文的後加字和再後加字是古藏語韻尾的記錄。清抄本時代，再後加字-s 已經完全不發音了，而 10 個後加字的發音情況如下：

-g／-d／-b　三個後加字記錄了藏語的塞音韻尾，當時仍然發音，但是讀為清塞音-k／-t／-p；

-ŋ／-n／-m　三個後加字記錄了藏語的鼻音韻尾，當時仍然發音，並且-n 與-m 不混；

-r／-l　兩個後加字記錄了藏語的流音韻尾，當時仍然發音。

後加字-v 不發音，而且跟不能攜帶元音的其他後加字不同，可以攜帶元音，成為音節的元音韻尾。

後加字-s 不再讀成輔音，而是元音化，成為音節的元音韻尾，其音值為略低於前高元音 i 的 e，在對音中寫作「愛」，比如「人物門」639／155 高祖 zhe-mes 清抄本對音「佘—墨愛」，（對比乙種本「舍滅思」）；「身體門」422／193 身 lus 清抄本對音「魯愛」，（對比乙種本「路思」），等等。

4. 清初藏語尚未見聲調產生的跡象

古藏語是沒有聲調的。現代藏語有些方言具有聲調，顯然是後起的。比如衛藏方言的拉薩話，有四個聲調。但是清抄本中尚未發現聲調產生的跡象。那些在拉薩話中不同聲調的字，在清抄本中的對音卻是相同的，比如「人物門」587 我 ŋa，拉薩話 ŋa^{12}，「數目門」1406 五 lŋa，拉薩話 ŋa^{54}，清抄本中卻是無差別地都對音「阿」；藏文「土」sa，拉薩話 sa^{54}，藏文「吃」za，拉薩話 sa^{12}，清抄本中卻是無差別地都對音「薩」。可見 300 年前藏語的聲調還沒有產生。

四、清抄本《西番譯語》作為音義書的價值小議

作為一本雙語詞典，清抄本《西番譯語》在眾多的音義書中具有自己的特殊地位，在漢語的詞彙研究、音韻研究和漢藏對音研究中具有不可忽視的價值。

第一，從詞彙研究而言，漢語的工具書一向很少，明清以降，字書、韻書層出不窮，而詞書卻少得可憐。即使有，也是以注釋或擴充《爾雅》的形式出現，明顯受到了重經術而輕學問傳統的束縛。較有名的如朱謀瑋《駢雅》、方以智《通雅》。而《華夷譯語》系列雙語工具書，在記錄詞彙的音義方面別開生面，大量經書以外的詞彙得到記錄和注音釋義，其重要性自不待言。而清抄本《西番譯語》在《華夷譯語》中收詞最多，編輯精良，體例嚴謹，其價值尤其不能忽視。如上文已經指出的，在釋義方面，由於是通過藏文藏語這樣一種異族的語言文字來表達的，對漢語母語讀者而言是通過他者的眼光來看待理解自己熟悉的語言詞彙，因此具有別樣的體驗，有些釋義甚至對漢語訓詁學有重要的啟發〔註14〕。這是很值得深入研究的一件事情。

第二，從音韻研究而言，清抄本《西番譯語》的藏漢對音突破了清代欽定的《音韻闡微》的音系，而將同時代的北方官話口語中的語音應用到對音之中，使我們對近代官話的實際情況有了比較切近的瞭解，這對漢語語音史的

〔註14〕如「鳥獸門」1321 蟒 dug-snrul，藏文直譯是「毒—蛇」。按：蟒蛇無毒此是常識。故藏文的 dug 在此不能訓為「毒」，而應訓為「大」。「毒」字有「厚」義，《說文》：「毒，厚也。」厚與大義相成，故《國語・魯語》「不厚其棟」注：「厚，大也」；《墨子・經上》：「厚，有所大也。」王念孫《釋大》廣列含大義的字而無「毒」字，是其疏也。

研究是具有重要意義的。另一方面，對清代前期藏語語音真實狀況的瞭解，也有了實實在在的根據。這對藏語語音史的研究也是具有重要意義的。

第三，因為有明代乙種本《西番譯語》作為對比，清抄本的注音釋義不但具有斷代的共時意義，而且可以清楚地窺見明初到清初三百年間漢藏語言語音詞彙發生了哪些變化，因此此書在漢藏語言的歷時研究中也具有重要的價值。

五、參考文獻

1. 〔清〕佚名編，《清實錄‧第十三冊》，高宗實錄卷 324，乾隆十三年九月壬戌日，北京：中華書局，2008 年。

2. 〔清〕佚名編，《西番譯語（清抄本）》，故宮博物院藏乾隆年編華夷譯語，第一冊，北京：故宮出版社，2018 年。

3. 〔清〕佚名編，《西番譯語（乙種本）》，叢書集成，初編第 1261 冊，上海：商務印書館，1936 年。

4. 〔清〕莎彝尊，《正音咀華》，北京：北京大學出版社，2018 年。

5. 馮蒸，「華夷譯語」調查記，《文物》第 2 期，1981 年，頁 57～68。

6. 賈敬顏、朱風，《蒙古譯語 女真譯語彙編》，天津：天津古籍出版社，1990 年。

7. 王力，《古代漢語‧第四冊》，北京：中華書局，1981 年。

8. 王力，《漢語史稿‧下冊》，北京：中華書局，1980 年。

9. 葉寶奎，《音韻闡微》音系初探，《廈門大學學報（哲學社會科學版）》第 4 期，1999 年，頁 105～111。

10. 張怡蓀主編，《藏漢大辭典》，北京：民族出版社，1983。

「無窮會本系」《大般若經音義》複音詞釋文特色研究[*]

梁曉虹[*]

摘　要

　　本文以無窮會本、天理本等優良寫本為資料，考察其中複音辭目的釋文特色。筆者通過實例分析梳理，歸納出其三點特色。並指出：其中使用最多的是分拆辭目法。而這樣的做法，仍更多地是為了體現「認字」、「釋字」的字書特性（這與「無窮會本系」原撰者的編纂目的相吻合），但也在某種程度上兼顧到了辭書的特性。

關鍵詞：無窮會本系；無窮會本；天理本；複音詞；字書；詞書

一、引言

　　「無窮會本系」[註1]是日本中世《大般若經音義》的代表。有三點特色：多收釋單字，可視為《大般若經》的「單經字書」；多列出異體字，可視為《大般若經》的「單經異體字字書」；多用同音漢字標音，並多用假名釋義，可視

---

　* 基金項目：日本學術振興會（JSPS）科學研究費基盤研究（C）「日本中世における異体字の研究──無窮會系本『大般若經音義』三種を中心として」（19K00635）；2023年度南山大學パッヘ研究獎勵金 I-A-2。

　* 梁曉虹，女，1956年生，浙江省永康市人，主要研究方向為佛經語言學和漢語音義學。南山大學綜合政策學部，名古屋日本，466～8673。

〔註1〕關於「無窮會本系」，筆者於《日本漢字資料研究──日本佛經音義》（中國社會科學出版社，2018年）以及其他單篇論文皆已述及，故不再特意另外解釋。

為《大般若經》的「漢和字書」。這些特色已為學界所重視。但是，筆者認為此本系中收釋複音詞的特色也應值得重視，因其能傳達出日本中世佛經音義某些發展變化的信息。

所謂「音義」，注音非常重要。玄應和慧琳等音義大家往往多以反切法為主，有時也用直音法。有時則兼用二者，或一字注兩種以上反切。佛經音義豐富的音注內容也就成為研究唐代語音的重要材料之一。

釋義是編纂佛經音義的主要環節，也是決定佛經音義品質高下的關鍵。佛經音義中的釋義一般多採納已有的成說定論，多為述而不作，根據自己的規範標準採取引經據典的方式來解釋詞語，博徵詳析中蘊涵著刻意取捨甄別，兼有辨正闡析。〔註2〕

本文以無窮會本、天理本為主，不包括藥師寺本等「簡本」。因後者從內容上來看，與無窮會本、天理本等有較為明顯的區別。首先，辭目幾乎沒有複音詞，全是單字。其次，釋義部分基本祇有字音注，義訓內容極少。

相對於藥師寺本等「簡本」，無窮會本等雖可算是「詳本」，但從本質上來看，仍是以收釋單字為主。其基本釋文為〔註3〕：為單字進行音義時，基本是在所收錄單字之下用漢字同音字作注，若無相對簡單的漢字，也會用假名表示音注。而左下部則多伴有假名，有時也會出現一些漢文釋義，或簡或詳。當然，最重要的特色是在釋文中還會列出辭目字的異體字，並有簡單辨析，如「亦作」「俗作」「正作」等，甚至還多用「先德非之」來表示前輩學僧對所舉異體的看法。

本文考察複音辭目的釋文特色。主要是在與漢傳佛經音義加以比較的基礎上，進行考察，分析其同異，從而明示「無窮會本系」的特色。

二、收錄全詞，多不標字音，釋義不用假名，而用漢文

（一）音譯詞

漢傳佛經音義大家詮釋音譯詞時，有時採取先摘選音譯文字，分字注音，並對照梵言正其訛略，再將全詞正確的音譯文字列出，與經文原譯文字對照，然後以唐時語言解釋詞義。當然，也有的並不分字注音，但會辨別梵音正訛，

〔註2〕徐時儀，梁曉虹，陳五雲：《佛經音義研究通論》，鳳凰出版社，2009年，100頁。
〔註3〕以無窮會本和天理本為例。

並用「唐譯」釋義，此為常用之法。因為編纂者對音譯詞關注的重點是梵漢對音，而非一個單字的讀音。

無窮會本和天理本中的音譯詞，如果是全詞形被收錄，大多不標漢字音，而是在辭目下簡單詮釋詞義，但又大多不用假名，而是用漢文簡釋詞義。如：

001 尼師壇：座具也。（無／1-1／10〔註4〕）

《慧琳音義》卷一：「梵語略也。正梵音具足應云顎史娜曩，唐譯為敷具，今之坐具也。顎音寧頂反。」〔註5〕慧琳首先指出是梵語略，並舉出全譯的「正梵音」，然後又舉「唐譯」，即對應的意譯以及相當於漢人生活中的「坐具」，最後為梵音對譯中難字「顎」標音。可見慧琳很重視對梵音正訛的辨別與糾正，另外，也會為音譯詞中某些漢字標音。而無窮會本中「尼師壇」釋義僅三字「座具也」，二者相較，差異非常明顯。又如：

002 多羅樹：此樹高長四十九尺，或七十尺八十尺。其花如黃米，其

　　子大如針。（無／40-8／138）

以上無字音，有釋義，但不是假名，而是用漢語對「多羅樹」加以描寫形容。明顯可以看出是有所參考，但並不祇是參考一家，而是有篩選而用。筆者認為，至少參考了《玄應音義》、《翻譯名義集》等資料。《玄應音義》卷五：「多羅樹：形如梭櫚，極高，長七八十尺。花如黃米，子大如針，人多食之。」〔註6〕唐·道暹《法華經文句輔正記》卷九：「經多羅樹者，聲論云梵音多羅馥力。多羅此云重，馥力此云樹。樹高七尺，葉似芭蕉。正法華中亦云七多羅樹。皆云四十九尺。此聲論古人相傳，云高七仞。其實高者七八丈，形似梭櫚，華如黃米，子大如針。人取食之，應依論文，有據為勝。」〔註7〕宋·法雲《翻譯名義集》卷三：「多羅，舊名貝多，此翻岸。形如此方梭櫚，直而且高，極高長八九十尺。華如黃米子。有人云：一多羅樹，高七仞。七尺曰仞，是則樹高四十九尺。」〔註8〕當然，漢傳佛經音義中為音譯詞音義時，也有不標字音，

〔註4〕有「無」字為無窮會本，天理本會在前標「天」字。其後為帙數，後為卷數，最後為《大般若經音義の研究本文篇》的頁數。

〔註5〕徐時儀：《一切經音義三種校本合刊》（修訂本），上海古籍出版社，2012 年，526 頁。

〔註6〕徐時儀：《一切經音義三種校本合刊》（修訂本），139 頁。

〔註7〕CBETA 電子佛典 2016/X28/0593/0794。

〔註8〕CBETA 電子佛典 2016/T54/2131/1102。

祇解釋詞義，且用描述形容手法的，如以上玄應解釋「多羅樹」。

003 伊舍那：此云眾生主。是自在天也。謂第六天也。（無／10-9／54）

「伊舍那」為梵文「īśāna」的音譯。也作「伊遮那」「伊賒那」「伊邪那」「伊沙」等。意譯為「自在」「眾生主」，是居於欲界的第六天之神。經中的「伊舍那天」，舊稱作「魔醯首羅天」。《十二天供儀軌》卷一：「東北方伊舍那天舊云魔醯首羅天。亦云大自在天。」〔註9〕

004 那羅延：真諦云：是梵王也。此翻云人生本。梵王是眾生之祖父故也。（無／39-1／130）

「那羅延」是梵文「nārāyaṇa」的音譯。天上力士之名。或梵天王之異名。隋・吉藏撰《法華義疏》卷十二：「那羅延者，真諦云：那羅翻為人，延云生本，梵王是眾生之祖父，故云生本。」〔註10〕《玄應音義》卷二十四：「那羅，此翻為人。延，此云生本。謂人生本，即是梵王也。外道謂一切人皆從梵王生，故名人生本也。」〔註11〕

此類屬於較為標準的用漢譯釋義。但是，我們發現，無窮會本和天理本對音譯也有一些辨析，或用「古云」，以區別「新譯」和「舊譯」；還有一些辨析梵語訛略的內容。如：

005 設利羅：古云舍利。唐言身骨。（無／38-3／120）

「舍利」是佛門常用詞，是梵文「śarīra」的音譯。此譯早期（東漢、魏晉）譯經即見。而「設利羅」則出現得相對較晚，應該是用玄奘「新譯」「正梵」的結果。玄奘所譯《大般若經》中「舍利」和「設利羅」皆見。《翻譯名義集》卷五：「舍利：新云室利羅，或設利羅。此云骨身，又云靈骨，即所遺骨分，通名舍利。光明云：此舍利者，是戒定慧之所熏修，甚難可得，量上福田。」〔註12〕從音節對應來看，新譯「設利羅」，或「室利羅等」等當然更準確，但被認為是「古譯訛略」的「舍利」，採用的是「節譯」的形式。而佛教音譯詞中的全譯和節譯，往往以節譯者通行，特別是雙音節。因其適應漢語

〔註9〕CBETA 電子佛典 2016/T21/1298/0386。
〔註10〕CBETA 電子佛典 2016/T34/1721/0622。
〔註11〕徐時儀：《一切經音義三種校本合刊》（修訂本），497 頁。
〔註12〕CBETA 電子佛典 2016/T54/2131/1138。

構詞和雙音化的需要。〔註13〕

006 摩納婆：此云年少蜂行。亦雲儒童。（天／58-7／674）

案：「摩納婆」為梵語「māṇava」或「māṇavaka」。又作「摩納縛迦」、「摩納」、「摩那婆」等。意譯為「儒童」、「年少淨行」、「淨持」等。玄應、慧苑、慧琳與希麟都音譯過此詞。「儒童」在《大般若經》中多見，無窮會本與天理本也重複收錄，但「摩納婆」卻祇見卷五百七十七一處，即以上天理本辭目。可見，玄奘譯經也是盡可能用意譯詞。但以上「年少蜂行」似有誤。大須文庫本此處作「年少淨行」，後者確。《玄應音義》卷二十三：「摩納婆：或云摩那婆，此云年少淨行，亦云儒童，或言人。」〔註14〕無窮會本中多次收「儒童」，其釋文為：「又云年小淨行，或云人也。」與此相合。

007 迦遮末尼：此云水精。（天／58-9／684）

案：《大般若經》中也多次出現此音譯名。慧琳於其《大般若經音義》中也三次收釋，分別在卷三、卷六和卷七。如卷七：「迦遮末尼：梵語寶名也。此寶石類，非殊勝之寶，此國無，亦如玉石之類也。」〔註15〕天理本以上釋義應參考玄應說。《玄應音義》卷二十一：「迦遮末尼：舊云迦柘。柘音之夜反。此云水精也。」〔註16〕

008 解憍陳那：具梵語云阿若多憍陳那。此云初解眾多也。上解字是
　　　　唐言也。（天／57-6／636）

案：此例也多作「解憍陳那」。實際並非純音譯，而屬「半意半音」結構。如其釋義，「解」是漢語，即所謂「唐言」。「憍陳那」的舊譯為「憍陳如」。《希麟音義》卷四：「阿若憍陳如：上鳥葛反，次如者反。梵語訛略也。應云阿若多憍陳那。阿若多，此云解也。以初解法，故先彰其名。憍陳那是婆羅門姓。那是男聲，顯從其父。故新翻經云解憍陳那是也。」〔註17〕阿若憍陳如尊者乃佛陀于鹿野苑初轉佛法時所度五比丘之一，乃佛陀最初之弟子。

我們還注意到：無窮會本和天理本中還收錄了一部分音譯詞，但其釋文卻

〔註13〕梁曉虹：《佛教詞語的構造與漢語詞彙的發展》，北京語言學院出版社，1994 年，11～12 頁。
〔註14〕徐時儀：《一切經音義三種校本合刊》（修訂本），474 頁。
〔註15〕徐時儀：《一切經音義三種校本合刊》（修訂本），622 頁。
〔註16〕徐時儀：《一切經音義三種校本合刊》（修訂本），441 頁。
〔註17〕徐時儀：《一切經音義三種校本合刊》（修訂本），2249 頁。

是指出沒有翻譯。如：

009 羯雞都寶：未見翻譯。（無／40-8／144）

實際上，說「未見翻譯」並不妥當。《慧琳音義》卷四收錄此條：「羯雞都寶：梵語寶名也。此即水精之異名。其寶色白小如鵝卵許大也。」〔註18〕但因有可能此本係原本撰者未見到《慧琳音義》，故有此說，並不奇怪。此類很少，收錄全詞形的，應僅見上例。還有二、三例也指出未見翻譯，則出現於以下的分拆辭目法中。

（二）意譯詞和一般漢語詞

漢傳佛經音義解釋意譯詞和一般漢語詞時基本會分上下字先標字音，然後或分釋字義或詞義，或總釋複合詞詞義。

無窮會本和天理本收釋意譯詞和一般漢語詞時，如果是全詞收錄形，基本也不標漢字音，解釋詞義也多不用假名，而用漢文。如：

010 意生：大日經疏引：智論云人也。（無／1-4／16）

011 儒童：儒者，柔也。美好義也。童者，年小義也。又云年小淨行，

或云人也。（同上）

012 大勝生主：亦云大愛道。梵云摩訶闍波提也。（1-1／8）

「大勝生主」是梵文「Mahāprajāpatī」的意譯，音譯作「摩訶波闍波提」，為佛姨母之名。悉達多太子誕生七天後，其生母摩訶摩耶去世，由姨母摩訶波闍波提撫養長大。悉達多太子成佛後，摩訶波闍波提由佛陀大弟子阿難之請，允許出家，成為佛弟子，是佛教史上比丘尼之始，別號「憍曇彌（Gotamī）」。此詞意譯除此，還有「大愛道」等。《慧琳音義》卷二十五：「摩訶波闍波提：此云大愛道，是佛姨母，亦名大勝生主也。」〔註19〕唐・窺基撰《妙法蓮華經玄贊》卷一：「梵云摩訶鉢剌闍伏底，此云大勝生主。佛母有三，此為小母。大術生佛七日命終，此尼養佛。大術姊妹之類，故號為姨母。大勝生主本梵王名，一切眾生皆彼子故。從彼乞得，因以為名。又一切佛弟子名為大生，三乘聖眾名為勝生，由養佛故為大勝生。大勝生之主名大勝生主，雖從彼乞得

〔註18〕徐時儀：《一切經音義三種校本合刊》（修訂本），576 頁。
〔註19〕徐時儀：《一切經音義三種校本合刊》（修訂本），939 頁。又此本為釋云公為《大涅槃經》所作音義，經慧琳再刪補詳定而收入。

亦以義為名。舊云波闍波提、名大愛道，皆訛略也。」〔註20〕

013 勢峯：——者，男根之陰莖也。舊云馬陰藏相是也。（無／39-1／126）

「勢峯」一詞，「無窮會本系」中多次出現。《大般若經》中多次述及如來「三十二大士相」，其中「世尊陰相勢峯藏密，其猶龍馬亦如象王，是為第十」〔註21〕。唐・定賓作《四分律疏釋宗義記》卷七詮釋曰：「勢峯藏密相，謂佛勢峯藏密，猶如馬王。若爾云何所化得見？有說世尊慜所化故，方便示之。有說世尊化作象馬陰藏殊妙，告所化言。如彼我亦爾。」〔註22〕

014 渴仰：如渴望水，心愛尊者，故言渴仰也（無／8-7／50）

「渴仰」雖非名相術語，但卻是佛家語。表示熱切仰望之意。即指殷切之思慕與敬仰，如渴者之欲飲水。經典中常用以形容對佛、法之仰慕。亦表示聞法之意，即指信前求道之心切。

015 唯然：唯者，教諾之詞也。然者，順從之稱也。（無／1-9／20）

此為一般語詞，無需詮釋。此類相對較少。

無窮會本和天理本中收錄的意譯詞實際並不多，多為重複出現，如「意生」、「儒童」，或「意生儒童」連用。僅在無窮會本中，即卷上，就多次出現。其他如「增語」、「須食」等也多次重複收錄。還有一些屬於名相詞，慧琳等人並不收釋，但卻出現在無窮會本中，如：

0016 諦寶：諦者，四諦也。寶者，三寶也。（無／31-3／78）

《大般若經》卷三百一：「善現！如是般若波羅蜜多大珍寶聚，能與有情真如、法界、法性、不虛妄性、不變異性、平等性、離生性、法定、法住、實際、虛空界、不思議界諸聖諦寶。」〔註23〕佚名《天請問經疏》卷一：「故《攝大乘論》云：『於諦、寶、因、果，心迷不解，名曰無明。』『諦』謂四諦，『寶』謂三寶，『因』謂善、惡二因，『果』謂苦、樂兩果。此之無明，不解四諦之理，不知三寶之尊，不知惡是苦因，不了善招樂果。於此諦、寶、因、果境中，體性癡憨，迷闇不明，故曰『無明』。」〔註24〕以上「諦寶」正為此。又如：

〔註20〕CBETA 電子佛典 2016/T34/1723/0671。
〔註21〕CBETA 電子佛典 2016/T06/0220/0967。
〔註22〕CBETA 電子佛典 2016/X42/0733/0206。
〔註23〕CBETA 電子佛典 2016/T06/0220/0535。
〔註24〕CBETA 電子佛典 2016/ZW01/0005/0073。

017 正至正行：慈恩瑜伽抄云：四向四果名正行正至也。（無 38-10
　　／122）

此亦屬佛家名相術語類。詮釋多見於佛家論疏。以上釋義出自慈恩大師著
作。筆者查尋，未果，但唐·釋遁倫集撰《瑜伽論記》卷第六（之上）有「正
至即是四果，聖人名正至善士故，順正理說四向四果名正行正至」之句〔註25〕，
可見有據。

佛家專有名相術語類，並不是漢傳佛經音義的主要收釋對象。以上兩條，
慧琳與可洪均未在其《大般若經音義》中收錄，但卻見於無窮會本。筆者認為：
這還是「一切經音義」和「單經音義」之別。作為《大般若經》的單經音義，
撰者認為凡此經文所及，祇要讀經者需要，皆應在選收之列。

還有一個較為明顯的特色值得注意：「無窮會本系」收錄意譯詞，常以梵文
音譯為其釋語。如：

018 飲光：梵云迦葉波。（無／1-10／20）〔註26〕

019 執大藏：梵云摩訶俱稀羅也。（無／9-2／52）〔註27〕

020 滿慈子：梵云冨樓那。（同上）

案：「滿慈子」於後第四十一帙卷五又被收錄，釋曰：「梵云冨樓那彌多羅
尼子。」前「冨樓那」是略名，後為音譯全名。《慧琳音義》卷二十三：「富樓
那：具云富樓那彌多羅尼子。言富樓那者，此云滿也。彌多羅者，此云慈也。
滿慈是尊者母稱子，即尊者自身從母立名，故名滿慈也。」〔註28〕此後第四十
二帙卷一、第四十三卷六又重複被收錄，釋義同上 020。「滿慈子」在《大般若
經》中多次出現，但「富樓那」卻並未見，這也可說明玄奘譯經多用意譯。

一般來說，漢傳佛經音義多用漢語詮釋梵語音譯辭目。雖然玄應、慧琳等
人的音義也在釋文中出現過用梵文音譯詞，但多為辨析梵文正訛而用，或還有
其他詮釋文字，音譯祇是釋文的一部分。

如 018「飲光」一詞。此為人名，乃「迦葉」「迦葉波」之意譯，表示自
光飲蔽他微光之義。經中名為飲光有二義：一是祖先之姓，故名。一彼身有

〔註25〕CBETA 電子佛典 2016/T42/1828/0430。

〔註26〕又見「無/41-5/160」。

〔註27〕又見「無/43-6/182」。

〔註28〕徐時儀：《一切經音義三種校本合刊》（修訂本），895 頁。

光明，故名。《慧苑音義》卷上：「迦葉：具云迦攝波，此曰飲光，斯則一家之姓氏。彼佛降生此姓氏中，即以姓為名也。」〔註29〕《法華義疏》一曰：「《十八部論疏》云：具足應云迦葉波。迦葉此云光，波此云飲，合而言之，故云飲光。飲光是其姓，上古仙人，名為飲光，以此仙人身有光明，能飲諸光令不復現；今此迦葉，是飲光仙人種，即以飲光為姓，從姓立名，稱飲光也。又此羅漢，亦自有飲光事，其人身有金色光明。……此金猶不及迦葉金色，是故亦名飲光。」〔註30〕

儘管佛經中漢譯名「飲光」經常出現，但玄應、慧琳、慧苑及可洪等人所收辭目皆為音譯名，意譯名則用於釋義。又如《慧苑音義》卷下：「摩訶迦葉：具云摩訶迦葉波。言摩訶，此云大也。迦葉波，此云飲光也。此尊者上古元祖是大仙人，身有光明而能吞蔽燈火之光，時人異之，號曰飲光。仙人因此摽其氏族焉。又以尊者有頭陀大行，故時與其大飲光名之耳。」〔註31〕

又如018「執大藏」。《大般若經》中多次出現「執大藏」一名。如卷八十二：「爾時，具壽舍利子、具壽大目連、具壽執大藏、具壽滿慈子、具壽大迦多衍那、具壽大迦葉波等諸大聲聞，及無量百千菩薩摩訶薩，同時舉聲問善現曰……」〔註32〕經中「執大藏」為「諸大聲聞」之一。但玄應、慧琳、慧苑及可洪等人的音義中皆未收釋「執大藏」。《玄應音義》卷二十五有「俱祉羅」條：「勅里反，舊言摩訶俱絺羅，此云大膝，膝骨大故也，即舍利子舅長爪梵志也。」可見「執大藏」為「摩訶俱絺羅」之意譯之一〔註33〕。「摩訶拘絺羅」，也作「摩訶俱稀羅」、「摩訶俱瑟恥羅」等。佛經裡說，長爪梵志，也就是舍里佛的舅舅，與佛陀辯論輸後，為感謝佛陀不殺之恩，就跟佛出家，用功修行，後來成了大阿羅漢，得到四無礙辯才，善於答覆問難，所以稱為「答問第一」。其人特徵，是膝蓋很大，故亦其為「大膝尊者」。《慧琳音義》卷二十六〔註34〕收錄「摩訶拘絺羅」、《可洪音義》卷一和卷五皆收錄節略形式「拘絺」。唐・窺基《瑜伽師地論略纂》卷第十六：「摩訶俱瑟恥羅者，即舊云摩訶俱絺羅也。

〔註29〕《大日本校訂大藏經音義部》，為十，114～115頁。
〔註30〕CBETA 電子佛典 2016/T34/1721/0459。
〔註31〕《大日本校訂大藏經音義部》，為十，124頁。
〔註32〕CBETA 電子佛典 2016/T05/0220/0458。
〔註33〕還可譯作「大膝」。
〔註34〕此本為釋雲公撰所撰《大般涅槃經音義》經慧琳再加刪補而收錄。

摩訶云大，俱瑟恥此云肚，羅此云持，即大肚持也。即是舍利弗舅，長爪梵志也。肚中即三藏義，持三藏義故名大肚持。」〔註35〕「持」有「執」義，故「執大藏」也就是「持三藏」。

有意思的是，「執大藏」條不見慧琳、可洪各自的《大般若經音義》，但日本學僧早在信行的《大般若經音義》就收錄此條〔註36〕，「無窮會本系」呈此收釋此詞，且隨經本文，多次重複。

以上本文所舉例為音譯詞和意譯詞。至於一般漢語詞的辭目，因數量較少，難以成特色，故本文不再專門討論。

要說明的是，以上這一特色，以複音詞整詞形式收錄者，並非皆不標字音，釋義也並非全用漢文而不用假名。如：

021 軍旅：慮。アツマル。千人云軍。五百人云旅。（無／11-2／58）

上例「慮」為「旅」注音字。其後假名有聚集、集合義，與漢語釋義相合。

022 吉祥茅：房。亦云上茅城。梵云拘尸那城。（無／11-5／62）

案：以上「房」為「茅」字標音。二字漢字音相同。《大般若經》兩次出現此詞，卷一百五和卷五百二，但應為「吉祥茅國」。以上無窮會本所收釋，是卷一百五「吉祥茅國」之略。《慧琳音義》卷六為「吉祥茅國」音義：「古名王舍城，即摩揭陀國之正中心。古先君王之所都處，多出勝上吉祥香茅，因以為名。亦名上茅城。崇山四周以為外郭，西通陋徑，卉木繁榮，羯尼迦樹盈滿其中，春陽花發，爛然金色。迦蘭陀竹園在山城門北俯臨其側，耆闍崛山在此山城之內王城外也。」〔註37〕慧琳的內容多有描述形容，比無窮會本詳密，但關鍵的「上茅城」與無窮會本相當。此說出典實自玄奘《大唐西域記》卷九。而無窮會本還出現梵語音譯名「拘尸那城」，也屬於前所述「梵語音譯詞詮釋漢語詞」。「拘尸那城」漢譯佛典多次出現。《慧琳音義》卷二十五所收的釋雲公的《大涅槃經音義》卷上釋曰：「拘尸那城：梵語西國城名也。唐云茭草城。在中天竺界周十餘里。」〔註38〕《希麟音義》卷二也收釋：「拘尸那：梵語西國城名也。此云茭草城，或云香茅城，以多出此草故也。」〔註39〕

〔註35〕CBETA 電子佛典 2016/T43/1829/0222。

〔註36〕古典研究會編《古辭書音義集成》，第三卷，汲古書院，昭和 53 年（1978），11 頁。

〔註37〕徐時儀：《一切經音義三種校本合刊》（修訂本），606 頁。

〔註38〕徐時儀：《一切經音義三種校本合刊》（修訂本），929 頁。

〔註39〕徐時儀：《一切經音義三種校本合刊》（修訂本），2232 頁。

023 達絮：助。──者，微識佛法，不堅固修行人也〔註40〕。或云邊

地下賤，全不知三寶，不信因果之輩也。（無／13-7／64）

以上例，用「助」為「絮」標音。二字漢字音皆讀「ジョ」。又如：

024 幾許：イクハク。（無／43-8／186）

此例，僅有假名釋義。《國語大辭典》「いくばく」的漢字就是「幾何‧幾

許」。

025 奉辭：自。──〔註41〕者承奉佛而發言詞也。（天／48-9／512）

026 六十日穀：國。亦云兩月〔註42〕穀，是喬麥也。（天／51-9／552）

上 025 例，「自」是「辭」的注音字。大須文庫本在「辭」左下右「コトハ」

假名，此釋「辭」義。026 例，「國」是「穀」的注音字。天理本在「穀」字左

下角，用小字「モミ」釋義，指尚未脫殼，還帶有外皮的稻米，日本人後來還

專門造了一個國字「籾」。但此類例相當少，特別是如 024「幾許」，釋義完全用

假名，這類辭目，就更少。

三、分拆複音辭目，既為認字，也為釋詞

此法就是將一個複音辭目分拆成幾部分，或分錄單字，或分錄部分複音成

分。釋文大多祇注上字字音，下字或最後再詮釋詞義，既為認字也為釋詞。

（一）音譯詞

027 旃荼：陁。

羅：此云標幟，即是煞惡者之種類也。（無／1-4／16）

案：以上「旃荼羅」是音譯詞，但撰者將其分成兩個辭目收錄，「旃荼」和

「羅」。但實際上，可以看得出來，撰者祇是為了給「荼」字注音。整個詞義是

在「羅」字後標出的。

028 杜：土。

多：杜多者，古云頭陁。胡音云抖擻。唐云除棄，即除煩惱之義

也。（無／6-3／46）

「杜多」是梵文「dhūta」的音譯，又作「頭陀」「駄都」「杜荼」等。「頭

〔註40〕此句無窮會本漏「不」字，此處根據大須文庫本及天理本添加。

〔註41〕天理本用簡寫符號「ママ」。

〔註42〕天理本字有訛誤，此處參考大須文庫本，根據文義應作「兩月」。

陀」是舊譯，「杜多」是新譯，較為通用的是「頭陀」。《翻譯名義集》卷一：「頭陀：新云杜多，此云抖擻，亦云修治，亦云洮汰。垂裕記云：抖擻煩惱故也。善住意天子經云：頭陀者，抖擻貪欲嗔恚愚癡，三界內外六入。若不取不捨，不修不著，我說彼人名為杜多。今訛稱頭陀。」〔註43〕僧人們乞討飲食，艱苦修行，正是為了去除塵垢，棄煩惱，修治身心，故可指修苦行的僧人，其修行方法也叫「頭陀行」和「頭陀法」。

029 嗢：越。

　　鉢羅：即青蓮花也。花葉狹長，下圓上尖也。（無／30-6／74）

以上兩條，前為「嗢」注音，後詮釋全詞「嗢鉢羅」。「嗢鉢羅」為梵文「Utpala」音譯，也作「優鉢羅」、「烏鉢羅」、「漚鉢羅」等。但《大般若經》中用「嗢鉢羅」。《慧琳音義》卷五解釋：「嗢鉢羅花：上烏骨反。梵語也。細葉青色蓮花也。古云漚鉢羅，或名優鉢羅，皆訛也。此花最香最大，人間絕無，雪山無熱惱池有。」〔註44〕與慧琳的詮釋相比較，無窮會本用「花葉狹長，下圓上尖」描繪，頗為形象，然也有出處。據《慧苑音義》卷上：優鉢羅花：具正云尼羅烏鉢羅。尼羅者，此云青。烏鉢羅者，花號也。其葉狹長，近下小圓，向上漸尖，佛眼似之，經多為喻。其花莖似藕，梢有刺也。」〔註45〕

030 薄矩：俱。

　　羅：此云善容也。（天／57-6／638）

案：以上兩條，上條用「俱」字為「矩」注音。下條詮釋整個詞義。「薄矩羅」是梵文「Vakkula」的音譯，又作「薄俱羅」、「薄拘羅」、「縛矩羅」等。經中羅漢名。漢譯曰「善容」「偉形」等。隋・智顗《法華文句》卷二：「『薄拘羅』者，此翻善容，或偉形，或大肥盛，或腬囊，或楞鄧，或賣性，然而色貌端正，故言善容也。」〔註46〕《玄應音義》卷二十五：「薄矩羅：俱禹反。舊言薄俱羅，此云善容。持一不煞戒得五不死者也。」〔註47〕

〔註43〕CBETA 電子佛典 2016/T54/2122/0903。按：CBETA 實為「抖揀」，但在「揀」字前，有校勘：【宋】【元】【明】作「擻」。
〔註44〕徐時儀：《一切經音義三種校本合刊》（修訂本），592 頁。
〔註45〕此在收錄《慧琳音義》卷二十一。徐時儀：《一切經音義三種校本合刊》（修訂本），861 頁。
〔註46〕CBETA 電子佛典 2016/T34/1718/0016。
〔註47〕徐時儀：《一切經音義三種校本合刊》（修訂本），510 頁。

031 阿賴：羅。

耶：此云藏。即種子之義也。（天／58-6／672）

「阿賴耶」為佛家名相術語，心識名，八識中的第八識，漢譯為藏識，經中多見。

以上，都是將一個音譯詞，一分為二，前半用同音字為上字或末字注音。後半總釋詞義。釋義有用漢語，如027的「旃荼羅」。也有的先辨別新舊譯，其後釋義，如028「杜多」條，一用「胡音云」，一用「唐云」，但前者明顯有誤。「抖擻」非「胡音」，而是漢譯。抖擻者，手舉物也，又振拂也，雞犬等起而振其身，亦曰抖擻。《法苑珠林》卷八十四曰：「西云頭陀，此云抖擻。能行此法，即能抖擻煩惱，去離貪著。如衣抖擻能去塵垢，是故從譬為名。」〔註48〕而「胡音」在佛典中可泛指梵文。隋天臺智者大師說・門人灌頂記・唐天臺沙門湛然釋《妙法蓮華經玄義釋籤》卷二十九：「初中言胡音者，自古著述，諍競未生，但從西來，以胡為稱，應云梵音。元梵天種，還作梵語，及以梵書。」〔註49〕但多用「此云」引出意譯，如030「薄矩羅」、031「阿賴耶」等。

也有將一個音譯詞拆分成更多辭目的。如：

032 篾：別。

戾：來。

車：全不識佛法人也。或云邊地少知三寶，未全信因果之輩也。

先德云：達絮篾戾車，此俱云樂垢穢矣。引慈恩瑜伽抄。（天／64-13／）

「篾戾車」是梵文音譯詞，慧琳辨析曰：「上音眠鼈反。古譯或云蜜列車，皆訛也。正梵音云畢嘌吟蹉。此云垢濁種也。樂作惡業下賤種類邊鄙不信正法垢穢人也」〔註50〕無窮會本則分三個辭目，先為前二字標音，再在第三個字後釋詞義。

032 烏：優。

瑟：出。

膩：尼。

〔註48〕CBETA 電子佛典 2016/T53/2131/1074。

〔註49〕CBETA 電子佛典 2016/L116/1490/0621。

〔註50〕《慧琳音義》卷四。同上，573 頁。

　　　沙：或云鬱尼沙。此云髻也。頂骨湧起，自然成髻也。（無／39-
1／128）

　　以上一詞分成了四個辭目。前三條分別祇標字音，最後條「沙」字後解釋
整個詞義。

　　「烏瑟膩沙」，也作「烏瑟尼沙」「嗢瑟尼沙」〔註51〕「鬱瑟尼沙」，略稱
「鬱尼沙」「烏沙」等。意譯作「髻」、「頂髻」、「佛頂」。為佛家三十二相之
一。如來及菩薩之頂上，骨肉隆起，其形如髻，故稱肉髻，乃尊貴之相。《慧琳
音義》卷九：「肉髻：古帝反。梵言嗢瑟尼沙，此云髻，即無上依經云『鬱尼沙
頂骨湧起自然成髻』是也。經文從系作結，非也。嗢音烏沒反也。」〔註52〕又
日僧信瑞《淨土三部經音義集》卷三有「肉髻」，釋曰：「經音義曰：摩訶般若
經云肉髻。古帝反。梵云嗢瑟尼沙，此云髻。即無上依經云鬱尼沙，頂骨〔註53〕
起，自然成髻是也。」〔註54〕《翻譯名義集》卷五：「嗢瑟尼沙，此云髻。無
上依經云：欝尼沙，頂骨湧起，自然成髻，故名肉髻。」〔註55〕據此，可以知
道以上無窮會本釋義之源應是《無上依經》。《無上依經》由梁·真諦譯出。筆
者查檢，此經卷下《如來功德品》第四中確實有「欝尼沙頂骨湧起自然成髻」
〔註56〕之說法，但無窮會本是直接參考《無上依經》，還是通過玄應，或者信
瑞的間接參考，尚難以確認，有待進一步考察。

　　可以看出：音譯詞是否需分拆，又分拆成幾個辭目，主要根據音譯詞中是
否有需標出字音之字而定。

　　033 具霍：火久。

　　　迦：翻譯未詳之。（無／37-9／118）

　　034 遮魯：路。

　　　拏：那。翻譯未詳之。上二並是持咒神之名也。（同上）

　　以上兩條較為特殊，其後的釋義是「翻譯未詳之」。而前所舉收入全詞部

─────────────

〔註51〕無窮會本第三十九帙。
〔註52〕徐時儀：《一切經音義三種校本合刊》（修訂本），655 頁。又此為《摩訶般若波羅蜜
　　　　經》的音義，本為玄應撰。
〔註53〕筆者按：此處疑漏「湧」字。
〔註54〕此音義，筆者用九州大學「松濤文庫本」。
〔註55〕CBETA 電子佛典 2016/T54/2131/1138。
〔註56〕CBETA 電子佛典 2016/T16/0669/0473。

分的 009「羯雞都寶」，也是「未見翻譯」。可見這也成為釋義的一種。但實際
上還是追加了釋義，即在 034 後指出二者為持咒神之名。此義實際根據經本
文。《大般若經》卷三百六十九：「應如實知諸龍、藥叉、阿素洛、緊捺洛、健
達縛、揭路茶、具霍迦、遮魯拏、莫呼洛伽、持咒神等，各有彼道、有彼因果，
知已方便遮障彼道及彼因果。」〔註57〕筆者查檢了慧琳和可洪的《大般若經音
義》，《慧琳音義》卷四《大般若波羅密多經》第三百六十九卷僅收釋「穀響」
一條。可洪收錄了「具霍」「魯拏」兩條，但祇為「霍」字和「拏」字注音。
查檢 CBETA 電子佛典，確實並未發現有此二音譯詞的意譯，所以「翻譯未詳
之」還是有根據的。但這明顯是日本人寫的和式漢語。筆者提出的疑問是：既
然「翻譯未詳」，那為何還要作為辭目收錄？筆者也嘗試回答，認為目的還是
為了認字，故而標注音讀，但撰者也考慮到其複音詞特色，故即使其前並無詮
釋，也實事求是標明。

（二）意譯詞、一般漢語詞

035 數：即。

取趣：梵云補特伽羅也。數數造業趣六道，故云數取趣。（無／
5-1／28）

以上也是一詞分拆為兩條。上條僅標音，下條先用梵文音譯釋義，再用漢
文詮釋補充，詮釋詞義。

「數取趣」一詞，《大般若經》中多次出現，其他經典中也不少見，故而
「無窮會本系」中此詞也多次被收錄，重複出現，但玄應、慧琳、慧苑及可洪
等人在其各自的音義中收錄的基本都是其音譯「補特伽羅」、「補伽羅」和「伽
羅」等。《慧琳音義》僅卷一有「數取趣」一條，但其釋為「霜捉反。左傳云：
數數不疎也。」可知祇為「數」字音義，並未涉及「取趣」二字。

「補特伽羅」是梵文「Pudgala」的音譯，其意譯就是「數取趣」。《翻譯
名義集》卷二：「補特伽羅，或福伽羅，或富特伽羅，此云數取趣，謂諸有情
起惑造業，即為能取當來五趣，名之為趣。古譯為趣向，中陰有情，趣往前生
故。」〔註58〕《希麟音義》卷三：「補特伽羅：舊經云富伽羅，亦云弗伽羅，

〔註57〕CBETA 電子佛典 2016/T06/0220/0905。
〔註58〕CBETA 電子佛典 2016/T54/2131/1082。

舊翻為數取趣。謂諸有情數造集因，數取苦果。又云，或翻為入，言捨天陰入人陰等。」〔註59〕

036 大採：細。取也。

菽：四久。豆也。

氏：之。族姓也。梵云摩訶時伽羅。古云摩訶目犍連。（天 / 57-5 / 636）

「大採菽氏」是佛十大弟子之一，有號稱「神通第一」的「摩訶目犍連」的意譯。唐・窺基撰《妙法蓮華經玄贊》卷一：「梵云摩訶沒特伽羅，言大目乾連者訛也，此云大採菽氏。上古有仙，居山寂處，常採菉豆而食，因以為姓。尊者之母是彼之族，取母氏姓而為其名，得大神通，簡餘此姓故云大採菽氏。」〔註60〕

此條與前所舉釋音譯詞有不同。各分錄的辭目後，不僅有音注，還有義釋，這是因意譯詞是根據漢字表意的特點來使用的。最後總釋詞義。而在釋義中還舉出梵文音譯詞，並辨別古譯和新譯。

因「無窮會本系」中意譯詞本身收釋較少，且大多以全詞形式收錄，而且多有重複。我們把短語結構也添加於此，如：

037 口強啄：宅。ハム。

長：口出強惡之語而啄毀其長德之善也。（天 / 60-10 / 710）

案：《大般若經》卷六百：「當於彼時，諸有情類多分成就感匱法業，心多貪欲，……住不正知，口強喙長，傴蹇憍傲，憙行惡業，隱覆內心……。」〔註61〕以上兩條，上條收錄三字，但為最後的「啄」標音。「啄」與「宅」漢音相同。「ハム」為「啄」之和訓。此四字短語之義在下條「長」字後表示。但是查檢《大正藏》，「口強喙長」四字連用，僅見此處，且無對其所作詮釋。天理本釋義之來源有待進一步考察。

038 紛：分。

綸：利ン。紛綸者，雜亂也。（無 1-1 / 12）

案：此條先分錄單字，並分別為單字注音。下字還分別用了漢字和假名，

〔註59〕徐時儀：《一切經音義三種校本合刊》（修訂本），2240 頁。
〔註60〕CBETA 電子佛典 2016/T34/1723/0670。
〔註61〕CBETA 電子佛典 2016/T07/0220/1109。

但仍是直音注，要是為單字辭目標音。最後在第二個字後，詮釋「紛綸」之義。又如：

039 璧：白。

玉：璧玉者，外圓內方之寶也。（無 1-10／20）

040 珊：散。

瑚：其紅赤色也。石似樹形。罽賓國出也。（同上）

以上兩條緊接，釋文方法也相同，都是分錄單字為辭目，為上字注音，在下字後解釋詞義。

「珊瑚」雖本不出自漢地，但卻早就傳來，《說文》中就出現「珊瑚」。《慧琳音義》卷一亦收釋此條：「珊瑚：上桑安反。下戶姑反。漢書云：罽賓國出珊瑚寶，其色紅赤而瑩徹，生於大海。或出名山，似樹有枝而無其葉，大者可高尺餘。」〔註62〕這是傳統做法，先為上下字標音，再總釋其義。此辭目雖是雙音，但却是單純詞。無窮會本是作為兩個辭目收錄的。上個辭目字「珊」祇是標音。下個辭目字後則標出「珊瑚」一詞的意義。

四、結論：從「無窮會本系」收釋複音節辭目的特色，考察其「日本化」進程

與單字辭目相比較，「無窮會本系」中的複音辭目確實不能算多，但自有其特色。通過以上例句的梳理分析，我們已經基本歸納出兩點特色，即或全詞收錄複音辭目，或分拆複音辭目。前者假名釋義較為少見，基本用漢文釋義；後者則多先為分拆的上條單字或複音節的末字注音，再在下條或是最後一條總釋詞義。相比較而言，分拆複音辭目之法用得較多。這些與《慧琳音義》、《可洪音義》以及信行《大般若經音義》（石山寺本）收釋複音辭目之法不同，與藤原公任的《大般若字抄》也有一定差異。筆者認為，總體來說，仍更多地是為了體現了「認字」、「釋字」的字書特性（這與「無窮會本系」原撰者的編纂目的相吻合），但也在某種程度上兼顧到了辭書的特性。不僅如此，筆者認為我們還可從這一特色，考察其「日本化」的進程。

佛經音義在日本發展進程的基本呈現是：初呈「漢風」，逐漸「和風化」，再進一步發展就是「日本化」。若以日僧撰《大般若經音義》為例，筆者認為

〔註62〕徐時儀：《一切經音義三種校本合刊》（修訂版），531頁。

信行所撰《大般若經音義》（石山寺本、中卷）主要是呈「漢風」，但也初顯「和風」，最主要的特徵就是其中有萬葉假名的和訓。藤原公任的《大般若經字抄》，其體裁則就已明顯地體現出此音義已經大幅度日本化了〔註63〕，故《字抄》被認為在日本佛經音義史上具有承前啟後，向日本化過度的作用。而「無窮會本系」應是繼《字抄》之後，日本中世佛經音義進一步「日本化」的實踐者。

筆者曾歸納總結過日本佛經音義的特點，其中就有「皆為單經音義」、「收釋辭目以單字為中心」、「漢文註釋大幅度減少」，這些特點在「無窮會本系」中皆有呈現。但是，翻譯佛經中有大量的複音詞，它們自然應該成為音義的對象，而這一部分又不可能像單字辭目般，祇是簡單地標音釋義。因為相對於詮釋單個漢字的一個或兩個義項，複音詞的詮釋要複雜得多，尤其是音譯詞，因祇是借音，字音和字義不必相符。以上我們梳理了「無窮會本系」收釋複音辭目時兩大特色，從中能看出原撰者在為處理這部分內容時所做出的努力，換句話說，在「日本化」進程中所進行的探索實踐。筆者認為有以下三點。

（一）作為「單字音義」，「無窮會本系」原撰者應該說已盡可能地收錄了各類複音辭目，尤其是音譯詞。值得我們注意的是，儘管意譯詞的數量不如音譯詞，但其中有些內容，如名相術語、人名物名等，不見於慧琳和可洪的《大般若經音義》。故而，其顯著特色之一就是：因譯經所產生的新詞：音譯詞和意譯詞，漢傳佛經音義傾向於多收錄音譯詞，但無窮會本和天理本卻收錄了類似「飲光」、「執大藏」等類的意譯詞。又如《大般若經》卷五百六十六：

> 復有無量阿素洛王，所謂具力阿素洛王、堅蘊阿素洛王、雜威阿素洛王、暴執阿素洛王而為上首，各領無量百千眷屬，為聽法故來詣佛所。復有無量大力龍王，所謂無熱龍王、猛意龍王、海住龍王、工巧龍王而為上首，各領無量百千眷屬，為聽法故來詣佛所。〔註64〕

以上經文中的「具力」、「堅蘊」、「雜威」、「暴執」、「無熱」、「猛意」、「海

〔註63〕築島裕：《大般若經音義諸本小考》，東京大學教養部《人文科學科紀要》第21輯，昭和35年（1960）3月。

〔註64〕CBETA 電子佛典 2016/T07/0220/0921。

住」與「工巧」等雙音詞皆出現於天理本第五十七帙第六卷。在如此短的兩句話經文中，竟收錄了八個意譯詞，大須文庫本亦同。這些內容均未見慧琳和可洪的《大般若經音義》。

如此鮮明特色，當然是由編纂目的和對象決定的。慧琳和可洪以「一切經」「藏經」為對象，而「無窮會本系」則僅以《大般若經》為對象。總體來看，慧琳與可洪二人佛家名相術語收錄相對較少，而後者作為《大般若經》的專書音義，專書辭典收詞範圍的有定性決定了它收詞所涉學科的無定性，凡《大般若經》經文所及，皆在選收之列，不受任何學科範疇的約束。〔註65〕在《大般若經》這一有定範圍內，編纂者若覺得有詮釋價值，即就可作為辭目收錄。以上意譯詞的收錄，筆者認為應基於此。

（二）無窮會本和天理本中收錄全詞，多不標字音，釋義不用假名而用漢文的內容，基本為譯經而新造的音譯或意譯詞。這些詞皆出自漢文藏經，相對複雜，難以用漢字或語詞的一個義項簡單詮釋。特別是音譯詞，字音與字義不相合，無法加添字義，故而撰者採取了用漢文釋義的方法。其釋義應該參考了漢文佛典，有的則直接引自前輩學僧著作。如：

041 增語：俱舍論第十云：增語〔註66〕謂名云云〔註67〕。光釋云：語
　　是音聲而無詮表，名有詮表增勝於語，故名增語。又此名以語為
　　增上方能詮表，故名增語。（無／2-7／24）

按：《大般若經》多次出現「增語」一詞。而經中有關「增語」一詞之釋，本出自玄奘譯的《阿毗達磨俱舍論》卷十。撰者先用「云云」二字，表省略，然後引用唐・普光《俱舍論》卷十之語（即文中「光釋〔註68〕」）再作詮釋。「增語」，有語增上之意，語，乃無詮表之聲，其聲殊勝者謂之名，故稱此名為增語。此術語不見於慧琳與可洪的《大般若經音義》。又如：

042 善現：亦云善吉，亦云善業，亦云善實。義淨三藏云妙生矣。此

〔註65〕徐時儀、梁曉虹、陳五雲：《佛經音義研究通論》，93頁。

〔註66〕原本二字用二短綫表示。

〔註67〕原本「云云」二字用雙行小字置於「名」下，且第二個「云」用簡寫「マ」。

〔註68〕唐・玄奘法師譯有《阿毗達磨俱舍論》三十卷，其門下形成一批專門研習《俱舍論》的學僧，其中有神泰撰《俱舍論疏》（簡稱「泰疏」）三十卷，普光作《俱舍論記》（簡稱「光記」）三十卷，法寶著《俱舍論疏》（簡稱「寶疏」）三十卷。此三書合稱「俱舍三大部」。但後來《泰疏》殘缺不傳，唯有《光記》、《寶疏》並行，世稱「俱舍二大疏」。以上「光釋」即為「光記」。

人梵云須菩提也。（無／1-10／20）

「善現」作為「須菩提」的意譯，《大般若經》中也多次出現，慧琳與可洪在其《大般若經音義》中亦未收錄。義淨三藏是唐代著名的取經譯經大師。他在所譯的《佛說能斷金剛般若波羅密多經》卷一和《根本說一切有部毘奈耶》卷十三，皆出現「妙生」一詞，特別是前者，一整卷就是「具壽妙生」向佛祖求教「若有發趣菩薩乘者，云何應住？云何修行？云何攝伏其心？」，形式就是「妙生」與佛之間的對答。這裏的「具壽妙生」就是「善現」。《大般若經》卷十：「爾時，具壽舍利子、具壽大目連、具壽大飲光、具壽善現等，眾望所識諸大苾芻及苾芻尼，並諸菩薩摩訶薩眾、鄔波索迦、鄔波斯迦，皆從座起恭敬合掌，俱白佛言……」以上無窮會本的「善現」正錄自此。

類似以上的引用一般都較為簡略，而且基本不出書名，而多用人名表示。這也是日本佛經音義引徵的一大特色。

043 末達那：又云摩陁那。此云醉菓。如來首相似彼菓，故以為喻

也。（無／39-1／132）

案：《大般若經》卷三百八十一：「世尊首相周圓妙好，如末達那亦猶天蓋，是六十三。」[註69]此段經文是在形容佛菩薩之身所具足的八十種好像，其中第六十三為「首相周圓妙好」，經中用「末達那」來比喻。「末達那」是「Madana」的音譯，也作「摩陀那」、「摩達那」、「摩陀羅」等，是西域的一種果名，意譯為醉果。宋·守千集《彌勒上升經瑞應抄》卷二：「如來達那者：經音義云：末達那，或摩陀那，此云醉果。此果食之，能令人醉。其狀圓妙，似舍[註70]佛首，周如此果。上如天蓋，天傘蓋也。」[註71]這與無窮會本釋義相似。而其中所謂「經音義」，即玄應的《眾經音義》，其卷十六收釋「末達那果」：「或云摩陀[註72]那，又言摩陀羅，此云醉果，甚堪服食，能令人醉故以名焉。」[註73]

（三）使用最多的分拆辭目法，釋義多在下條或末條，且以漢文釋義居多。因其所釋仍是複音節詞或短語。如前一節已舉之例：

〔註69〕CBETA 電子佛典 2016/T06/0220/0968。
〔註70〕CBETA 電子佛典注「捨」疑「於」。
〔註71〕CBETA 電子佛典 2016/X21/0394/0948。
〔註72〕CBETA 電子佛典此字作「陁」，與無窮會本同。
〔註73〕徐時儀：《修訂版一切經音義三種校本合刊》，481 頁。

044 篾：別。

戾：來。

車：全不識佛法人也。或云邊地少知三寶，未全信因果之輩也。

先德云：達絜篾戾車，此俱云樂垢穢矣。引慈恩瑜伽抄。（無／

13-7／64）

案：此條分拆為三條，前兩條僅注音，最後總釋此音譯詞。《慧琳音義》卷二也收釋此詞：「篾戾車：上泯彌反，次黎結反，下齒耶反。梵語訛也。正梵音畢㗚蹉，此譯為下賤種，樂垢穢業，不知禮義，淫祀鬼神，互相殘害也。彌音邊茂反，嗟音倉何反也。」〔註74〕慧琳先分別為上中下三個音譯字注音，再辨別梵文正訛，然後詮釋詞義，最後還為釋文中的音譯字，當然屬難字注音。無窮會本與其相比，差異較大。共分三個辭目。前二字僅注音。最後一字不注音，總釋全詞義。前半出處雖無法確認，但類似的說法不少見。後半則用「先德云」，用意譯詞為釋，且表明此引自「慈恩瑜伽抄」。慈恩即玄奘大師高足窺基法師。「瑜伽抄」為其《瑜伽師地論略纂》的別稱。此書係法相宗主要經典《瑜伽師地論》之注疏，凡十六卷，也稱《瑜伽師地論略纂疏》、《瑜伽論略纂》、《瑜伽鈔（抄）》等。查檢《瑜伽師地論略纂》，其中卷七與卷八都有關於此音譯詞的詮釋。

045 索：尺。

訶：唐云堪認。舊云娑婆矣。（無／31-2／74）

以上音譯詞「索訶」分拆為上下兩條，上條僅標音。「索」與「尺」吳音皆讀「シャク」。下條詮釋詞義，並指出梵文舊譯。雖未標明出典，但關於「索訶」和舊譯「娑婆」，佛典中多有詮釋。《慧琳音義》卷二十七：「娑婆：索訶，唐云堪忍。由多怨嫉，聖者於中堪耐勞倦而行教化，故名堪忍也。」〔註75〕雖然一般認為，此本系的原撰者可能並未見到《慧琳音義》，但卷二十七實際並非慧琳所撰，而是「翻經沙門大乘基撰」。「大乘基」即窺基，亦即慈恩大師。慈恩大師曾撰《法華音訓》二卷，且傳到日本。平安中期興福寺學僧仲算（或作「中算」）就曾「取捷公之單字，用基公之音訓」而撰著《法華經釋文》，而此為日本佛經音義之「名著」。

〔註74〕徐時儀：《修訂版一切經音義三種校本合刊》，547 頁。
〔註75〕徐時儀：《修訂版一切經音義三種校本合刊》，970 頁。

通過以上例，我們可以認為，佛經音義要完成「日本化」，即完全用日語標音釋義，並不太容易做到。因為漢文佛典中的內容實在太豐富了，特別是其中有大量因翻譯而產生的音譯詞和意譯詞。但是，我們看到「無窮會本系」的原撰者在處理這些複音詞時也還是想盡可能地往字書上靠攏的。其中分拆複音辭目就是最顯著的事實，至少為使讀者能「認讀」難字這一觀念是很強的，因此會出現如下現象：

　　　　具霍：火久。

　　　　迦：翻譯未詳之。（無／37-9／118）

　　　　遮魯：路。

　　　　挐：那。翻譯未詳之。上二並是持咒神之名也。（同上）

以上二例，前已述及。之所以會將「翻譯未詳」的內容作為辭目而收錄，實際還是要為其中的漢字注音，使其仍能起到字書的部分功用。又如：

　　046 阿喻訶涅：熱。

　　　　喻訶：信行云：無我觀等也。未詳矣。餘下分云：阿那波那，若

　　　　准彼，可言數息觀矣。（無／37-10／118）

案：《大般若經》卷三百七十：「善現！若菩薩摩訶薩修遣阿喻訶涅喻訶亦遣此修，是修般若波羅蜜多；修遣不淨觀亦遣此修，是修般若波羅蜜多。」〔註76〕經文中「阿喻訶涅喻訶」是一個短語結構，在 CBETA 電子佛典中祇出現兩處。除此外，如上經句於卷三百七十一又出現了一次。而無窮會本於第三十八帙第一卷也又一次如上收錄，並在下條「喻訶」後注：「注尺如次上矣」。這是無窮會本重複收錄辭目而省略釋義的常用之法。

以上，撰者將六字辭目分拆為兩條。上條四音節「阿喻訶涅」，但祇為末字「涅」注音。「熱」與「涅」之吳音均讀「ネチ」。下條雙音節「喻訶」，撰者於其下詮釋整個詞義。先引信行之語「無我觀等也，未詳矣」。確實，如前述及「阿喻訶涅喻訶」在《大般若經》中僅出現過兩次，甚至可以說在《大藏經》也僅有這兩次。〔註77〕「未詳」，很實事求是。但又補充推測，認為有可能是「阿那波那」，若準確，那麼就是「數息觀」。查檢信行《大般若經音義》，石山寺所存中卷，正好有此內容。

〔註76〕CBETA 電子佛典 2016/T06/0220/0908。

〔註77〕這是筆者根據 CBETA 電子佛典進行檢索的結果，不一定準確。

菩薩摩訶薩修遣阿喻訶涅喻訶：相傳云無我觀等。未詳。〔註78〕

　　信行的釋義雖很簡單，但被無窮會本原撰者引用，因為佛典中確實沒有其他信息。不過，無窮會本原撰者也提出了自己的理解，認為有可能是「阿那波那」，若準確的話，就是「數息觀」。關於「阿那波那」和「數息觀」，佛典多有詮釋與闡述。如《慧琳音義》卷二十六：「阿那波那：此云數息觀也，阿那云入息，波那云出息是也。」〔註79〕隋・慧遠《大乘義章》卷十二：「數息觀者，觀自氣息，繫心數之，無令妄失，名數息觀。」〔註80〕但筆者認為：「無我觀」與「數息觀」應是不同術語，「阿那波那」多見，但「阿喻訶涅喻訶」《大正藏》中僅《大般若經》中出現兩處。若要準確理解其義，需要對照梵本原文。但筆者尚不具備此能力，留待有識之士。但是從這一條中，我們可以看到，從信行到「無窮會本系」原撰者在收錄辭目的時候確實是帶著疑問，即認為需要解釋之處全部收入的態度進行的。這是「專經音義」的特色。

五、參考文獻

1. CBETA 電子佛典 2016。
2. 古典研究會編，《古辭書音義集成・第三卷》，汲古書院，1978 年。
3. 梁曉虹，《佛教詞語的構造與漢語詞彙的發展》，北京語言學院出版社，1994 年。
4. 縮刷大藏經刊行會編，《大日本校訂大藏經音義部》，縮刷大藏經刊行會，1938 年。
5. 徐時儀，《一切經音義三種校本合刊》（修訂本），上海古籍出版社，2012 年。
6. 徐時儀，梁曉虹，陳五雲，《佛經音義研究通論》，鳳凰出版社，2009 年。
7. 〔日〕築島裕，《大般若經音義諸本小考》，東京大學教養部《人文科學科紀要》第 21 輯，1960 年。
8. 〔日〕築島裕，《大般若經音義の研究　本文篇》，勉誠社，1977 年。
9. 〔日〕築島裕，《大般若經音義の研究　索引篇》，勉誠社，1983 年。

〔註78〕《古辭書音義集成》第三卷，76 頁。
〔註79〕徐時儀：《修訂版一切經音義三種校本合刊》，955 頁。
〔註80〕CBETA 電子佛典 2016/T44/1851/0697。

玄應《一切經音義》「同」述考

真大成*

摘　要

　　玄應《一切經音義》頻繁使用「同」繫聯詞目字與他字，「同」的內容是多層次、多角度、多方面的。這種以「同」來溝通雙方關係的方式，是在繼承《說文》《玉篇》重視繫聯字頭與他字做法的基礎上，受時代風氣激蕩，遵循當時通行的學術規則的產物。玄應廣泛使用「A 與 B 同」，指明以「同」繫聯的若干字的記詞職用是相同的，《音義》「同」的實質就是「同用」。《音義》載錄的「同」具有多方面的研究價值，但也存在著不少缺陷甚至錯誤，需以審慎的態度具體分析具體問題。

關鍵詞：《一切經音義》;「同」

　　玄應《一切經音義》（下文簡稱玄應《音義》或《音義》）往往指明詞目字與某字或某些字具有「同」的關係（經初步統計，未去重複共有 2400 餘條），幾乎已成玄應《音義》行文通例。應該說，這是《音義》釋語的重要組成部分，也是《音義》注釋的重要任務之一，因而「同」所涉及的一些相關問題值得進一步辨析，既有助於更加全面準確地理解「同」的內容、來源及實質，也有助於更加妥善地利用《音義》「同」這批材料。

---

　　* 真大成，男，1979 年生，浙江省臨安市人，主要研究方向是漢語史和漢字史研究。浙江大學漢語史研究中心，杭州 310058。

一、《音義》指明「同」的方式

玄應《音義》採用多種方式來指明「同」，這裡歸為八類略作舉述：

（一）以「或作某」「又作某」「亦作某」指明「同」

> 挼水：或作抱，同〔註1〕。
>
> 徯徑：又作蹊，同。
>
> 肬贅：今亦作疣，同。

漢魏以來古書注釋及語文辭書已用「或作某」「亦作某」表明字際關係，如《禮記·玉藻》「大夫佩水蒼玉而純組綬」鄭玄注：「純當為緇，古文緇字或作『絲』旁『才』。」《方言》卷五：「齊之東北海岱之間謂之儋。」郭璞注：「（儋）字或作甔。」《史記·項羽本紀》「窈冥晝晦」裴駰集解引徐廣曰：「窈亦作窅字。」《說文》「或從」「或省」與「或作」的旨意也是相同的，如《示部》「祀」字：「禩，祀或從異。」「祀或從異」也就是說「祀」或作「禩」。

（二）以「籀文作某」指明「同」

> 廊廡：籀文作𢉙，同。
>
> 艱難：籀文作囏，同。

《說文》已用「籀文某」「籀文從某」「籀文某省」「籀文某從某」等表述溝通正篆與籀文之間的同字異體關係，《音義》以「籀文作某」指明「同」基本上就是承襲《說文》。

（三）以「古文作某」「古文某」指明「同」

> 幖幟：下古文作帖，同。
>
> 寶玩：古文貦，同。

《說文》已用「古文某」勾連字際關係，漢代學者注釋群經也屢用「古文某」，《音義》用「古文作某」「古文某」顯然承襲漢人傳統，但實際情況遠比《說文》及漢人注釋複雜〔註2〕。

（四）以「今作某」指明「同」

> 罷極：今作疲，同。
>
> 養飤：今作食，同。

〔註1〕為節省篇幅，這部分不詳標出處。
〔註2〕真大成《玄應〈一切經音義〉「古」「今」述考》（待刊稿）對此有詳細闡述。

　　《音義》既有與「古文作某」「古文某」相對的「今作某」,如卷一《大集
日藏分經》音義「慎儆」條:「古文慹、儆二形,今作警,同。」也有單獨的
「今作某」,如卷一《大方廣佛華嚴經》音義「繒纊」條:「下今作絖,同。」
從時間維度判明字際關係大約是從漢魏開始的〔註3〕,《周禮·夏官·弁師》「諸
侯之繅斿九就」鄭玄注引鄭司農(鄭眾):「繅當為藻。藻,今字也;繅,古字
也。」《周禮·天官·內司服》鄭玄注「素沙者,今之白縛也」釋文:「縛,劉
音絹,《聲類》以為今作絹字。」《音義》卷二五《阿毗達磨順正理論》音義「炬
鍼」條:「下《聲類》今作針。」按「今作絹字」「今作針」當是《聲類》中語。
顧野王《玉篇》也屢見「今為某」「今亦為某」,如「顰」字下「今為頻字」,
「頌」字下「歌贊之訟今為頌字」(據《原本玉篇殘卷》)。

(五)以「字體作某」「正體作某」「正字作某(正作某)」指明「同」

　　鄙俚:字體作野,同。

　　軟中:正體作㲉,同。

　　遺爐:正字作畫,同。

　　瞎瞽:正作瞎,同。

　　真大成《玄應〈一切經音義〉「體」「字體」「正體」辨說》認為「字體」指
用字體式,「正體」指典正的(用字)體式。「字體作某」「正體作某」之「某」
就是合乎規範的典正的字。「正字」「正」的含義與此相同。以「字體作某」「正
體作某」「正字作某(正作某)」溝通字際關係,玄應應該是較早的(甚至可能
是最早的)。

(六)以辭書作某指明「同」

　　痕跡:《篆文》作眼,同。

　　恐懾:《聲類》作儶,同。

　　苦蔘:《說文》作參,同。

　　開圻:《埤蒼》作㡊,同

　　瘦倩:《字苑》作瘠,同。

〔註3〕最有代表性的著作是張揖的《古今字詁》。今本《說文·艸部》:「蓧,艸田器。從
　　艸,條省聲。《論語》曰:『以杖荷蓧。』今作篠。」但學者多以為「今作篠」乃後
　　人妄增。

· 53 ·

毳毳：《蒼頡篇》作䣁，同。

瓷匙：《方言》從木作椻，同。

瞖目：《韻集》作瞖，同。

《音義》遍檢多種辭書，以辭書所載之字與詞目字溝通字際關係。這種方式已見於《說文》，如「匋」字下「《史篇》讀與缶同」〔註4〕。顧野王《玉篇》更為常見，如「謝」字下「《字書》亦對字也」，「競」字下「《聲類》古文為倞字」，「譶」字下「《聲類》為嗒字」，指明「謝—對」「競—倞」「譶—嗒」的關係。

（七）以典籍作某指明「同」

有瞙：《列子》作瞬，同。

蜚墮：古書飛多作蜚，同。

涎潠：諸書作次、㳂、唌、㳿四形，同。

宴坐：石經為古文燕字，同。

班宣：古書或作頒，同。

《音義》將詞目字與文獻實際用字相繫聯、相印證，進而指出二者具有「同」的關係。這種與文獻用字相繫聯的做法早見於《說文》，如「敠」字下「《周書》以為討」。也見於顧野王《玉篇》，如「綏」字下「野王案：《禮記》以此作『纖』字也」，「亓」字下「《尚書》作『其』字如此」。

（八）使用多種方式指明「同」

排笐：《埤蒼》作鞴，《東觀漢記》「因水作排」，王弼注書云「橐，橐囊」，作橐，同。

不瞙：《列子》作瞬，《通俗文》作眴，同。

多含：《字林》從玉作玲，諸書從口作唅，同。

屎尾：又作𥱔，古書亦作矢，同。

輾治：又作報，《莊子》「車輪不跈地」，作跈，同。

遲其：或作迡，籀文作遟，同。

鸒鴞：《聲類》作瓩，又作䮥，籀文作鸒，同。

瘡疣：字體作肬，籀文作𪒠，同。

〔註4〕段注：「《史篇》以匋為缶，古文假借也。」《史篇》即《史籀篇》。

·54·

自炒：古文鬻、𤇾、聚、𤐫四形，今作䭓，崔寔《四民月令》作炒，《古文奇字》作㷭，同。

三憾：古文寋、𠁥二形，籀文作譽，今作愆，同。

貪惏：《字書》或作啉，今亦作婪，同。

此類是一條內綜合運用上述多種方式來溝通詞目字與他字「同」的關係。

二、《音義》所指「同」的內容

對於《音義》「同」之所指，不可率爾認為僅指詞目字與某字或某些字為同一字。實際上，《音義》所指「同」涉及多種情況，具體而言，定性為「同」的雙方可能是具有異體、通假、同源、分化等關係（還包括幾種關係混合）的兩（多）個字，甚至可能是意義相近或相同的兩（多）個詞。

為便於表述，下文將《音義》所指明的詞目「字」與他「字」之「同」稱為「A 與 B 同」，「A」指詞目字，「B」統指一個或多個他字，「A」「B」的性質基本上是指字，少數情況可以指詞，因而下文不稱 A 字或 B 字，而是統稱為 A、B。

（一）異體

《音義》依據各種文獻及作者自身深厚的字學修養，針對詞目字或詞目所改字列舉了大量異體，這種同字異體的情況在《音義》所指「同」中是很普遍的，可以說是「同」的基本內容。

髖骨：或作臗，同。

噴灑：又作歕，同。

死肬：籀文作𣨋，同。

財賄：古文賵，同。

財幣：古文作𧹬，同。

枅梁：今作楣，同。

瘡疿：字體作胇，同。

曰髮：正體作㲪，同。

一瞑：《說文》作眿，《釋名》作䟎，同。

筏𦨶：《通俗文》作艬，《韻集》作橃，同。

毟毟：《蒼頡篇》作𣯳，同。

炰沸：《淮南子》作匏，同。

逝石：古文跡，或作趀，同。

髀踵：下古文種，今作腄，同。

還有一些是聯綿詞的不同書寫形式，如：

俾倪：或作頼倪兩字，又作睥睨二形，同。

俾倪：又作睥睨二形，同。

俾倪：又作睥睨二形，《三蒼》作頼倪二形，同。

（二）通假

《音義》所揭舉的「A 與 B 同」，AB 間具有通假關係，這種情況也較為常見，例如：

蜚屍：古書飛多作蜚，同。

班宣：案古書或作頒，同。

不豫：古文與，同。

劇礜：下又作沸，同。

萌牙：古文泯，同。

杜門：古文敭，同。

諒闇：今作亮，同。

禦寒：古文敔，同。

宴坐：石經為古文燕字，同。

寮屬：又作僚，同。

輅上：又作路，同。

譏剌：下又作諫，同。

擴黜：又作絀，同。

白虹：古文扛〔玒〕，同。

萑若：又作集，同。

孚出：又作趚，同。

（三）分化

《音義》有時也將母字與分化字看作「同」，例如：

芳薆：古文作朕，同。

敷在：古文尃，同。

當盧：字宜作顱，同。

如陶：又作匋，同。

又荷：古文柯〔何〕，同。

熨治：或作尉，同。

卵轂：又作嗀，同。

其中還有將因母字假借義分化出來的後起本字與母字看作「同」的情況：

讌會：又作宴、燕二形，同。

（四）同源

《音義》所揭舉「A 與 B 同」中，AB 具有同源關係的情況也不罕見，例如：

裨助：又作埤、朇二形，同。

變殞：又作隕，同。

不偉：《埤蒼》作瑋，同。

皰潰：古文殨，同。

幽邃：古文㥞，同。

棚閣：今作輣，同。

彌彰：又作暲，同。

燔燎：又作鐇，同。

敦肅：古文惇，同。

踼突：今作逿，同。

侹直：古文作頲，同。

瓶堅：又作簈，同。

剳治：古文新、鉻二形，同。

垓劫：古文絯、奒二形，今作姟，同。

骨皰：又作皰，同。

髻〔髻〕髮：古文鬠、髻〔髻〕二形，今作括，同。

宣敘：古文愃，同。

（五）異詞

《音義》所揭舉「A 與 B 同」中，AB 偶爾是音或義有關聯但實為兩個不同的詞，例如：

> 譙譊：又作呶，同。

> 不睦：又作穆，同。

《說文·言部》：「譊，恚呼也。」徐鍇繫傳：「聲高噪獰也。」《莊子·至樂》：「彼唯人言之惡聞，奚以夫譙譊為乎！」成玄英疏：「譙譊，喧聒也。」《說文·口部》：「呶，讙聲也。」《詩·小雅·賓之初筵》：「賓既醉止，載號載呶。」朱熹集傳：「呶，讙也。」「譊」「呶」是一組同音同義詞。

《說文·目部》：「睦，目順也。」徐灝注箋：「睦之本義謂目順，引申為凡和順之稱。」《禾部》：「穆，禾也。」「穆」字金文作「𥝩」，「𥝩」象禾垂穗，「彡」為文飾，故引申有和美之義。「睦」「穆」各有本義，經不同引申途徑而一義相同，它們是兩個不同的詞。

（六）多項內容混合

《音義》所揭舉「A 與 B₁、B₂、B₃……同」中，A 與 B₁、B₂、B₃……具有不同方面或層面的關係，呈現雜錯混合的狀態，例如：

> 鄙褻：古文絬、媟、𡡓〔暬〕、渫四形，今作褻，同。

> 捦獲：又作鈙、搇二形，同。

「褻—褻」是異體字，「褻—絬」「褻—渫」是通假字，「褻—𡡓〔暬〕」是同源字。

《說文·手部》：「捦，急持衣裣也。從手，金聲。搇，捦或從禁。」《支部》：「鈙，持也。」段注：「此與捦義略同。」「捦—鈙」是異詞〔註5〕，「捦—搇」是異體字。

據上文所述，玄應《音義》「同」之所指，是多方面多層次的。不過「同」所繫聯的雙方，不論是不同的字，還是不同的詞，其圍繞的中心都是同一個語義——從字的角度來說，就是記錄該語義的不同書寫形式；從詞的角度而言，就是表達該語義的不同詞語。同一個語義是正確繫聯「同」的前提和基礎。

〔註5〕「捦」「鈙」當為同源詞；或以為乃更換意符之異體字，今不取。上博簡中有「鈙」字，也表示「持」義，可參看范常喜《上博八〈命〉篇「鈙」字新釋》，《古文字研究》第 35 輯，北京：中華書局，2016 年。

三、《音義》「同」的來源和實質

　　玄應《音義》如此大規模地明確地以「同」指明 A 與 B 的關係，從語文辭書史和文獻注釋史（從現存語文辭書和文獻注釋）的角度來看，大概尚屬首次。不過，討論這種繫聯 AB 以溝通二者關係的做法的形成發展過程，還不得不追溯到《說文》。

　　《說文》在「正篆」（字頭）之外，還以多種形式揭示「重文」〔註6〕。《說文》標舉「正篆」與「重文」，已開溝通 A 與 B 關係之先河。「正篆」與「重文」之間的關係，以往一般認為就是正體與異體，但沈兼士《漢字義讀法之一例──〈說文〉重文之新定義》指明「許書重文包括形體變異、同音通借、義通換用三種性質，非僅如往者所謂音義悉同形體變異是為重文」，「《說文》重文於音義相讎形體變異之正例外，復有同音通借及義通換用二例，……皆非字形之別構，而為用字之法式。」當下學界雖也不乏持異體說者，但普遍認為正篆與重文之間實際上具備多元關係。

　　《說文》使用「古文（籀文）以為」「或以為」「某人（某書）以為」「或曰」「一曰」等溝通 A 與 B（也有綜合使用這幾種表述的情況）〔註7〕，例如：

　　　　《臤部》：「臤，堅也。……古文以為賢字。」〔註8〕

　　　　《言部》：「詖，辯論也。古文以為頗字。」

　　　　《可部》：「哥，聲也。從二可。古文以為謌字。」

　　　　《宀部》：「完，全也。……古文以為寬字。」

　　　　《丂部》：「丂，氣欲舒出。勹上礙於一也。丂，古文以為虧字，又以為巧字。」

　　　　《屮部》：「屮，艸木初生也。……古文或以為艸字。」〔註9〕

　　　　《受部》：「爰，引也。……籀文以為車轅字。」

〔註6〕馬敍倫《〈說文解字〉研究法》分為篆文、古文、籀文、奇字、或字、俗字、今字七類，范進軍《大徐本重文初探》分為古文、籀文、篆文、或體、俗體、引通人說、引文獻說七類，王平《〈說文〉重文研究》分為古文、奇字、籀文、篆文、或體、俗體、今文、引通人、引文獻九類。

〔註7〕《說文》有「讀與某同」，段注：「凡言讀與某同者，亦即讀若某也。」「凡言讀若者，皆擬其音也。」

〔註8〕段注：「凡言『古文以為』者，皆言古文之假借也。」王筠《說文釋例》卷十三也歸為「古文通用」。

〔註9〕段注：「凡云『古文以為某字』者，此明六書之叚借。以，用也，本非某字，古文用之為某字也。」

《艸部》：「苗，以艸補缺。……或以為綴。」〔註10〕

《水部》：「涹，涹水也。……或以為酒醴維醶之醶。」

《木部》：「構，蓋也。從木冓聲。杜林以為椽桷字。」〔註11〕

《𡙭部》：「𡙭，傾覆也。……杜林說：以為貶損之貶。」

《足部》：「蹁，足不正也。……或曰徧。」

《貝部》：「賮，資也。……或曰此古貨字。」

《大部》：「奰，大兒。……或曰拳勇字。」

《辵部》：「達，行不相遇也。……或曰迭〔字〕。」

《鳥部》：「雛，祝鳩也。……一日鷄字。」

《日部》：「㬎，眾微杪也。從日中視絲。古文以為顯字。……或以為繭。」

《疋部》：「疋，足也。……古文以為《詩·大雅》字；亦以為足字；或曰胥字。」

A 與 B 之間同樣存在多重關係：有異體關係，如「賮─貨」；有通假關係，如「爰─轅」；有分化關係，如「臤─賢」；有訛亂關係，如「疋─足」〔註12〕，等等。

值得注意的是，《說文》還有少數「A 與 B 同（AB 同）」的表述，大致有兩種情況：A 是字頭，B 為某字；A 是作為字頭某一構件的單字，B 為某字，如：

《彳部》：「徎，行兒。……一曰此與駃同。」

《勺部》：「與，賜予也。……此與與同。」〔註13〕

《麻部》：「麻，與枲同。人所治，在屋下。」

《𠱠部》：「𠱠，毛𠱠也。……此與籀文『子』字同。」

《普部》：「普，百同。」

《白部》：「曷，詞也。從白，匈聲。匈與疇同。」

〔註10〕《說文》「裼」字下段注：「凡云『或為』者，必此彼音讀有相通之理。」
〔註11〕段注：「杜意構造字用『冓』，椽桷字用『構』，蓋《蒼頡訓纂》一篇及《蒼頡故》一篇中語。」
〔註12〕段注：「此則以形相似而叚借。」
〔註13〕段注本改作「此與予同意」。《句讀》：「《凡部》曰仁人也，古文奇字人也。與此文法同。先說其義，而後言其與某同字。古人之不苟如此。」

《宀部》:「窽,窮也。從宀,臿聲。……臿與籀同。」

此類「A 與 B 同」涉及的情況應該也是多樣的。

漢魏以來古書注解也往往繫聯 AB 以溝通二者關係（A 為古書正文之字，B 是注家繫聯之字），其中可見「A 與 B 同（AB 同、A 同 B）」的情況。以《漢書》顏師古注所存漢魏舊注為調查樣本，可以看到相關例子，不過總體上說數量還很少：

《高帝紀上》「所過毋得鹵掠」，應劭曰:「鹵與虜同。」

《高后紀》「列侯幸得賜餐錢奉邑」，應劭曰:「餐與飧同。」

《異姓諸侯王表》「箝語燒書」，應劭曰:「箝與鉗同。」

《地理志下》「制轅田」，孟康曰:「轅、爰同。」

《韓信傳》「刻印刓」，蘇林曰:「刓與摶同。」

綜合上述兩方面情況，大致可以判斷，漢魏學者還不常用「同」來繫聯、溝通 AB。

南朝梁顧野王《玉篇》徵引材料宏富，繼承《說文》傳統，極為注重溝通字頭（A）與他字（B）的關係。在今存「原本玉篇殘卷」各字頭下，觸處可見顧野王繫聯 AB 的內容，較之前代辭書，是一大突破，同時也是顧野王《玉篇》的特點之一。主要有以下幾種情況:

（1）A，某書古文 B

（2）A，某書亦（或、又、為）B

（3）A，或為 B

（4）A，今並為 B／今亦為 B／今亦以為 B／今並為 B 字

（5）A，與 B 同

其中第（5）類，明確以「同」為 A-B 定性的有以下 24 條:

謜，與儇字同。

譒，此亦播字同。

謦，此亦與噭字同。

誄,亦與吷字同。

譄，與增字同。

譀，此亦與忦字同。

> 誓，嗟字同。
>
> 讋，亦與懾字同。
>
> 諛，亦與夐字同。
>
> 譓，亦與惠字同。
>
> 蓳，亦與磓字同。
>
> 遾，亦與嗜同。
>
> 櫗，此與釄字同。
>
> 欨，此亦與呿字同。
>
> 歔，亦與噓字同。
>
> 欣，亦與訢字同。
>
> 欯，亦與咍字同。
>
> 鰭，此亦與鰿字同。
>
> 絙，亦與�'字同。
>
> 繇，此亦與傜字同。……或以為與猶字同。
>
> 泂，與迥字同也。
>
> 廫，亦與廖字同。
>
> 厭，亦與壓字同。
>
> 礙，亦與（閡）字同〔註14〕。

這 24 例中，AB 間的關係也比較多樣，或為正字與異體，或為本字與通假字，與上文所述《說文》及漢魏古注情況相類，不必贅言。

我們注意到，這 24 例中有以下 5 字在《篆隸萬象名義》中的表述是這樣的：

> 諛，增字。
>
> 譓，慧字也。
>
> 櫗，釄字。
>
> 欨，呿〔字〕。
>
> 歔，噓〔字〕也。

也就是說，顧野王《玉篇》有些「A 與 B 同」到了《篆隸萬象名義》被

〔註14〕「閡」字原缺。

改作「A，B 字」，那麼反向推測，《篆隸萬象名義》所見「A，B 字」還原到顧野王《玉篇》可能就是「A 與 B 同」，而《篆隸萬象名義》有著大量「A，B 字」（據初步統計，有近千條），即使只是一部分在顧野王《玉篇》中是「A 與 B 同」，數量也是很可觀的。

另據《封氏聞見記》卷二「文字」條，「梁朝顧野王撰《玉篇》三十卷，凡一萬六千九百一十七字」。今《原本玉篇殘卷》共存 2081 個字頭〔註15〕，其中 24 個字頭用及「同」，若照此比例推算，顧野王《玉篇》或有 200 餘字用及「同」。也就是說，《玉篇》以「同」繫聯 AB 的頻率遠比《說文》要高。

在上述情況基礎上推測，明確用「同」繫聯 AB 以溝通二者關係，大概從南北朝後期開始逐漸流行起來；到了隋代及唐初，已然成為當時風氣。這一點可從以下兩項材料進一步證明。

陸德明《經典釋文》校勘眾本，在列出異文後，往往說明「同」，基本格式是「A，本或作（本亦作、本又作、一本作……）B，同」，例如：

> 包有，本亦作庖，同。
> 召公，本亦作邵，同。
> 無疆，或作壃，同。
> 小畜，本又作蓄，同。
> 矯，一本作撟，同。

承蒙上海師範大學人文學院王弘治教授教示，《釋文》中「A，本又作 B，同」共 562 條，「A，本或作 B，同」共 336 條，「A，一本作 B，同」共 2 條（其他格式未統計），由此可見《釋文》用「同」溝通 AB 頻率之高。

顏師古《漢書》注（指顏師古本人的注釋，亦即「師古曰」）同樣頻繁使用「同」來溝通 AB，其基本格式是「A（字）與 B 同」，如：

> 般字與班同。
> 胞與庖同。
> 賁與奔同。
> 偏字與遍同。
> 財與才同。

〔註15〕承蒙南京師範大學文學院蘇芃教授賜告。

　　蠭與鋒同。

　　佛與髴同。

　　拂與弼同。

　　萊與字同。

　　矸字與岸同。

　　幹與管同。

　　鬲與隔同。

　　餐、湌同一字。

　　據初步統計，顏注一共使用「A 與 B 同」165 例（去除重複之例，「A 讀與
B 同」或「A 與 B 音義同」之類亦未計入）〔註16〕，這與上引《漢書》漢魏舊
注僅 5 例「同」形成鮮明對比。

　　從上述《釋文》和《漢書》顏注的情況可以進一步明確，以「同」溝通 AB
的做法是從南北朝後期、隋及唐初流行開來的，成為一時風習，當時從事辭書
編纂或古書注釋的學者往往用之。

　　由此看來，玄應《音義》大規模地明確地以「同」指明 AB 關係，其出現的
機緣，一方面遠紹《說文》、近承《玉篇》，繼承《說文》《玉篇》重視繫聯字頭
與他字的做法，是研究傳統漸進發展的結果；另一方面乃是受時代風氣激蕩，
遵循當時所通行的學術規則，正是易代之際新的學術方法、新的研究風習的體
現和反映〔註17〕。

　　這種用「同」繫聯的做法自南北朝末期、隋及唐初通行以後，逐漸規約下
來，後世進一步沿用〔註18〕，便推而廣之、習以為常了，直至現代語文辭書。

　　那麼以「同」繫聯 AB 為何在南北朝後期盛行開來？它開始行用於這一時
期當然有其特定原因。這個問題這裡不能詳述，僅談兩方面因素：一是隨著漢
字本身的發展變化，通用的字體發生轉換，異體、分化等現象頻頻發生，晉宋
以來字量激增，字際關係異常紛繁〔註19〕；二是南北朝時期人們用字隨意紛亂，

〔註16〕顏注中不少時候 AB 之間的關係可以說「A 與 B 同」，也可以說成「A 讀與 B 同」。

〔註17〕當然，這裡所謂「新」不是指從無到有，而是強調從微到著。

〔註18〕匿名審稿人指出，唐代《五經文字》《干祿字書》《九經字樣》等「字樣」書中均有
　　　　「A 與 B 同」的表述，應該就是這種做法的流緒。感謝審稿人指出這一點。其實唐
　　　　代韻書（如王仁昫《刊謬補缺切韻》、裴務齊《刊謬補缺切韻》等）中「A 與 B 同」
　　　　也屢見不鮮，凡此均說明以「同」溝通 AB 的做法在唐代已經較為普遍。

〔註19〕玄應《音義》卷前終南太一山釋氏《大唐眾經音義序》謂「至如《說文》在漢，字

成為一時風習，一詞往往使用多字，一字常常表示多詞，字詞關係錯綜複雜。基於上述兩種情況，身處這種語文環境的人們為了規範使用語言文字、順利實現交際目的自然迫切需要明瞭字際關係，那麼字書（包括古書注解）就需要承負這一功能、解決這一問題，最簡便、最有效的方式便是明確以「同」建立、溝通字際關係。總的說來，字量激增、字用混亂是廣泛使用「同」的客觀因素，人們明確、溝通字際關係的迫切願望則是「同」得以廣泛使用的主觀需求。

如上文所述，玄應《音義》「同」所包含的內容是多種多樣的，其目的主要是為了溝通字際關係。《音義》撰述宗旨在於明佛經詞語之音義，而當時所見佛經寫本紛綸，用字雜錯，針對這種境況，玄應廣泛使用「A 與 B 同」指明以「同」繫聯的若干字的記詞職用是相同的（也包括以「同」繫聯的若干詞的表達語義是相同的），從而實現繫字明詞，直指音義，以屬撰述之旨。從這種意義講，玄應《音義》「同」的實質就是「同用」〔註20〕。

四、《音義》「同」的作用

玄應《音義》以「同」溝通 AB，提供了大量經過繫聯的資料，具備多方面的作用，約略而言，可有四端：有助於發誤訂訛從而校正《音義》，有助於繫字辨詞從而考明含義，有助於考訂成說從而察證是非，有助於辭書編纂，茲分述之。

（一）有助於發誤訂訛，校正《音義》

如上文所述，「A 與 B 同」中 AB 間實際上包含多種關係，然而一旦目前所見 AB 間不能構成上述關係中的任何一種，那麼 A 或 B 必有一誤；這時可以 AB 間的各種關係為線索，辨析正誤〔註21〕。

卷五《移識經》音義「鞋韃」條：「又作韃，同。」

止九千；《韻集》出唐，言增三萬。代代繁廣，符六文而挺生；時時間發，寄八體而陳跡」，可見字量激增之一斑。參看張湧泉《漢語俗字研究》（增訂本），北京：商務印書館，2010 年，第 27～28 頁。

〔註20〕匿名審稿人指出，敦煌文獻 S.388《正名要錄》前附《字樣》有不少「相承用」「通用」的表述，與玄應《音義》之「同」近似，可為「同」實質為「同用」說作一注腳。感謝審稿專家的提示。關於六朝隋唐辭書中的「通」「通用」，筆者擬另文探討，此暫不贅。

〔註21〕參看真大成《玄應〈一切經音義〉校訂瑣記》，《中國語言學研究》第 1 輯，北京：社會科學出版社，2022 年。

《改併四聲篇海·革部》引《奚韻》：「鞌，皮鞌也。」《正字通·革部》：「鞌，鞈，並同。」音義均無法與「鞋」相匹，則無由言「同」。既然釋語中字與詞目字「鞋」構成「同」的關係，那麼進一步繫聯形音義，可知「鞌」應即「鞻」的形近訛字。《說文·革部》：「鞻，生革鞻也。」徐鍇繫傳：「今俗作鞋。」「鞋—鞻」異體。《大唐眾經音義校注》（下文簡稱《校注》）沿誤作「鞌」，《〈一切經音義〉三種校本合刊》（下文簡稱《合刊》）作「鞻」是也。

卷九《大智度論》音義「溝塍」條：「古文艫、艓〔？〕二形，今作塕，同。」

「艓」即「塍」字，《龍龕手鏡·舟部》：「艓，稻田畦也。」《玉篇·舟部》：「艫，舟飾也。」「艫」與「艓」音義均無涉，當無由言「同」。如從「同」的關係出發，考慮「艫」「艓」之形音義，可知「艫」應即「艫」之形訛。《玉篇·舟部》：「艫，古文塍。」《校注》作「艫」，《合刊》作「艫」，是也。

卷二〇《佛本行贊》音義「吼喚」條：「又作𪖎，同。」

「喚」同「喚」，《龍龕手鏡·口部》：「喚，俗；喚，今。」「𪖎」同「囂」，《字彙·口部》：「𪖎，同囂。」如此「喚」與「𪖎」無由言「同」。《龍龕手鏡·口部》：「𪖎，俗；𪖎，或作；喚，今。」據此，「𪖎」當為「𪖎」或「𪖎」之訛字。《校注》《合刊》並作「𪖎」，誤。

卷二一《佛說無垢稱經》音義「猜疑」條：「古文𤖵、猜〔？〕二形，今作㤲，同。」

《集韻·咍韻》：「猜，《說文》：『恨，賊也。』或作㤲。」「𤖵」左邊所從之「耳」似「耳」或「日」的訛寫，但無論從「耳」從「日」均不成字。既然與「猜」字「同」，據此入手繫聯形音義，可知「𤖵」應即「睬」字之訛。玄應《音義》卷二二《瑜伽師地論》音義「猜度」條：「古文睬、猜二形，今作㤲，同。」又卷二四《阿毗達磨俱舍論》音義「猜阻」條：「古文睬、猜二形，今作㤲，同。」「睬」「猜」均屬《廣韻·咍韻》倉才切小韻，「猜」字「古文」作「睬」，當為音同通用。「𤖵」，《校注》《合刊》錄作「睬」，非是。

（二）有助於繫字辨詞，考明佛經詞語含義

《音義》以「同」確立 AB 關係，可以繫聯同一個詞的生僻用字和俗常用字，通過繫字以辨詞，從而考明詞義。

高麗藏本西晉竺法護譯《普門品經》：「何謂菩薩等遊儔女也？如拔樹根，

萌終不復生，心不復起，從是則止，其明智者不於求果，果亦不可得。若有種姓之家誾誾之子，聰達別議，曉發一切勇猛想，無念，如枯樹不生花實，如枯竭江河水不流，斯等於僮女女子，如此所現平等，如空無無實，觀彼女人本亦清淨，觀彼男子本亦清淨，觀彼泥洹本亦清淨，如是等者，則為等觀游於僮女。」

《廣雅·釋訓》：「誾誾，語也。」王念孫疏證：「《說文》：『誾，很戾也。』謂言語相很戾也。重言之則曰誾誾。」此義與經意不合。

玄應《音義》多處提到「誾」與「懇」字「同」，如卷四《大灌頂經》音義「懇惻」條：「古文詪（誾），同。口很反。《通俗文》：至誠曰懇懇，亦堅忍也。」另又見卷十二《賢愚經》音義「懇惻」條、卷十六《舍利弗問經》音義「懇惻」條、卷二一《大乘十輪經》音義「懇切」條、卷二三《顯揚聖教論》音義「精懇」條。考「懇」或從「狠」作「懇」（見可洪《新集藏經音義隨函錄》及《龍龕手鏡》），「言」「心」作偏旁可通用，因而「懇／懇」又寫作「諰／諰」（見《龍龕手鏡》）。玄應《音義》所謂「懇，古文詪（誾），同」，「誾」應即「諰／諰」的省寫。

據此，「誾」還是「懇」的異體字（與《廣雅》之「誾」為同形字）；由此聯繫上引《普門品經》「若有種姓之家誾誾之子」，「誾誾」當即「懇懇」，如《通俗文》所說，「懇懇」有「至誠」「堅忍」之義，比照經文語境，庶幾得其實。

（三）有助於考訂成說，證其是非

玄應《音義》「A 與 B 同」的材料還可用以考訂已有的一些成說，或驗其是，或證其非。

（1）《廣雅·釋草》：「薍，萑也。」王念孫疏證：「薍，或作荻。」

玄應《音義》屢次言及「薍」與「荻」字具有「同」的關係：卷三《勝天王般若經》音義「荻林」條：「又作薍，同。」卷十一《雜阿含經》音義「茅荻」條：「又作薍，同。」卷十五《僧祇律》音義「蘆荻」條：「又作薍，同。」卷十七《舍利弗阿毗曇論》音義「蓲荻」條：「又作薍，同。」卷十八《解脫道論》音義「如荻」條：「又作薍，同。」卷十九《佛本行集經》音義「一荻」條：「又作薍，同。」「薍」「荻」乃是換聲符異體字。據《音義》繫聯「薍」「荻」之「同」，可以佐證《疏證》說是。

（2）表示救助、接濟義的「振」，或寫作「賑」，清代研治《說文》的學者

將「賑／振」的本字定作「挋」。《說文・手部》：「挋，給也。」王筠《校錄》：「『給也』云者，《漢書》用『振』，今人用『賑』，而『挋』其正字也。」又《句讀》：「挋，蓋與振通。《大司徒》曰『振窮』。」桂馥《義證》：「挋，或作賑。」

其實玄應早已注意繫聯「振」與「挋」，《音義》卷十一《增一阿含經》音義「振給」條：「古文㡱、挋二形，同。」指明「振」與「挋」具有「同」的關係。《說文・手部》：「振，舉救也。」《貝部》：「賑，富也。」「振」「賑」表救助、接濟義均為「挋」的通假字。根據玄應《音義》繫聯「振」「挋」二字「同」的關係，一則可以辯證清儒之說，二則可明學術研究遞進之途。

（3）古書多有「狙」釋「伺」「伺候」之例。《管子・七臣七主》：「從狙而好小察，事無常而法令申。」尹知章注：「狙，伺也。」《文選・潘岳〈西征賦〉》「狙潛鉛以脫臏」李善注引《蒼頡篇》：「狙，伺候也。」「狙」的本義指獮猴，《說文・犬部》：「狙，玃屬。」那麼它何以指「伺」「伺候」義呢？唐代司馬貞《史記索隱》在注《留侯世家》「良與客狙擊秦皇帝博浪沙中」時說：「（狙）一曰伏伺也……謂狙之伺物，必伏而候之，故今云狙候是也。」

玄應《音義》多次揭示「狙」與「覷」具有「同」的關係，卷十二《雜寶藏經》音義「覷其」條：「又作狙，同。」卷十七《阿毗曇毗婆沙論》音義「捕狙」條：「又作覷，同。」卷十九《佛本行集經》音義「即覷」條：「又作狙，同。」「覷」本指窺伺。《說文・見部》：「覷，䙴覷也。」（據段注本）《見部》：「䙴，䙴覷，闚觀也。」「狙」「覷」俱從且得聲，所謂二字「同」當指音近通假。根據《音義》繫聯二字「同」的關係，可以察知「狙」之所以被釋作「伺」「伺候」，其實應當讀為「覷」，「伺」「伺候」乃是假借義〔註 22〕。小司馬「狙之伺物，必伏而候之」云云，實乃望文生義。

（4）《說文・是部》：「韙，是也。從是，韋聲。《春秋傳》曰：『犯五不韙。』愇，籀文韙從心。」段注：「《玉篇》云：『愇，怨恨也。』《廣韻》引《字書》：『愇，恨也。』皆不云同『韙』。」王筠《說文釋例》卷六：「《是部》『韙』之籀文『愇』，《玉篇》在《心部》，注曰「怨恨也。」《廣雅》：『怨、愇、很，恨也。』皆不以為韙之籀文，第音不異耳。《集韻・七尾》『韙』下繼收『愇』字，兩字各義，然則宋時《說文》尚無此重文也。」

〔註 22〕《說文・見部》「覷」欄位注：「覷，古多假狙為之。」朱駿聲通訓定聲：「狙，叚借為覷。」

玄應《音義》卷五《幻士仁賢經》音義「自韙」條：「籀文作愇，同。於
匪反。《左傳》：『犯五不韙。』注云：『韙，是也。』」行文和《說文》相吻合。
由此反推，「韙」重文作「愇」也應是《說文》本文而非如王筠所謂「宋時《說
文》尚無此重文」、出於後人增益。《漢書・敘傳上》：「愇世業之可懷。」顏師
古注：「『愇』字與『韙』同。」顏師古謂二字同，應該也是本於《說文》。

至於《廣雅》《玉篇》所收表示怨恨義的「愇」，王念孫《廣雅疏證》《讀
書雜誌》認為來源於「違」。其實與作為「韙」之異體的「愇」是同形字關係。
王筠《句讀》謂「《玉篇》《廣韻》皆以『愇』別為一字，訓為怨恨，蓋誤」，
《玉篇》《廣韻》將「愇」釋作怨恨義看作「誤」，其實也是未別同形字的緣故。

（5）《說文・欠部》：「欰，愁皃。」王筠句讀：「《玉篇》作『嗽』，轉訛
也，其說亦曰『愁皃』。其《口部》『呦』字注曰『亦作欰』，《欠部》則無『欰』。
《廣韻》則謂『欰』與『呦』同，無『愁皃』一義矣。知《說文》『呦』之重
文『欰』，乃唐以後增。」

《說文・口部》：「呦，鹿鳴聲也。從口，幼聲。欰，呦或從欠。」《廣韻・
幽韻》：「呦，鹿名〔鳴〕。欰，上同。」王筠認為《說文》「呦」重文作「欰」
乃是後人據《廣韻》臆增。按玄應《音義》卷五《鹿子經》音義「呦呦」條：
「又作欰，同。」據此可知，「呦」之或體作「欰」早見於《音義》，雖然未必
出自《說文》，但王筠「乃唐以後增」的說法顯然不能成立。

（四）有助於進一步完善辭書編纂

對於辭書編纂而言，玄應《音義》「A 與 B 同」也體現出多方面價值，具體
表現在有助於溝通字際關係、有助於辨正字際關係、有助於提前書證、有助於
揭明誤注誤釋、有助於說明音義，茲以《漢語大字典》（下文簡稱《大字典》）
為中心分述之。

1. 有助於溝通字際關係

《大字典》常常依據字書、韻書、古注、異文等材料用「同『某』」「通
『某』」「用同『某』」等表述來溝通字際關係，不過仍有不少缺漏，玄應《音
義》「A 與 B 同」可用以增益補充。

　　《音義》卷三《放光般若經》音義「牆者」條：「又作檣，同。
才羊反。《字林》：駠柱也。」

根據《音義》所繫「牆」「檣」字「同」，可知二字通用——「檣」字從木，牆省聲，「牆」通「檣」〔註23〕。《大字典》「牆」字下未指明與「檣」的通用關係，可據《音義》補。

《音義》卷十一《增一阿含經》音義「氣劣」條：「下古文坊，
同。」

根據《音義》所繫「劣」「坊」字「同」，可判斷二字通用——「劣」「坊」俱力輟切〔註24〕。《大字典》「劣」「坊」二字下未溝通通用關係，可據《音義》補。

《音義》卷十七《俱舍論》音義「頡尾」條：「又作胡、肐二形，
同。戶姑反。謂牛領垂也。」

根據《音義》所繫「頡」「胡」「肐」字「同」，可判斷三字同字——「頡」為「胡」的更換意符字，「肐」為「胡」的更換構件位置異體字。《大字典》「頡」字下溝通與「胡」的同字關係，但在「肐」字下卻未能溝通，可據《音義》補。

《音義》卷四《密跡金剛力士經》音義「髦尾」條：「又作髳，
同。莫高反。」

根據《音義》所繫「髦」「髳」字「同」，可判斷二字同字——「髳」為「髦」的更換聲符字。《大字典》「髦」字「毛髮中的長毫」義下未溝通與「髳」的同字關係，可據《音義》補。

《音義》卷十四《四分律》音義「作著〔箸〕」：「古文筶，同。
直慮反。《廣雅》：筴謂之箸。」

根據《音義》所繫「箸」「筶」字「同」，可判斷二字同字——「筶」為「箸」的更換聲符字。《大字典》「箸」「筶」二字均未互相溝通同字關係，可據《音義》補。

2. 有助於辨正字際關係

《大字典》以「同『×』」表示異體字（見《凡例》），有時也依據玄應《音

〔註23〕資福藏本《道行般若經》卷五《譬喻品》：「是船中有板若牆，有健者得之，騎其上順流隨海得出。」「牆」，高麗藏本作「檣」。
〔註24〕參看真大成《〈說文繫傳〉「坊」字「一曰劣也」發覆》，《北斗語言學刊》第 10 輯，北京：社科文獻出版社，2023 年。

義》「A 與 B 同」確立異體關係；但如上文所述，《音義》「同」並不全指異體，因此離析「同」之所指，可以辨正《大字典》誤以「同」繫聯異體字的缺失。

《大字典》「懽」字條：

> 同「顫」。唐玄應《一切經音義》卷七：「戰頑，（戰）字體作顫，又作懽，同。」

《說文·頁部》：「顫，頭不定也。」（據段注本）通作「戰」。「懽」為「戰」的後起分化字。玄應《音義》「戰」「顫」「懽」三字「同」實際上包含兩種關係：一是「戰」與「懽」是母字與分化字，二是「戰」「懽」與「顫」是通假字與本字。既辨玄應《音義》「同」之所指，就可知《大字典》將「懽」與「顫」規定為「同」（異體字）是不妥當的。

《大字典》「眩」字條：

> （三）juàn 同「衒」。行賣。唐玄應《一切經音義》卷七：「自衒，古文眩、衒二形同。《說文》：『行且賣也。』」《集韻·霰韻》：「衒，行且賣也。或作眩。」

《說文》：「衒，行且賣也。從行，從言。衒，衒或從玄。」「衒」字從行玄聲，與「衒」為一字異體。《說文·目部》：「眩，目無常主也。」「眩」因與「衒」音同故可通「衒」。玄應《音義》「眩、衒二形同」是指「眩」與「衒」通假同用、「衒」與「衒」異體同用，而不是說「眩」「衒」為同一個字；如果要說「同」，也不過是通假同用，《集韻》「或作」也應作如是觀。《大字典》判定「眩」「衒」字際關係，應該說「通『衒』」或「用作『衒』」。

《漢語大字典》「裛」字條：

> 同「育」。《康熙字典·衣部》：「裛，同育。」《管子·山權》：「民之能樹瓜瓟葷菜百果，使蕃裛者。」戴望校正：「宋本裛作育。」

玄應《音義》卷八《無量門微密持經》音義「饒裕」條：「古文裛，同。」又卷三《明度無極經》音義「弘裕」條：「古文裛，同。瑜句反。《廣雅》：裕，寬緩也，饒也。」「裛」為「裕」之異構，「裛」顯然就是「裛」的訛混字。《說文·衣部》：「裕，衣物饒也。」段注：「引伸為凡寬足之稱。」《說文·艸部》：「蕃，艸茂也。」引伸指繁茂。《管子》「蕃裕」同義連文。「宋本」作「育」，或不明「裛」為「裛」之訛而改，或別有異本作他詞。《大字典》「裛，同育」是錯誤的，或可改為「裛，『裛』的訛字」。

3. 有助於提前書證

《大字典》往往以宋元以後的辭書為書證溝通字際關係，其實玄應《音義》早已揭明。利用《音義》「A 與 B 同」可以提前書證。

《大字典》「扻（一）」字條：

> 同「笞」。擊；鞭打。《集韻·之韻》：「笞，《說文》：『擊也。』
> 或從手。」《類篇·手部》：「扻，擊也。」

玄應《音義》卷一《大方廣佛華嚴經》音義「榜笞」條：「蒲衡反。下又作扻，同。醜之反。《字書》：榜，棰也。《說文》：笞，擊也。」又卷九《大智度論》音義「榜扻」條：「薄衡反。下又作笞，同。醜之反。榜，捶也；笞，擊也。」又卷二二《瑜伽師地論》音義「笞罰」條：「又作扻，同。醜之反。《廣雅》：榜、笞，擊。」據此，「笞」異體作「扻」至晚在唐初就已出現了。

《大字典》「醐」字條：

> 同「酗」。《正字通·酉部》：「酗，別作醐。」

玄應《音義》卷十三《梵志阿跋經》音義「酗瞽」條：「又作醐，同。」「醐」為「酗」的換聲符異體字，據《音義》，「醐」至遲唐前即已產生。

《大字典》「楔」字條：

> （3）同「楔」。木楔。《正字通·木部》：「楔，俗楔字。」《水滸
> 全傳》第七十五回：「阮小七便去拔了楔子，叫一聲：『船漏了！』」

玄應《音義》卷七《入楞伽經》音義「因楔」條：「又作楔，同。先結反。江南言欟，子林反。楔，通語也。」卷十《攝大乘論》音義「以楔」條：「又作楔，同。先結反。《說文》：楔，欟也。」「楔」作為「楔」之異體遠早於明代。

《大字典》「懣」字條：

> 同「懣」。《字彙·心部》：「懣，同「懣」。

玄應《音義》卷八《了本生死經》音義「苦懣」條：「古文懣，同。莫本反。《說文》：懣，煩也。《蒼頡篇》：懣，悶也，亦憤也。」「懣」即「懣」字。《大字典》可用更早的書證。

《大字典》「賷」字條：

> 同「賣」。《字彙·貝部》：「賷，音育。賣也。」《正字通·貝部》：
> 「賷與賣同。」

玄應《音義》卷七《大悲分陀利經》音義「鬻賣」條：「又作價、賣二形，同。」《大字典》可用更早的書證。

《大字典》「齵」字條：

> 同「齝（齡）」。《改併四聲篇海·齒部》引《類篇》：「齵，牛食草也。」按：《類篇·齒部》作「齝」同「齡」。《正字通·齒部》：「齵，俗齝字。」清朱駿聲《說文通訓定聲·頤部》：「齡，字亦作齵。」

玄應《音義》卷九《大智度論》音義「牛齝」條：「又作齡，《三蒼》作齵，《詩》傳作呞，同。醜之反。……《爾雅》：牛曰齝，郭璞曰：食已復出嚼之也。」《大字典》可用更早的書證。

《大字典》「秢」字條：

> 同「齡」。年。《玉篇·禾部》：「秢，年也。」《正字通·禾部》：「秢，漢碑齡字。」

玄應《音義》卷二二《瑜伽師地論》音義「同齡」條：「又作秢，同。」《大字典》可用更早的書證。

4. 有助於揭明誤注誤釋

玄應《音義》「A 與 B 同」還可為訂正《大字典》釋義注音方面的失誤提供線索。

《大字典》「穄」字條：

> 同「稨」。唐玄應《一切經音義》卷七：「稨稨，又作穄，同。居竭反。《詩傳》云：『稨稨，長也。』《說文》：『禾舉出苗也。』」

《說文·禾部》：「稨，禾舉出苗也。從禾，曷聲。」《大字典》據所引玄應《音義》「稨，又作穄，同」指出「穄」同「稨」。「穄」從字形分析，應是從禾禁聲，「禁」聲與「曷」聲相去甚遠，「稨」無由通過改換聲符或作「穄」，故而《大字典》所舉《音義》「稨，又作穄，同」是難以成立的。其實「穄」應是「稤」之訛字[註25]，「桀」「曷」聲近，故「稨」或作「稤」。據此例可見，通過考察《音義》「稨與稤同」，可以校訂誤字「穄」，從而揭示《大字典》誤收字頭「穄」。

〔註25〕玄應《音義》莊炘刻本誤作「穄」。

《大字典》「听」字條：

　　（二）hòu㊀《廣韻》胡口切，上厚匣。吐。《玉篇・口部》：「听，
吐也。」《廣韻・厚韻》：「听，欲吐。」

宋跋本王仁昫《刊謬補缺切韻・厚韻》呼後反：「听，吐。」裴務齊《切韻・厚韻》呼狗反：「听，厚怒聲。又吐。」可見唐代已將「听」讀為 hòu 音。玄應《音義》卷十《十住毗婆沙論》音義「嘔血」條：「又作歐、听二形，同。於口反。」「听」為「嘔」的換聲旁異體字，故謂「同」。據此，表「吐」義的「听」應音 ǒu，呼後反可能是「讀半邊」的訛音，是不足為據的。

5. 有助於說明音義

《大字典》有些「音義未詳」的疑難字也可憑據玄應《音義》「A 與 B 同」明其音義。

《大字典》「坥」字條：

　　qiāo《改併四聲篇海・土部》引《搜真玉鏡》：「坥，七肖切。」

玄應《音義》卷九《大智度論》音義「深陗」條：「今作陗，或作坥，同。且醮反。」

「坥」當即「陗」的改換形旁異體字，故《音義》謂「陗」與「坥」同。據此「坥」的音義均明。

《大字典》「屭」字條：

　　sì《改併四聲篇海・屲部》引《類篇》：「屭，音寺。」《字彙補・屲部》：「屭，義未詳。」

玄應《音義》卷二《大般涅槃經》音義「虎兕（兕）」條：「又作屭，同。徐裡反。《爾雅》：『兕似牛。』郭璞曰：一角，青色，重千斤。」玄應繫聯「兕（兕）」與「屭」為「同」，「屭」當即「兕」字，則「屭」音義俱明。

《大字典》「髿」字條：

　　cǎn《改併四聲篇海・長部》引《搜真玉鏡》：「髿，倉敢切。又音糸。」《篇海類編・通用類・長部》：「髿，糸、慘二音。」《字彙補・長部》：「髿，青三切，音糸。義未詳。出《篇海》。」

玄應《音義》卷十一《雜阿含經》音義「毿毿」條：「《蒼頡篇》作髿，同。蘇南反。毛垂貌也。《通俗文》：毛長曰毿毿。」又卷二〇《百喻集》音義「毿

毳」條：「《蒼頡篇》作毿，同。蘇南反。毛垂貌也。《通俗文》：毛長曰毳毳也。」「毿」字之「糸」即「參」，「镸」「毛」義通混用，故「毿」即「毳」的異體字。據此，「毿」字「義未詳」即可得以揭明。

五、《音義》「同」存在的問題

玄應《音義》固然繫聯揭示了大量「A 與 B 同」，為相關研究提供了有用資料，但也存在著不少問題甚至錯誤〔註26〕，其中最突出的就是玄應常常忽視語義同一性、孤立地就字形繫聯字形。這裡暫述以下三方面問題：

（一）不注意字詞對應關係而誤繫為「同」

《音義》卷七《等集眾德三昧經》音義「播殖」條：「又作譒、敊、畨三形，同。」

《說文·手部》：「播，穜也。一曰布也。從手，番聲。敊，古文播。」又《言部》：「譒，敷也。從言，番聲。《商書》曰：『王譒告之。』」段注：「《手部》：『播，一曰布也。』此與音義同。」《玉篇·丑部》：「畨，今作播，揚也。」據此，在種植義上，「敊」是「播」的異體字；在傳佈義上，「播」是「譒」的通假字；在簸揚義上，「播」是「畨」的通假字。玄應沒有立足於「播」的播植義，未辨字與語義的對應關係，機械地認為「播」與「譒」「敊」「畨」存在「同」的關係，是不妥當的。

《音義》卷九《大智度論》音義「營從」條：「古文覮，同。」

「覮」同「瞢」，迷惑。《說文·目部》：「瞢，惑也。」《龍龕手鏡·見部》：「覮，感〔惑〕也，與瞢同。」「瞢」又可通作「營」，朱駿聲《說文通訓定聲·鼎部》：「營，叚借為瞢。」「營從」之「營」乃營衛義，與「覮（瞢）」為二義。玄應《音義》罔顧「營從」之「營」的實際意義，惟見「營」字也有迷惑義，遂與「覮（瞢）」繫聯為「同」，其實是不顧詞義區別而妄斷字際關係。

《音義》卷十五《僧祇律》音義「紡績」條：「古文作勣，同。」

《說文·糸部》：「績，緝也。」指把麻或其他纖維搓撚成繩或線。引申指功業，《爾雅·釋詁下》：「績，成也。」郝懿行義疏：「績，取緝續之名，與成

〔註26〕應《音義》「A 與 B 同」存在問題甚至錯誤，當然受到多方面因素局限所致，這裡指出「問題甚至錯誤」並非苛責古人，而是對當下使用玄應《音義》「A 與 B 同」這批材料起一點警示作用。

· 75 ·

實之義近。」此義之「績」又作「勣」。但表「紡績」義，「績」從不寫作「勣」。「勣」只是「績」的部分異體字。玄應《音義》將「紡績」之「績」與「勣」繫聯為同，實際上是搞錯了字詞對應關係。

（二）未注意同形字而誤繫為「同」

《音義》卷十二《長阿含經》音義「欲哈」條：「古文欽、齡二形，同。」

《說文・欠部》：「欲，歙也。」段注：「欲與吸意相近。」《集韻・合韻》呼合切：「欲，《說文》：歙也。或從口。」「欲」異體作「哈1」。《集韻・合韻》曷閣切：「齡，食也。或作哈。」「齡」異體作「哈2」。「哈1」「哈2」是一組同形字而非異體字。玄應《音義》將「哈」「欲」「齡」三字繫聯為「同」，顯然是忽視同形字關係而誤會為異體同字。

《音義》卷二《大般涅槃經》音義「線塼」條：「字體作甄，同。」

「線塼」之「塼1」是指紡錘，《詩・小雅・斯干》：「載弄之瓦。」毛傳：「瓦，紡塼也。」與塼瓦之「塼2」音義不同，惟字形相合，「塼1」「塼2」是同形字而非異體字。玄應《音義》將「線塼」之「塼1」與「甄」（「塼2」的異體字）繫聯為「同」，顯然未察它們的同形關係。

（三）未注意字形而誤繫為「同」

《音義》卷七《正法華經》音義「嗇口」條：「又作嗇，同。」

高麗藏本《正法華經》卷三《信樂品》：「計彼長者，其子愚濁，貧窮困厄，常求衣食，游諸郡縣，恒多思想，周旋汲汲，慕繫嗇口，征營馳邁，栽自供活，或時有獲，或無所得。」

「嗇」為「壺」的訛俗字。「嗇口」原應作「壺口」，而「壺口」即「餬口」〔註27〕。

《說文・食部》：「餬，寄食也。」「餬」改換聲旁作「饐」。《龍龕手鏡・食部》：「饉、饐、饐，三俗……餬，今。」「饉」「饐」「饐」皆「饐」之變體。由此可見，《高麗藏》本《正法華經》之「嗇」乃「饐」之聲旁「壺」的訛變。「嗇口」即「壺（饐）口」。玄應《音義》出「嗇口」條，則所據本作「嗇」，

〔註27〕看真大成《〈正法華經〉疑難詞語釋義三題》，《歷史語言學研究》第 11 輯，北京：商務印書館，2016 年。

與高麗藏本作「啬」幾乎一致。《音義》誤認「啬」的字形，以為是「嗇」的異體，錯將「啬」與「嗇」繫為「同」。

六、結語

玄應《音義》頻繁使用「同」來繫聯詞目字與他字，「同」的內容是多層次、多角度、多方面的。這種以「同」來溝通雙方關係的方式，是在繼承《說文》《玉篇》重視繫聯字頭與他字做法的基礎上，受時代風氣激蕩，遵循當時所通行的學術規則的產物。玄應廣泛使用「A 與 B 同」指明以「同」繫聯的若干字的記詞職用是相同的，《音義》「同」的實質就是「同用」。《音義》所載錄的「同」具有多方面的研究價值，但也存在著不少缺陷甚至錯誤，以之為材料，還需以審慎的態度具體問題具體分析。

七、參考文獻

1. 范常喜，《上博八〈命〉篇「鈙」字新釋》，《古文字研究》第三十五輯，北京：中華書局，2016 年。
2. 范進軍，大徐本重文初探，《湘潭師範學院學報》（社會科學版），1991 年第 2 期，頁 71～76。
3. 黃仁瑄，《大唐眾經音義校注》，北京：中華書局，2017 年。
4. 馬敘倫，《〈說文解字〉研究法》，北京：商務印書館，1929 年。
5. 沈兼士，《沈兼士學術論文集》，北京：中華書局，1986 年。
6. 王平，《〈說文〉重文研究》，上海：華東師範大學出版社，2008 年。
7. 徐時儀，《〈一切經音義〉三種校本合刊》（修訂版），上海：上海古籍出版社，2012 年。
8. 張湧泉，《漢語俗字研究》（增訂本），北京：商務印書館，2010 年。
9. 真大成，《說文繫傳》「捋」字「一曰劣也」發覆，《北斗語言學刊》第 10 輯，北京：社科文獻出版社，2023 年，待刊。
10. 真大成，《正法華經》疑難詞語釋義三題，《歷史語言學研究》第 11 輯，北京：商務印書館，2016 年，頁 184～194。
11. 真大成，玄應《一切經音義》「古」「今」述考，待刊稿。
12. 真大成，玄應《一切經音義》「體」「字體」「正體」辨說，《文獻語言學》第 12 輯，北京：中華書局，2021 年，頁 72～91＋210。
13. 真大成，玄應《一切經音義》校訂瑣記，《中國語言學研究》第 1 輯，北京：社會科學出版社，2022 年，頁 175～189。

14. 真大成，玄應《一切經音義》佛經「作某」語述考，《國學研究》第 47 卷，北京：中華書局，2022 年，頁 193～229。

【附記】本文發表於《浙江大學學報》（人文社科版）2023 年第 1 期。

音義匹配錯誤的類型*

岳利民*

摘　要

　　文章把音義匹配錯誤概括為十六種類型。用例來源於《集韻》《〈經典釋文〉陸氏音系》《魏晉南北朝字音研究》《徐邈音切研究》。

關鍵詞：音義匹配；錯誤；類型

　　我們把音義匹配錯誤概括為十六種類型，下面各舉一個或兩個例子加以說明。

一、把為異文注音的音切誤作為該字注音的音切

　　（1）《〈經典釋文〉陸氏音系》P94：3. 以心切精，駿1，切上字荀。

　　按：《詩・大雅・蕩》：「疾威上帝，其命多辟。」鄭箋：「威罪人者，峻刑法也。」《經典釋文》：「駿刑：荀閏反。本亦作峻。」（96）「荀閏反」在《廣韻》裏是心母稕韻，與精母稕韻的字頭「駿」字的音韻地位不合。從「本亦作峻」可知，「荀閏反」是為「駿」之異文「峻」字注音。「荀閏反」的音義匹配是：

---

　　*　基金項目：國家社會科學基金重大項目「中、日、韓漢語音義文獻集成與漢語音義學研究」（19ZDA318）

　　*　岳利民，男，1962 年生，湖南省邵陽市人，主要研究方向為漢語史。中南林業科技大學涉外學院語言文化學院，長沙 410114。

峻私閏切（心稕）荀閏反（心稕）。

（2）《〈經典釋文〉陸氏音系》P159：4. 以匣切曉，呵1，切上字胡。

按：《周禮·春官·世婦》：「不敬者而苛罰之。」《經典釋文》：「而呵：胡何反。」（121）「胡何反」在《廣韻》裏是匣母歌韻，與曉母歌韻的字頭「呵」字的音韻地位不合。從原文「不敬者而苛罰之」可知，「胡何反」是為「呵」之異文「苛」字注音。值得注意的是，十三經注疏本字頭也是「苛」字。「胡何反」的音義匹配是：苛胡歌切（匣歌）胡何反（匣歌）。

二、把為被通假字注音的音切誤作為該字注音的音切

（3）《〈經典釋文〉陸氏音系》P70：2. 以徹切端，佔1，切上字勑。

按：《禮記·學記》：「今之教者，呻其佔畢。」《經典釋文》：「佔：勑沾反，視也。」（195）「勑沾反」在《廣韻》裏是徹母鹽韻，與端母添韻的字頭「佔」字的音韻地位不合。《廣韻·鹽韻》：「覘：闚視也。」「勑沾反」是為「佔」之被通假字「覘」字注音。「勑沾反」的音義匹配是：覘醜廉切（徹鹽）勑沾反（徹鹽）。

（4）《〈經典釋文〉陸氏音系》P97：3. 以邪切精，接1，切上字似。

按：《禮記·儒行》：「孫接者，仁之能也。」《經典釋文》：「接：似輒反，又如字。」（216）「似輒反」在《廣韻》裏是邪母葉韻，與從母葉韻的字頭「接」字的音韻地位不合。據「又如字」可知，「似輒反」不是為「接」字注音，「似輒反」是為「接」之被通假字「捷」字注音。內部證據，《易·晉》：「康侯用錫馬蕃庶，晝日三接。」《經典釋文》：「接：如字。鄭音捷，勝也。」（25）「似輒反」的音義匹配是：捷疾葉切（從葉）似輒反（邪葉）。值得關注的是，《經典釋文》中有少量從邪混切的例子。

三、把為同義字注音的音切誤作為該字注音的音切

（5）《〈經典釋文〉陸氏音系》P99：3. 以莊切從，輯1，切上字側。

按：《禮記·喪大記》：「子、大夫寢門之外杖，寢門之內輯之。」《經典釋文》：「輯之：側立反，下同，斂也。」（201）「側立反」在《廣韻》裏是莊母緝韻，與從母緝韻的字頭「輯」字的音韻地位不合。《廣韻·緝韻》：「戢：止

也，斂也。」「側立反」是為「輯」之同義字「戢」字注音。內部證據，「載戢：側立反，聚也。」（101）「側立反」的音義匹配是：戢阻立切（莊緝）側立反（莊緝）。

（6）《集韻》祖管切（精母緩韻）：「傅：眾也。」（370）

按：《周禮·秋官·朝士》：「禁慢朝、錯立、族談者。」鄭注：「錯立族談，違其位，傅語也。」《經典釋文》：「傅語：徐子損反，劉才官反，李一音纂。」（132）「祖管切」輯自「音纂」。《廣韻·混韻》：「傅：眾也。」「音纂」與字頭「傅」字的音韻地位不合。《說文》：「傅：聚也。」又，「儹：最（冣）也。」又，「冣：積也。」《廣韻·緩韻》：「儹：聚也。」「儹」是「儹」的俗字。「音纂」是為「傅」字的同義字「儹」字注音。「音纂」的音義匹配是：儹作管切（精緩）音纂（精緩）。

四、把為形近字注音的音切誤作為該字注音的音切

（7）《集韻·錫韻》吉歷切（見母錫韻）：「噭：聲之激也。《春秋傳》：『噭然而哭。』」（754）

按：《公羊傳·昭公二十五年》：「昭公於是噭然而哭。」《經典釋文》：「噭然：古吊反，一音古狄反。」（321）「吉歷切」輯自「古狄反」。「古狄反」與見母嘯韻的字頭「噭」字的音韻地位不合；所以，「古狄反」不是為字頭「噭」字注音。「激」和「噭」字形相近，「古狄反」是為「噭」字的形近字「激」字注音。內部證據，「激發：古狄反。」（322）「古狄反」的音義匹配是：激古歷切（見錫）古狄反（見錫）。

（8）《集韻》丑鳩切（徹母尤韻）：「廖：闕。人名。《春秋》，周有瑕廖。」（259）

按：《左傳·襄公三十年》：「括瑕廖奔晉。」《經典釋文》：「瑕廖：力雕反，一音勑留反。」（269）「丑鳩切」輯自「勑留反」。《廣韻·尤韻》：「瘳：病癒。」「勑留反」是為「廖」字的形近字「瘳」字注音。「勑留反」的音義匹配是：瘳丑鳩切（徹尤）勑留反（徹尤）。

五、把為傳注中的某字注音的音切誤作為該字注音的音切

（9）《集韻》思廉切（心母鹽韻）：「摻：摻摻：女好手皃。」（287）

按：《詩·魏風·葛屨》：「摻摻女手，可以縫裳？」毛傳：「摻摻，猶纖纖也。」《經典釋文》：「摻摻：所銜反，又所感反，徐又息廉反，《說文》作山廉反，云：『好手貌。』」（67）「思廉切」輯自「息廉反」。「息廉反」與生母咸韻的字頭「摻」字的音韻地位不合。據毛傳，「息廉反」是為「纖」字注音。內部證據，「纖纖：息廉反。」（67）「息廉反」的音義匹配是：纖息廉切（心鹽）息廉反（心鹽）。

（10）《集韻》吉歷切（見母錫韻）：「茭：弓檠。」（754）

按：《周禮·考工記·弓人》：「今夫茭解中有變焉，故校。」鄭注：「鄭司農云：『茭讀為激發之激。茭，謂弓檠也。』玄謂茭讀如齊人名手足擊為骹之骹。」《經典釋文》：「茭：司農古歷反，鄭戶卯反。」（141）「吉歷切」輯自「古歷反」。「古歷反」與見母肴韻的字頭「茭」字的音韻地位不合。據鄭注，「古歷反」是為「激」字注音。內部證據，「茭讀：音交。下『茭』亦同。」（141）又，「激發：古歷反。」（141）鄭司農以「激」易「茭」，「古歷反」是陸德明依司農的訓釋為「激」字而擬的音，並不是司農本人注了此音。「古歷反」的音義匹配是：激古歷切（見錫）古歷反（見錫）。

六、把為意義相關字注音的音切誤作為該字注音的音切

（11）《集韻》他結切（透母屑韻）：「耊：年八十也。《易》：『大耊之嗟。』王肅讀。」（701）

按：《易·離》：「不鼓缶而歌，則大耊之嗟，凶。」《經典釋文》：「大耊：田節反。馬云：七十曰耊。王肅又他結反，云：『八十曰耊。』京作絰。蜀才作咥。」（24）「他結切」輯自「他結反」。「他結反」與定母屑韻的字頭「耊」字的音韻地位不合。「他結反」是為「鐵」字注音。內部證據，「耊：田結反。孫他結反，云：『老人面如鐵色。』」（412）又，「耊老：大結反，又音鐵。」（153）值得關注的是，「音鐵」不是為「耊」字注音，而是易字。「他結反」的音義匹配是：鐵他結切（透屑）他結反（透屑）。

（12）《集韻》癡宵切（徹母宵韻）：「條：枝落也。《詩》：『蠶月條桑。』沈重讀。」（181）

按：《詩・豳風・七月》：「蠶月條桑，取彼斧斨。」《經典釋文》：「條桑：他雕反，注『條桑』同，枝落也。又如字，沈暢遙反。」（73）「癡宵切」輯自「暢遙反」。「暢遙反」與定母蕭韻的字頭「條」字的音韻地位不合。《廣韻・宵韻》：「怊：細絲。」「暢遙反」是為「怊」字注音。「暢遙反」的音義匹配是：怊敕宵切（徹屑）暢遙反（徹宵）。

七、把為通假字注音的音切誤作為該字注音的音切

（13）《集韻》於宜切（影母支韻）：「倚：曲也。《書》：『倚乃身。』徐邈讀。」（38）

按：《書・盤庚中》：「恐人倚乃身，迂乃心。」《經典釋文》：「倚：於綺反，徐於奇反。」（43）「於宜切」輯自「於奇反」。「於奇反」與影母紙韻的字頭「倚」字的音韻地位不合。《廣韻・支韻》：「猗：倚也。」「猗」是通假字，「倚」是被通假字。「於奇反」是為通假字「猗」字注音。內部證據，「其猗：於宜反。毛云：『長也。』鄭云：『倚也。』」（80）「於奇反」的音義匹配是：猗於離切（影支）於奇反（影支）。

（14）《集韻》思廉切（心母鹽韻）：「殲：盡也。」（287）

按：《詩・秦風・黃鳥》：「彼蒼者天，殲我良人！」《經典釋文》：「殲我：子廉反，又息廉反。」（69）「思廉切」輯自「息廉反」。「息廉反」與精母鹽韻的字頭「殲」字的音韻地位不合。「息廉反」是為「殲」的通假字「纖」字注音。內部證據，《禮記・文王世子》：「其刑罪，則纖剸，亦告於甸人。」鄭注：「纖讀為殲，殲，刺也。」《經典釋文》：「則纖：依注音針，之林反，刺也。徐子廉反。注本或作纖，讀為殲者是依徐音而改也。」（181）「息廉反」的音義匹配是：纖息廉切（心鹽）息廉反（心鹽）。

八、把為被通假字的同義字注音的音切誤作為該字注音的音切

（15）《集韻》居六切（見母屋韻）：「鬻：稺也。《詩》：『鬻子之閔斯。』徐邈讀。」（647）

按：《詩・豳風・鴟鴞》：「恩斯勤斯，鬻子之閔斯！」《經典釋文》：「鬻子：

由六反。徐居六反，穉也。一云賣也。」（73）「居六切」輯自「居六反」。《廣韻》餘六切（以母屋韻）：「鬻：賣也。」「居六反」與字頭「鬻」字的音韻地位不合。「居六反」不是為「鬻」字注音。《爾雅·釋言》：「幼、鞠，稚也。」「居六反」是為「鬻」的被通假字「育」的同義字「鞠」字注音。內部證據，《書·康誥》：「兄亦不念鞠子哀，大不友於弟。」《經典釋文》：「鞠：居六反。」（43）「育」有「稚」的義項。如，《詩·邶風·谷風》：「昔育恐育鞠，及爾顛覆。」鄭箋：「『昔育』，育，稚也。及，與也。昔幼稚之時，恐至長老窮匱，故與女顛覆盡力於眾事，難易無所辟。」「居六反」的音義匹配是：鞠居六切（見屋）居六反（見屋）。

（16）《集韻》放吠切（幫母廢韻）：「茀：小也。」（537）

按：《詩·大雅·卷阿》：「爾受命長矣，茀祿爾康矣。」毛傳：「茀，小也。」鄭箋：「茀，福。」《經典釋文》：「茀：沈云：『毛音弗，小也。』徐云：『鄭音廢，福也。』一云：『毛方味反，鄭芳沸反。』」（95）「放吠切」輯自「音廢」。「音廢」與滂母物韻的字頭「茀」字的音韻地位不合。《爾雅》：「祓：福也。」《廣韻·廢韻》：「祓：福也。除惡祭也。」「音廢」是為「茀」的被通假字「福」的同義字「祓」字注音。「音廢」的音義匹配是：祓方肺切（幫廢）音廢（幫廢）。

九、把易字的直音誤作音注

（17）《集韻》虞為切（疑母支韻）：「跪：屈剡也。《莊子》：『跪坐以進之。』」（39）

按：《莊子·在宥》：「跪坐以進之。」《經典釋文》：「跪：其詭反，郭音危。」（376）「虞為切」輯自「音危」。「音危」與群母紙韻的字頭「跪」字的音韻地位不合。「音危」不是為「跪」字注音，而是易字。內部證據，《禮記·曲禮上》：「授立不跪，授坐不立。」《經典釋文》：「不跪：求委反。本又作危。」（163）

（18）《集韻》同都切（定母模韻）：「杜：姓也。晉有杜蒯。劉昌宗讀。通作屠。」（87）

按：《周禮·春官·敘官》：「大師，下大夫二人；小師，上士四人。」鄭

注：「晉杜蒯云：曠，大師也。」《經典釋文》：「杜蒯：如字，劉音屠。下苦怪反。」（118）「同都切」輯自「音屠」。「音屠」與定母姥韻的字頭「杜」字的音韻地位不合。據《集韻》「通作屠」可知，「音屠」不是為「杜」字注音，而是易字。

十、把協韻音切誤作音注

（19）《集韻》武方切（幫母陽韻）：「望：在外望其還也。」（212）

按：《詩・小雅・都人士》：「其容不改，出言有章。行歸於周，萬民所望。」《經典釋文》：「所望：如字，協韻音亡。」（88）「武方切」輯自「音亡」。「音亡」與幫母漾韻的字頭「望」字的音韻地位不合。「望」「章」同為韻腳，「章」為平聲陽韻。「音亡」是協韻音，是無效音切。

（20）《集韻》母項切（明母講韻）：「厖：豐也，厚也。《詩》：『為下國駿厖。』徐邈讀。」（307）

按：《詩・商頌・長發》：「受小共大共，為下國駿厖。」《經典釋文》：「厖：莫邦反，厚也。徐云鄭音武講反是葉拱及寵韻也。」（107）「母項切」輯自「武講反」。「武講反」與明母江韻的字頭「厖」字的音韻地位不合。「武講反」是協韻音，是無效音切。

十一、把釋義的直音誤作音注

（21）《集韻》枯公切（溪母東韻）：「窾：空也。《莊子》：『導大窾。』向秀讀。」（10）

按：《莊子・養生主》：「批大郤，導大窾，因其固然。」《經典釋文》：「大窾：徐苦管反，又苦禾反。崔、郭、司馬云：『空也。』向音空。」（365）「枯公切」輯自「音空」。《廣韻》苦管切（溪母緩韻）：「窾：空也。」「枯公切」與字頭「窾」字的音韻地位不合。「音空」不是為「窾」字注音，而是解釋「窾」的意義。

（22）《集韻》思積切（心母昔韻）：「醳：苦酒也。徐邈讀。」（742）

按：《周禮・天官・酒正》：「辨三酒之物，一曰事酒，二曰昔酒，三曰清酒。」鄭玄注：「玄謂事酒，酌有事者之酒，其酒則今之醳酒也。昔酒，今之

酋久白酒，所謂舊醳者也。」《經典釋文》：「醳：音亦，徐音昔。」（111）「思積切」輯自「音昔」。《廣韻・昔韻》：「醳：苦酒。」「音昔」與字頭「醳」字音韻地位不合。蔣希文先生認為徐以「昔」音「醳」，即以「昔」兼釋「舊醳」。我們認同以「昔」釋「舊醳」，但堅信「音昔」不是為「醳」字注音。內部證據，《禮記・郊特牲》：「縮酌用茅，明酌也。」鄭玄注：「謂沛醴齊以明酌也。《周禮》曰：『醴齊縮酌。』五齊醴尤濁，和之以明酌。沛之以茅，縮去滓也。明酌者，事酒之上也，名曰明者。事酒，今之醳酒，皆新成也。」《經典釋文》：「醳酒：音亦。」（186）

十二、把異義異音字的音義對應關係弄錯了

（23）《魏晉南北朝字音研究》：行戶庚反（匣庚）胡郎反（匣唐）（278）。

按：《詩・小雅・鹿鳴》：「人之好我，示我周行。」《經典釋文》：「行：毛如字，道也。鄭胡郎反，列位也。」（75）《廣韻・唐韻》：「行：列也。」《廣韻・庚韻》：「行：行步也，適也，往也，去也。」「行」是異義異音字。「胡郎反」的音義匹配是：行胡郎切（匣唐）胡郎反（匣唐）。

（24）《魏晉南北朝字音研究》：造（2・晧）七報反（3・號）（317）。

按：《詩・大雅・酌》：「我龍受之，蹻蹻王之造。」《經典釋文》：「之造：毛才老反，為也。鄭七報反，詣也。」（104）《廣韻・號韻》：「造：至也。」《廣韻・晧韻》：「造：造作。」「七報反」應與「至」匹配。阪井健一拿「七報反」與「造作」匹配，音義匹配錯了。「七報反」的音義匹配是：造七到切（清號）七報反（清號）。

十三、把同義異音字的音義對應關係弄錯了

（25）《魏晉南北朝字音研究》：綴張劣反（薛知）陟衛反（祭知）（240）。

按：《詩・魯頌・閟宮》：「公徒三萬，貝胄朱綬，烝徒增增。」毛《傳》：「朱綬，以朱綬綴之。」《經典釋文》：「綴之：沈知稅反，又張劣反。」（105）《廣韻・祭韻》：「綴：連綴。」《廣韻・薛韻》：「綴：連補也。」「綴」是同義異音字。「張劣反」的音義匹配是：綴陟劣切（知薛）張劣反（知薛）。

十四、不知音注有誤

（26）《《經典釋文》陸氏音系》P167：2. 以以切影，切上字以。

按：《爾雅·釋鳥》：「鵙，鶇鶇。」郭注：「江東人家養之以厭火災。」《經典釋文》：「以厭：以冉反。」（433）「以冉反」在《廣韻》裏是以母琰韻，與影母琰韻的字頭「厭」字的音韻地位不合。據宋本，「以冉反」中的「以」當為「一」。「一冉反」的音義匹配是：厭於琰切（影琰）一冉反（影琰）。

（27）《《經典釋文》陸氏音系》P723：1. 以蟹切卦，掛一，卦買反。

按：《易·繫辭上》：「分而為二以象兩，卦一以象三，揲之以四。」《經典釋文》：「掛一：卦買反，別也。王肅音卦。」（31）「卦買反」在《廣韻》裏是見母蟹韻，與見母卦韻的字頭「掛」字的音韻地位不合。「卦買反」中的「買」當為「賣」。內部證據，「挂于：俱賣反，一音卦。注同。」（159）「挂」與「掛」同。「卦賣反」的音義匹配是：掛古賣切（見卦）卦賣反（見卦）。

十五、不知被注字有誤

（28）《集韻》諮騰切（精母登韻）：「繒：帛也。」（254）

按：《易·遯卦》：「上九：肥遯，無不利。」王注：「憂患不能累，矰繳不能及，是以肥遯無不利也。」《經典釋文》：「繒：則能反。」（25）「諮騰切」輯自「則能反」。「則能反」與從母蒸韻的字頭「繒」字的音韻地位不合。字頭「繒」字有誤。據王注，被注字當為「矰」。內部證據，「矰：則能反，李云：『罔也。』」（372）

十六、把注音字的音韻地位弄錯了

（29）《徐邈音切研究》：翅（書支）詩知（書支）（37）。

按：《莊子·大宗師》：「陰陽於人，不翅於父母。」《經典釋文》：「不翅：徐詩知反。」（370）「詩知反」中的「知」同「智」，為「寘」韻。字頭「翅」的被通假字是「啻」。內部證據，「不啻：始豉反。徐本作翅，音同。下篇倣此。」（48）「詩知反」的音義匹配是：啻施智切（書寘）詩知反（書寘）。

（30）《徐邈音切研究》：養（以養）以上（以養）（131）。

按：《易·井》：「井養而不窮也。」《經典釋文》：「井養：如字，徐以上

反。」（27）「上」，《廣韻》有「時掌切」和「時亮切」兩個反切，韻分別是「養」韻和「漾」韻。「以上反」中的「上」音韻地位怎麼確定呢？「養」，徐邈音切中，還有「羊尚反」這樣的反切。

　　如，《禮記・射義》：「求中以辭爵者，辭養也。」《經典釋文》：「辭養：如字，徐羊尚反。」（219）內部證據充分證明「以上反」與「羊尚反」是同音切語，只是反切用字不同而已。「尚」只有漾韻一讀，據此可以確定「上」在這裏應是漾韻。「以上反」的音義匹配是：養餘亮切（以漾）以上反（以漾）。

十七、參考文獻

1. 〔東漢〕許慎，《說文解字》，北京：中華書局，1963 年。

2. 〔唐〕陸德明，《經典釋文》，北京：中華書局，1983 年。

3. 〔宋〕陳彭年、邱雍，《廣韻》，上海：上海古籍出版社，1984 年。

4. 〔宋〕丁度等，《集韻》，上海：上海古籍出版社，2017 年。

5. 〔清〕阮元，《十三經注疏》，北京：中華書局，1980 年。

6. 蔣希文，《徐邈音切研究》，貴陽：貴州教育出版社，1999 年。

7. 王懷中，《〈經典釋文〉陸氏音系》，北京：中華書局，2019 年。

8. 岳利民，《〈經典釋文〉音切的音義匹配研究》，成都：巴蜀書社，2017 年。

9. 〔日〕阪井健一，《魏晉南北朝字音研究》，東京：汲古書院，1975 年。

「咲」在日本的音義演變

賈智、魏文君*

摘　要

「咲」本係「笑」的俗字，日本人最初視「笑」「咲」為同字異形關係，後逐步賦予「咲」新的字義「花開」，並基於此將其定為日本的「邦字」。在調查這些漢字時，需要認識到日本漢字並非日本獨立創製，本質是漢字職能在域外的傳承與拓展。而日本漢字的演變過程，也不能僅從語言文字角度片面視之，應該認識到中日文化交流中的意象書寫與審美意識所起到的推動作用。

關鍵詞：近代漢字；域外漢字；跨文化漢字研究

漢字誕生於中國，是我國古人獨立創造出來的自源文字。與此相對，日本漢字是基於漢字仿造出來的借源文字。日本漢字的誕生、發展的本質是日本人摹寫中國漢字，接受我國文化的結果。而在這一過程中，日本衍生出少數具有日本特色，代表日本民族語言的「邦字」。在調查這些漢字時，首先需要認識到日本漢字並非日本獨立創製，本質是漢字職能在域外的傳承與拓展。

「咲」本係「笑」的俗字[註1]。該字在日藏文獻中多為訓讀，先讀作「わ

---

* 賈智，男，1981 年生，天津市人，主要研究方向為域外漢字音、漢字發展史和古文獻。魏文君，女。1998 年生，廣東省東莞市人，中山大學中國語言文學系（珠海）碩士研究生，主要研究方向為文字學。中山大學中國語言文學系（珠海），珠海 519082。
〔註1〕張虹倩、劉斐（2012：168～174）提到「笑」存在「咲」「关」「𥬇」「㗛」「𠿒」「关」等多種異體。關於正字與俗字的關係，目前有「會意說」「形聲說」「形聲兼會意說」

らう」，訓作「人笑」，後讀為「さく」，訓為「花開」。在「咲」的音義演變過程中，中國文學中的詠花傳統以及日本文學中的自然感悟起到了一定推動作用，可以為瞭解漢字在日本的傳承、演變規律提供一些新的思路、線索，值得關注。

一、古漢語中的「笑」「咲」

「笑」較早見於出土簡帛中的楚系文字。經查高明、涂白奎（2008：1062），郭店楚簡「笑」字作「𥬇」「𥬇」，上博楚簡寫作「𥬇」，皆從艸從犬，係「笑」的早期字形。「笑」「咲」二形至遲在漢代已經並存。如婁機《漢隸字源》中漢代王政碑作「時言樂咲」（第 194 頁）。宋刻遞修本《漢書》「笑」「咲」「关」並存，顏師古以「咲」「关」為古體，在「於是上嘿然而咲」條下注云「咲，古」（第 94 頁），在「罷歸倡優之关」條下注云「关，古笑字」（第 192 頁）。

宋初大徐本《說文解字》將「笑」列為新附字，注曰：「此字本闕。臣鉉等案：孫愐《唐韻》引《說文》云：喜也。從竹從犬。而不述其義。今俗皆從犬。又案：李陽冰刊定《說文》：從竹從夭。義云：竹得風，其體夭屈如人之笑。未知其審。私妙切。」（第 371 頁）此外，段玉裁《說文解字注》載有：「又按宋初《說文》本無笑。鉉增之。十九文之一也。」（第 201 頁）由此可知，《說文》成書時或列「笑」字，李陽冰、孫愐所見《說文》仍存，南唐小徐本《說文》未錄。宋大徐本《說文》所錄「笑」寫作「從竹從夭」，釋文中不列「咲」，書中亦不見「咲」。

魏晉南北朝時期政權更迭頻繁，俗字叢生。在秦公、劉大新《廣碑別字》（1995：216）所收的北朝碑刻之中，「笑」的異體多在「咲」上增筆而成，如《魏元顯儁墓誌》作「咲」，《魏李仲琁修孔廟碑》作「咲」，《魏寇憑墓誌》作「咲」，《魏元尚之墓誌》作「咲」，《魏員外散騎常侍元恩墓誌》作「咲」等。

「古字說」「俗體說」等多種觀點。為方便討論，我們將上述字形進行了分類、歸納。古文獻中常見的是「笑」「咲」「关」「𥬇」「噗」「咲」。其中「噗」「咲」分別為「笑」「𥬇」二字添加義符「口」的俗字，本文暫不討論。「笑」「𥬇」字形接近，「咲」「关」為增省關係，暫將「笑」「𥬇」歸為一類，「咲」「关」為另一類。其中，「笑」「咲」收錄於日本政府頒佈的《常用漢字表》（2136 字，2010 年），具有一定典型性，本文將其定為上述兩類的代表字。

　　隋唐時期，前朝俗字仍被世人廣泛使用，如斯 2577《妙法蓮華經‧卷八》（7 世紀末）、正倉院本《四分律‧卷二十》（8 世紀中葉）所錄均為「咲」〔註2〕。初唐以降，伴隨科舉制確立，字樣學興起，顏元孫《干祿字書》據《說文》視「笑」為「正體」，視「咲」為「通體」（第 53 頁），並在序文中說：「所謂通體，可以施表奏、箋啟、尺牘、判狀，固免詆訶。」（第 10 頁）肯定了「咲」在字用方面的價值。除字樣書外，字書、音義等古辭書在釋「笑」時也多列俗字。例如，經查周祖謨（1984：502），王仁昫《刊謬補缺切韻》將「笑」釋作「正」，將「咲」釋作「俗」。慧琳《一切經音義》將「咲」釋作「俗」（第 423 頁）。

　　宋元以後，辭書仍視「咲」為「笑」的異體，二者音義無別。例如，《集韻》將「咲」釋作「古」，將「㗛」釋作「俗」（第 579 頁）。

　　總體而言，在古代漢語中，「笑」「咲」是同字異形的關係，古人視「笑」為正字，視「咲」為俗字。在現代漢語中，「笑」字被定為規範漢字，「咲」則被完全廢除。

二、「笑」「咲」在日本的音義演變

　　為探討「咲」在日本的音義演變，我們選用了一些具有代表性的日本漢字材料，並參考李運富（2018：61）將其分為「日本人傳抄的漢字文獻」「日本人創作的漢字文獻」兩大類〔註3〕。前者主要是日本人抄寫、編寫的佛經相關材料，如古寫經、古辭書等，這些材料反映了日本人摹寫漢字的情況〔註4〕。而後者則主要是日本人創作的文史相關材料，如古史書、古文集等，這些材料反映了日本人使用漢字的情況〔註5〕。這些古文獻、古寫本抄寫於日本上代至近世各個歷史階段，比刻本含有更多漢字發展的歷史信息，更能反映漢字

〔註2〕　見石塚晴通等：「漢字字體規範史資料庫」（https://www.hng-data.org/）。

〔註3〕　李運富、何余華（2018：61）認為，具有「跨文化研究」價值的漢字文本包括三種情況，即「非漢語母語者抄寫或改編的漢字文化書籍」「非漢語母語者用漢字創作的文獻」以及「生活在跨文化環境中的漢語母語者創造的漢字文獻」，本文主要關注前兩種文獻。

〔註4〕　當然由於部分文獻在抄寫的同時也存在程度不一的改編，而改編的過程則融入了改編者對漢字的認識和理解，又或無意中透露出了當時日本社會的漢字書寫生態。

〔註5〕　潘鈞（2013：11）認為「文字的傳入與文字的認讀乃至應用原本是不同層次的概念」，甚是。但同時我們也注意到，一些文獻性質較為複雜，並不單純反映文字傳入或認讀和應用的一個層面，也有可能是多層面的。

傳播的具體面貌以及當時的用字實際，為我們提供了縱觀漢字在異域書寫演變的第一手材料。

（一）日本人傳抄的漢字文獻（古寫經、古辭書）

「咲」傳入日本的時間最早可追溯至飛鳥時代。前文提到，六朝至隋唐的佛經中常見的是「咲」，此類俗字隨佛經東傳，較早見於日藏文獻。例如，小川本《金剛陀羅尼經》（686）錄有兩個「咲」字，守屋本五月一日經《續高僧傳》（740）錄有兩個「咲」字，五月一日經《四分律卷十六》（740）錄有九個「咲」字，皆不作「笑」〔註6〕。石塚晴通（2016：352～353）認為，這些古寫經是由日本權貴集團主持抄寫的經典，漢字書寫皆標準規範、品質上乘。除日本古寫經外，日本古辭書也錄有一些與「笑」「咲」相關的條項。

《新譯華嚴經音義》，慧苑撰，大約成書於 712 年至 730 年之間。慧苑係長安人，師從法藏，為釋讀《新譯華嚴經》撰《新譯華嚴經音義》一部，凡 2 卷。該書東傳日本後，日僧據此撰寫《新譯華嚴經音義私記》一部。《新譯華嚴經音義私記》唯一傳世寫本為小川雅人氏家藏本，寫於日本延曆 13 年（794）。書中「戲笑」條錄有「笑」「咲」二字，釋作「……下從笑聲也。有作咲者，俗字也。」梁曉虹（2015：378）在該條下注云「可見『咲』在日本也已用時不短。」

《一切經音義》，玄應撰，大約成書於 662 年〔註7〕。玄應原為大總持寺僧侶，貞觀末赴大慈恩寺參加玄奘譯場，負責點校佛經。在點校佛經時，玄應辨析書中俗字，指明正訛，撰成《一切經音義》，凡 25 卷。正倉院聖語藏《玄應音義》抄寫於日本天平年間（729～749），現存第 6 卷。山田孝雄（1932：1～15）經東西書房，將該寫本影印出版並做評介。上田正（1981：25）指出該寫本所錄「㫰檀」等條項不見於宋藏、麗藏，並強調該寫本的特殊性。該寫本「嬉戲」條錄有「笑」字，係正字，應摹寫自唐寫本《玄應音義》。

日本大治 3 年（1128）法隆寺覺嚴、隆暹等眾僧侶，共同抄寫了《玄應音義》，該寫本藏於日本宮內廳書陵部，現存 5 帖 19 卷。日本安元年間（1175～

〔註6〕見石塚晴通等：「漢字字體規範史資料庫」（https://www.hng-data.org/）。

〔註7〕徐時儀（2009：35）認為該書可能是玄應遺稿且尚未完成，並推測玄應圓寂「只能是在龍朔年間（661～663），《玄應音義》的成書年代亦不會晚於此時」。另外，虞萬里（2011：556～557）認為玄應應該在龍朔 2 年（662）夏季前後圓寂。

1177），石山寺眾僧侶也傳抄了《玄應音義》，該寫本目前分藏於廣島大學、天理圖書館、大東急紀念文庫等處。1980 年，《古辭書音義集成》第 7～9 卷收錄了法隆寺一切經以及石山寺一切經中的《玄應音義》，有大治本、廣大本、天院本、天鐮本，共四種〔註8〕。其中，大治本中「笑」有 46 例，「咲」有 5 例；廣大本中「笑」有 10 例，無「咲」；天院本中「咲」有 2 例，無「笑」。值得注意的是，大治本中「蟲笑」條的條目作「山咲」，與傳世本《玄應音義》寫法不大相同。將「蟲」「笑」分別寫作「山」「咲」，本質上屬於日僧習慣性的省寫、改寫，這在一定程度上反映了「咲」在日本的流傳情況。

　　另外，金剛寺、七寺、西方寺眾僧侶分別在日本嘉禎年間（1235～1238）、日本安元年間（1175～1177）、日本弘安年間（1278～1288）抄寫了《玄應音義》。2006 年，日本國際佛教學大學院大學編輯出版的《日本古寫經善本叢刊》第 1 輯收錄了五種日寫本《玄應音義》〔註9〕，即金剛寺本、七寺本、東大本、西方寺本、京大本。其中，金剛寺本與大治本屬同一系統〔註10〕。從「笑」「咲」在上述寫本中的書寫情況看，金剛寺本「笑」字出現 43 處，「咲」字出現 5 處；七寺本（含東大本）「笑」出現 44 處，「咲」出現 1 處；西方寺

〔註8〕具體如下：宮內廳書陵部藏法隆寺《玄應音義》，日本大治 3 年寫本，缺卷 3 至卷 8（大治本）；廣島大學國語學研究室藏石山寺《玄應音義》，安元年間寫本，存卷 2 至卷 5（廣大本）；天理圖書館藏石山寺《玄應音義》，日本院政時期寫本，存卷 9（天院本）；天理圖書館藏《玄應音義》，日本鎌倉後期寫本，存卷 18（天鐮本）。

〔註9〕據箕浦尚美（2005：15～36）調查，金剛寺本《玄應音義》現存 21 卷，缺卷 5、8、22、23，藏於金剛寺；七寺本《玄應音義》現存 21 卷，缺卷 11、19、20、22，其中卷 15 藏於東京大學史料編纂所，其餘都藏於七寺；西方寺本《玄應音義》現存 9 卷，僅有卷 1、3～6、9、13、21、25，藏於西方寺。另外，京都大學文學部國語學國文學研究室也藏有一種《玄應音義》，現存卷 6、7。另經張娜麗（2005：37～40）調查，此二卷卷首都按有「石山寺一切經」印章，應該是石山寺所藏《玄應音義》。再有，根據虞思徵（2014：28～44）總結，五種寫卷的抄寫時間分別為：七寺本、東大本寫於承安 5 年（1175）至治承 3 年（1179）。金剛寺本寫於嘉禎 2 年至 3 年（1236～1237）。西方寺本寫於平安至鎌倉時代，其中第 25 卷抄寫於弘安 4 年（1281）。京都大學文學部藏本寫於承安 4 年（1174）。

〔註10〕虞思徵（2014：18）介紹到，箕浦尚美在《玄應撰〈一切經音義〉書志》中通過金剛寺本的書志信息，「確定其抄錄時間在嘉禎二年至三年（1236～1237）間。與大治三年（1128）書寫於法隆寺的大治本屬同一系統，並補足了大治本所闕的卷三、四、六、七」。虞思徵（2014：120）通過考察進一步證明《玄應音義》寫本之傳入日本，必在西元八世紀初至中葉之間，而大治本以及金剛寺本《玄應音義》都是以此唐寫本為底本抄錄而成的」。另外，經過我們的比對，金剛寺本與大治本在字形選擇上也多有相重合之處。比如，前文提到的卷 11「蟲咲」條，大治本條目作「山咲」，釋文作「咲」，金剛寺本卷 11 同樣寫作「山咲」「咲」。

本「笑」出現 10 處，「咲」出現 1 處；京大本「笑」出現 4 處，無「咲」。如此看來，日僧在抄寫《玄應音義》時大多遵從漢文原貌寫作「笑」，這一點也與當時古寫經的情況相合。比如，高山寺本《大教王經・卷一》（815）、《金剛大教王經・卷二》（12 世紀初）、東禪寺版寫《大教王經・卷一》（12 世紀）等古寫經中都一律寫作「笑」，不作「咲」〔註11〕。

《新撰字鏡》是日本南都僧侶昌住編撰的一部古字書，大約成書於日本昌泰年間（898～901），現存版本較多。天治本《新撰字鏡》寫於日本天治元年（1124），是現存最古老的寫本，首尾無缺，現藏於日本宮內廳書陵部。該書所列字頭多係彼時佛經常見字形，反映了日本平安時代日僧摹寫漢字的情況。經查天治本《新撰字鏡》，昌住常將「𥬠」「𥬇」「𥬝」等俗字列作字頭，還用「咲」釋正字「𥬠」「𥬇」，或許「咲」是當時日僧慣用字形，具體如下：

　　　　【𥬠𥬇𥬝】二字同。秘妙、於交二反，平。喜也。謔也。

　　　　【𥬠𥬇】先召反。咲字。

《類聚名義抄》是日本法相宗僧侶編纂的一部古字書，大概成書於 11 世紀末 12 世紀初。該書分「佛」「法」「僧」三部，版本甚多，有「原撰本」「改編本」兩大系統。原撰本系統中的圖書寮本《類聚名義抄》存「法」部開頭部分，現藏於日本宮內廳書陵部。改編本系統中的觀智院本《類聚名義抄》是現存唯一的完本，抄寫於鎌倉時代末期，現藏於日本天理圖書館。觀智院本《類聚名義抄》三次列出「笑」字，具體如下：

　　　　【咲笑】上通下正。忠妙反。ヱム。……禾ラフ。禾セフ。

　　　　【𥬠𠮦噯嗳】四俗。

　　　　【笑咲】二正。嗖，俗。悉曜反。咦，俗。禾ラフ。メクル。

　　　咲，或。禾セウ。

「咲笑」條所錄「上通下正」應引自唐代正字學著作《干祿字書》，釋文中的「ヱム（ゑむ／えむ）」義為「莞爾」（微笑），「禾ラフ（わらう）」義為「人笑」。而「笑咲」條則將「笑」「咲」視為正字，其餘為俗字，字義也作「禾ラフ（わらう）」。「咲」的構形與《說文》不合，日僧卻視為「正」，這說明日僧開始試圖打破唐代正字學束縛，轉而基於社會實際用字嘗試賦予「咲」與「笑」

〔註11〕見石塚晴通等：「漢字字體規範史資料庫」（https://www.hng-data.org/）。

同等地位，值得關注。

　　時至江戶時代，伴隨知識階層的不斷擴大，出現了許多辨析漢字正俗的字書。這些字書大多沿襲隋唐以來辭書編纂的傳統，著眼於辨析漢字的正俗關係，較少提及「咲」在日本已然發生的變化。如中根元圭《異體字辨》：「关，同笑。」「关，古笑。」意在說明我國典籍中「关」為「笑」之古體，並以「笑」字寫法為正。又如田中道齋《道齋隨筆》以「关咲笑」為「同訓字」，石野恒山《拔萃正俗字辨》「咲同笑」等莫不如是。這些字書對於異體字形關係的判斷雖有參差，然大抵不超出古今正俗的範疇，未能反映當時「咲」已用於記錄「さく」（花開）的語言現象。值得注意的是，江戶中期新井白石奉家宣之命撰寫《同文通考》，該書雖未列出「咲」，但在釋文中已經使用「咲」表示「さく」（花開）之義，這說明此時「咲」與「笑」的字義已經分離，分別表示「花開」「人笑」兩种字義，「咲」已經正式成為日語「さく」的訓讀漢字。

（二）日本人創作的漢字文獻（古史書、古文集）

　　隋唐以降，詩文中以笑喻花開的用法比較常見。錢鍾書（2001：141～142）在《管錐編・桃夭》中列舉多例，並指出：「隋唐而還，『花笑』久成詞頭。」白居易的詩作在古代日本流傳甚廣，其中有「嬌花巧笑久寂寥」（白居易《霓裳羽衣歌》）之句。在人與花互喻的修辭中，人笑與花開似二而一，這樣生動的意象自然易於域外人士接受和吸收。現存大量的日本古典文學作品也體現了日本貴族對唐詩「花笑」意象的接受與模仿。

　　《萬葉集》，大約編纂於日本寶龜 11 年（780）之前，是日本現存最古老的和歌集。全書收錄了由 7 世紀前期至 8 世紀後期約 130 年的 4500 多首和歌，共 20 卷，內容主要是雜歌、相聞歌、挽歌等。《萬葉集》早期寫本現已不存，我們難以準確得知當時的用字面貌。不過可以確定是，《萬葉集》中以花起興、以花喻人的修辭已多有出現。這既源於歌人本身的情感體驗與生活感悟，也是其深受我國六朝文學滋養後不斷內化的結果。比如以紫丁香喻額田王之美的例子如下：

　　　　原文：紫のにほへる妹を憎くあらば人妻故に我れ恋ひめやも
　　　　（天武天皇《皇太子答御歌》）
　　　　譯文：妹如紫草鮮，安得不豔羨。知是他人妻，猶能如此戀。

　　《懷風藻》，大約編纂於日本天平勝寶 3 年（751）之前，是日本現存最古

老的漢詩集。全書收錄 120 首作品（現存 116 首），作者多為皇族顯貴。詩歌以五言詩為主，內容包括宴遊、從駕、述懷、詠物等。書中以「發笑」喻「花開」的詩句共有 6 例，或言花盛放之燦爛，或狀花綻放的瞬間，或寫花蕾欲開還閉、生機盎然、宛如少女欲說還羞的踟躕神態，具體如下：

> 含香花<u>笑</u>叢。（釋智藏《五言翫花鶯》）

> 竹浦<u>笑</u>花新。（大神朝臣高市麻呂《從駕應詔》）

> 送雪梅花<u>笑</u>。（境部王《宴長王宅》）

> 林寒未<u>笑</u>花。（百濟公和麻呂《五言初春於左僕射長王宅讌》）

> 庭梅已含<u>笑</u>。（大津連首《五言春日於左僕射長王宅宴》）

> 桃李<u>咲</u>而成蹊。（藤原朝臣萬里《五言暮春於弟園池置酒（並序）》）

這種以人笑擬花開的修辭方法，並非《懷風藻》獨創，而是借鑑、模仿了我國古典文學，如：

> 流盼發姿，言<u>笑</u>吐芬芳。（阮嗣宗《詠懷詩十七首》）

> 枝低疑欲舞，花開似含<u>笑</u>。（費昶《芳樹》）

> 看花爭欲<u>笑</u>，聞瑟似能啼。（劉刪《侯司空第山園詠妓》）

> 想鏡中看影、當不含啼。欄外將花、居然俱<u>笑</u>。（庾信《為梁上黃侯世子與婦書》）

《萬葉集》中出現的以花起興，以花喻人的修辭，抒發了詩人自身的生命感悟與真摯情感。而在《懷風藻》中，以笑擬物在一定程度上已成為常態。儘管《懷風藻》主要是單純模仿我國古典文學〔註12〕，但詩中出現的以笑描花的寫法在平安時代的文學中得到延續和轉化，從而進一步推動了以「人笑」喻「花開」的寫作傳統的形成。

《田氏家集》，島田忠臣撰，大約成書於 891 年，是日本成書較早的漢詩別集。全書分上中下三卷，收錄漢詩 200 餘首，作品受白居易的影響較大。書中

〔註12〕有關《懷風藻》創造性不足的事實，學者早有論述。比如，宿久高（2005：63）曾說：「在日本古典詩歌史上，《懷風藻》的成就、地位和影響遠不如《萬葉集》。產生這種現象的原因是多方面的，其重要的原因是《懷風藻》在學習中國古典文學的時候，不是創造性地接受，而是過分追求語言的華麗，形式的華美，因而導致了整個作品缺乏創造性的缺陷。」

錄有一些以人笑喻花發的例證，如：

> 提壺鳥舌催呼酒，帶浸花心<u>笑</u>向人。

> 離畢明朗重九來，女花含<u>咲</u>兩便催。

《和漢朗詠集》，藤原公任編，大約成書於長和 2 年（1013），是一部輯錄漢詩、和歌佳句的詩歌總集。全書分上下二卷，收漢詩近 600 首，和歌 200 餘首，兼用漢字、假名。問世之後世人競相摹寫、傳抄，流傳甚廣，湧現出了一大批名家名筆之作，在日本書法史上也佔據著重要地位。書中可以散見以人笑喻花開的例子，如：

> 夜雨偷濕，曾波之眼新嬌。曉風緩吹，不言之口先<u>笑</u>。

唐月梅（2018：45）指出，平安朝漢詩已經表現出強烈的「日本化」傾向，「詩的內容更多吟詠日本的風土人情，體現日本的審美價值取向」。「花笑」「花咲」已是詩人主體審美意識下的產物，此時日本人常會選擇漢字「咲」來記錄動詞「さく（花開）」。

在日語裡「さく（花開）」最初含義与「裂」比較接近，描述的是在神秘不可控的力量作用下，花蕾由完整的閉合狀態綻開為多片花瓣的過程。不過在平安時代，這一概念的具體含義開始發生一些微妙變化。經查《訓點語彙集成》，可以看到平安時代記錄動詞「さく（花開）」的方式主要有兩類：一是使用平假名，如：「さけり」「さける」；二是使用漢字，如：「披」「敷」「明」「析」「發」「彩」「花」「開」。經查《辭源》，「披」「敷」「析」「發」「開」，是普遍性動詞特殊化，都有「分」「散」「開」「鋪」「展」的意思，強調的是花蕾由閉而綻的過程。「明」是形容詞動詞化，與名詞動詞化的「彩」類似，強調花開展現出的明媚與鮮麗，著眼於光色與視覺感受。而「花」則是直接以物體本身表示花開，關注花的主體本身。這些漢字的字義，都與「さく」的早期字義「裂」產生了或多或少的偏移，不再強調超自然力作用的一面，而是逐漸轉而着眼於花開的動作、形態、色澤。「披離」「敷榮」等表示花開的用法逐漸被日本人接受，這對日本人選擇「咲」記錄「さく（花開）」產生了一定影響。

另外，經查日本史書《日本書紀》諸版本，與那些照搬漢文的古寫經、古辭書不同，岩崎本《日本書紀·卷 24》（10 世紀）、圖書寮本《日本書紀·卷 24》（1142）都僅見「咲」而無「笑」。這種用字習慣一直延續到室町時代的兼

右本《日本書紀》，直到江戶時代的寬文本《日本書紀》中依舊可見〔註13〕。
這說明到日本平安時代後期，「咲」已然成為習慣寫法，這種寫法已經融入到
日本人的漢字書寫與創作當中。

　　《新古今和歌集》，藤原定家編，大約編纂於鎌倉時代初期，是一部負有盛
名的和歌集，其中不乏描寫花朵盛開之作。東京大學藏《新古今和歌集》（室町
末期抄寫）中，可見「さく」（花開）有兩種不同的寫法：假名（「さ」或「さ」
的異體）、漢字（「咲」）。另外，鎌倉時代抄寫的西本願寺本《萬葉集》錄有「大
宰少式小野老朝臣歌一首」，歌作：「青丹吉　寧樂乃京都者　咲花乃　薰如　今
盛有。」〔註14〕其中「咲」訓作「さく」。不過，這种記錄方式在西本愿寺本中
僅此一例，記錄「さく」（花開）的方式也並不限於「咲」〔註15〕。這說明當時
「咲」已經開始由本義向「花開」義轉變，但仍處於過渡階段。

　　中西進、王曉平（1993：169）通過列舉《類聚句題抄》《江吏部集》《法性
寺關白卿集》《鳩嶺集》等文獻，主張「十世紀以後，漢詩中多用『咲』以表花
開人笑雙關之意。」這也說明在鎌倉時代「咲」字仍然未能脫離「人笑」之本
義，否則「花咲」在詩句中就失去了由比擬帶來的拓展讀者想像空間的文學效
果，而僅僅變成對花開形態的簡單白描。另一方面，在表示「花開人笑雙關之
意」時多用「咲」而非「笑」的文學現象，表明「咲」已經偏離本義，開始兼
具「花開」義，逐漸成為日語「さく」的訓讀漢字。

三、結論

　　在中國古代，「咲」與「笑」長期並存，歷代字書皆有收錄和討論。特別是
在俗字橫行的魏晉，「咲」在社會上的認同度已然超過「笑」成為主流字形。隋
唐以降，中國社會逐漸由貴族社會向官僚社會過渡，伴隨科舉制的興起，官方
對社會用字的規範措施不斷增強，「咲」一直被視為俗字，今日則完全被排除在
規範漢字之外。與此相對，俗字「咲」傳入日本後，受到中國古典文學中「花
開」與「人笑」互喻的長期影響，笑靨如花、花開如笑的譬喻已深入人心。10

〔註13〕見石塚晴通等：「漢字字體規範史資料庫」（https://www.hng-data.org/）。
〔註14〕〔日〕小島憲之等（1971：231）現代日語作：「あをによし　奈良の都は　咲く花
　　　　の　薰ふがごとく　今盛りなり」。
〔註15〕〔日〕小島憲之等（1971：184），「高圓之　野邊秋芽子　徒開香將散　見人無爾」
　　　　中以「開」記錄「さき」。

世紀以後，日本漢詩有意突出兼具「花開」「人笑」雙義之「咲」的做法，也對「咲」的音義演變起到了一定的推動作用。戰後，諸橋轍次的《大漢和辭典》將「咲」視作「邦字」，將「花開」看作「咲」的「邦訓」。自此，「咲」的「花開」義開始正式編入漢和詞典，並逐漸得到社會普遍承認。「咲」在日語中的音義轉變，使得「咲」字擺脫了俗字地位，成為音義日化的「邦字」。而研究這些漢字的演變過程，不能僅從語言文字角度片面視之，應該認識到中日文化交流中的意象書寫與審美意識所起到的推動作用。

李運富（2018：65）認為，「跨文化漢字研究」包括了「跨文化漢字的歷史研究」的內容。在這一課題下，「應該關注傳播後的漢字在跨文化環境中的生存變化情況」，研究「傳播到目標地之後，這些漢字如何生存、如何發展或者消亡」的縱向演變過程。本文結合傳世、出土、域外文獻，探究影響「咲」字音義演變的具體情況，有助於考察漢字在日本傳承傳播的歷史軌跡，有利於探索中國文化對日本文明發展的輻射帶動作用，值得繼續深入研究。

四、參考文獻

1. 〔陳〕徐陵編，〔清〕吳兆宜注，穆克宏點校，《玉臺新詠箋注》，北京：中華書局，2018 年。
2. 〔東漢〕許慎撰，〔清〕段玉裁注，《說文解字注》，北京：中華書局，2013 年。
3. 〔東漢〕許慎撰，〔宋〕徐鉉校訂，《說文解字：大字本》（上），北京：中華書局，2013 年。
4. 〔漢〕班固撰，〔唐〕顏師古注，《宋本漢書》（第 19 冊），北京：國家圖書館出版社，2017 年。
5. 〔梁〕蕭統選編，〔唐〕呂延濟等注，《日本足利學校藏宋刊明州本六臣注文選·卷 23》，北京：人民文學出版社，2008 年。
6. 〔宋〕婁機，《漢隸字源》，成都：電子科技大學出版社，2017 年。
7. 〔宋〕丁度等，《集韻》，上海：上海古籍出版社，2017 年。
8. 〔唐〕慧琳，《一切經音義》，載《高麗大藏經》，北京：線裝書局，2004 年。
9. 〔唐〕歐陽詢撰，汪紹楹校，《藝文類聚》，上海：上海古籍出版社，1965 年。
10. 〔唐〕玄應，《一切經音義》，載《古辭書音義集成第 7～9 卷》，東京：汲古書院，1980 年。
11. 〔唐〕玄應，《一切經音義》，載《日本古寫經善本叢刊第一輯玄應撰一切經音義二十五卷金剛寺藏》，東京：國際佛教學大學院大學，2005 年。

12. 〔唐〕顏元孫，《干祿字書》，載施安昌編《顏真卿書干祿字書》，北京：紫禁城出版社，1990 年。

13. 高明、涂白奎，《古文字類編（增訂本）》，上海：上海古籍出版社，2008 年。

14. 何九盈、王寧、董琨，《辭源第三版》，北京：商務印書館，2015 年。

15. 李運富、何余華，《簡論跨文化漢字研究》，《北京師範大學學報》（社會科學版）第 1 期，2018 年，頁 60～68。

16. 梁曉虹，《日本古寫本單經音義與漢字研究》，北京：中華書局，2015 年。

17. 苗昱，《〈華嚴音義〉研究》，蘇州大學博士學位論文，2005 年。

18. 潘鈞，《日本漢字的確立及其歷史演變》，北京：商務印書館，2013 年。

19. 錢鍾書，《管錐編（補訂重排本）》，北京：生活·讀書·新知三聯書店，2001 年。

20. 秦公、劉大新，《廣碑別字》，北京：國際文化出版公司，1995 年。

21. 宿久高、尹允鎮，《懷風藻》與中國古典文學的關聯，《日語學習與研究》第 3 期，2005 年，頁 57～63。

22. 唐月梅，《日本文學》，上海：上海文化出版社，2018 年。

23. 謝思煒撰，《白居易詩集校注（第四冊）》，北京：中華書局，2015 年。

24. 徐時儀，《玄應和慧琳〈一切經音義〉研究》，上海：上海人民出版社，2009 年。

25. 楊烈，《萬葉集（上）》，長沙：湖南人民出版社，1984 年。

26. 虞思徵，《日藏玄應〈一切經音義〉寫本研究》，上海師範大學碩士學位論文，2014 年。

27. 虞萬里，從儒典的「音義」說到佛典的《一切經音義》——兼論《一切經音義三種校本合刊》，徐時儀等編《佛經音義研究——第二屆佛經音義研究國際學術研討會論文集》，南京：鳳凰出版社，2011 年，頁 550～573。

28. 張虹倩、劉斐，「笑」字源起辨析，《中國文字研究》第 1 期，2012 年，頁 168～174。

29. 張麗娜，京都大學文學部國語學國文學研究室藏，玄應撰《一切經音義》について，《日本古寫經善本叢刊第一輯　玄應撰一切經音義二十五卷》，東京：國際佛教學大學院大學，2005 年，頁 37～40。

30. 周祖謨，《唐五代韻書集存》，臺北：臺灣學生書局，1984 年。

31. 〔日〕昌住，《新撰字鏡增訂版》，東京：臨川書店，1967 年。

32. 〔日〕辰巳正明，《懷風藻全注釋》，東京：笠間書院，2012 年。

33. 〔日〕箕浦尚美，金剛寺、七寺、東京大學料編纂所、西方寺藏，玄應撰《一切經音義》について，《日本古寫經善本叢刊第一輯　玄應撰一切經音義二十五卷》，東京：國際佛教學大學院大學，2005 年，頁 15～36。

34. 〔日〕山田孝雄，《一切經音義》，東京：西東書房，1932 年。

35. 〔日〕山田孝雄，《一切經音義·附錄一》，東京：西東書房，1932 年。

36. 〔日〕杉木孜編，《異體字研究資料集成》（一期），東京：雄山閣出版，1973 年。

37. 〔日〕上田正，玄應音義諸本論考，《東洋學報》第 63 卷（第 1‧2 號），1981 年，頁 1～28。

38. 〔日〕石塚晴通、高田智和，《漢字字體史研究 2 字體與漢字情報》，東京：勉誠出版，2016 年。

39. 〔日〕小島憲之、〔日〕木下正俊、〔日〕佐竹昭廣，《日本古典文學全集 2 萬葉集》，東京：小學館，1971 年。

40. 〔日〕正宗敦夫編，《類聚名義抄》，東京：風間書房，1970 年。

41. 〔日〕中西進，王曉平，《桃夭李笑與漢詩和歌中的花發喻笑──中日詩歌自然意象對談錄》，《中國文化研究》第 1 期，1993 年，頁 164～170。

42. 〔日〕諸橋轍次編，《大漢和辭典（縮寫版）》，東京：大修館書店，1966 年。

43. 〔日〕築島裕，《訓點語彙集成‧第三卷》，東京：汲古書院，2007 年。

德藏 Ch5552 號
《大般涅槃經》卷六音義芻議*

景盛軒*

摘　要

　　德國柏林—勃蘭登堡科學院藏 Ch5552 號《大般涅槃經》卷六當是出土於吐魯番的寫本文獻，在 IDP 網站所公佈的德藏《大般涅槃經》寫卷中，Ch5552 號是卷幅最大的一號。該號尾題後有四行音義，主要是對《大般涅槃經》卷六中 24 個俗難文字的辨形、注音和釋義。以正俗辨形為主，釋義注音為輔。從音義的形式和內容判斷，Ch5552 號當是 7～8 世紀的產物。通過比較發現，Ch5552 號卷末音義與敦煌其他音義寫卷的特徵都不太相同，應該是一種早於敦煌《金光明最勝王經音》的隨函音義，與後世刻本佛經隨函音義比較接近。後代的《大般涅槃經》隨函音義分別繼承了 Ch5552 號卷末音義的某些特點。

關鍵詞：Ch5552 號；《大般涅槃經》；音義；斷代；比較

　　據榮新江先生考察，流散在德國的敦煌吐魯番文獻主要收藏於德國國家圖書館和柏林—勃蘭登堡科學院，從內容來看主要是佛典。榮先生還指出，德國收集品皆為吐魯番文獻。[註1]

＊　基金項目：国家社科基金項目「敦煌《大般涅槃經》寫本研究」（18VJX067）

＊　景盛軒，男，1974 生，甘肅省靜宁縣人，主要研究方向為中國古典文獻學、敦煌學和訓詁學。浙江師範大學，人文學院，金華 321004。

〔註1〕榮新江《海外敦煌吐魯番文獻知見錄》，南昌：江西人民出版社，1996 年，第 82 頁。

　　我們利用 IDP 網站，對柏林—勃蘭登堡科學院藏品進行了調查，發現《大般涅槃經》殘卷共有 460 號。誠如榮先生所言，這些寫卷絕大部分出自吐魯番，例如 Ch41 號、Ch47 號、Ch102 號、Ch144 號、Ch2106 號等出自 Toyuk（吐峪溝），Ch／U6053 號出自 Karakhoja（TIID 345）（高昌，哈拉和卓），Ch／U6087 號、Ch／U6106 號出自 Yarkhoto（T II Y 39）（雅爾和屯，交河），等等，但是其中有 53 號出土地點不明，Ch5552 號就是其中之一。

一、Ch5552 號敘錄

　　Ch5552 號圖版見 IDP 網站。此卷為今人重新背裱，前後配有卷軸。卷首背面有鉛筆書寫 Ch5552。薄黃紙。首紙貼有 4 塊殘片，第二紙所裱殘卷開頭有一行空白（見圖 1）。經過比勘，第一紙殘片間可以綴合，綴合件又可以和第二紙殘片綴合，從而組成原卷第一紙（見圖 2）。

圖 1　IDP 圖片所顯示的 Ch5552 號卷首

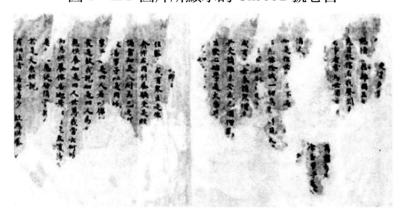

圖 2　重新綴合後的 Ch5552 號卷首第一紙

　　Ch5552 號卷首綴合後，文字前後連貫，中無缺行。全卷共計 13 紙，這是柏林—勃蘭登堡科學院藏品中卷幅最長的《大般涅槃經》寫卷。每紙抄 24 行，

行 17 字。卷首殘損嚴重，第 2 紙以後，寫卷上邊緣有殘損，2～10 紙下部殘缺。有烏絲欄。尾題：大般涅槃經卷第六。經文起「[色力日] 更增多（常）[為人天所樂見恭敬愛]」，訖「了義者了達一切大乘經典」。相應內容參見《大正藏》T12／399B6-402C10。楷書。書法精美。從書風上看，當為 7～8 世紀唐寫經。

在 Ch5552 號尾題後，空一行頂格抄有四行音義（見圖 3）。

圖 3　Ch5552 號卷末音義

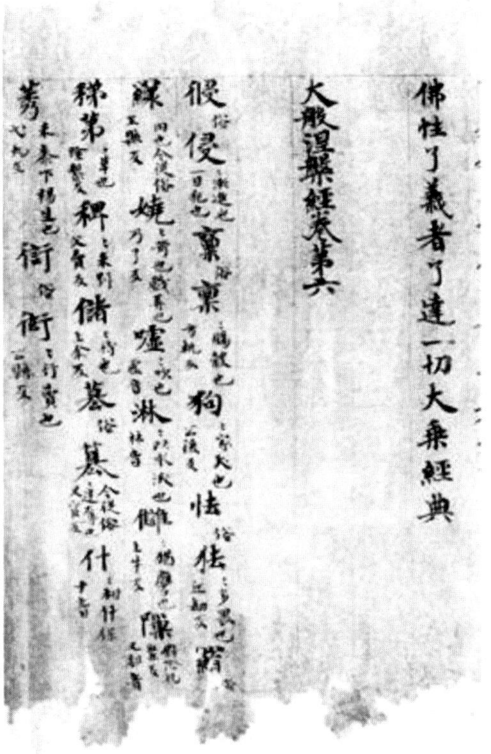

從書跡來看，音義與經文為同一人書寫。從內容來看，音義是對《大般涅槃經》卷六中一些俗難文字的辨形、注音和釋義，今校錄於下。每組詞條分行排列，原卷注文雙行小字改作單行小字，跟辨形關係不大的俗字徑錄為規範繁體，重文號以「＝」號代替。原卷分行用「／」提示。校補內容加以 []，校正內容加以（）。

侵俗侵＝，漸進也。一曰犯也。稟俗稟＝，賜穀也。方枕反。狗＝，家犬也。公後反。怯俗怯＝多畏也。丘劫反。羂俗／

羅 [＝] 罔（網）也，今從俗。丘縣反。嬈＝，苛也，戲弄也。乃了反。嘘＝，吹也。虛音。淋＝以水沃也。林音。雛＝，猶鷹也。上牛反。隟 [＝]，壁際孔也。丘亦反。又郤音。／

稊苐＝，草也。塗黎反。稗＝未（禾）別。父賣反。儲＝待也。上餘反。墓俗篡今從俗。＝，逆

奪也。又宦反。什＝，相什保。十音。 ╱

　　莠〔＝〕，禾黍下楊（揚）生也。弋九反。衒俗術＝，行賣也。公縣反。

二、Ch5552 號卷末音義的體例

　　跟同時代以及後世隨函音義相較，Ch5552 號卷末音義的體例很有特色，具體而言，有如下幾點：

1. 釋義時重出字頭用重文符號代替

　　Ch5552 號卷末音義在釋義時，先用重文符號「ㆍ」替代重出字頭。例如「狗ㆍ，家犬也。公後反。」即以「狗」為詞條，具體解釋時重複一下「狗」字。在列出的 17 組詞條中，使用重文符號的有 14 條，其餘三條的重文號可能屬於漏抄或日久磨滅，今依照體例予以校補。

2. 注音時反切法和直音法並用

　　Ch5552 號卷末 17 組詞條中，除了第一組外，其他的都有注音。其中用反切的 12 條，其形式為「某某反」；用直音的 3 條，其形式為「某音」；既用反切又用直音的 1 條。

3. 辨形時先俗後正，並指出通用字形

　　Ch5552 號卷末 17 組詞條中，有六組是辨析漢字的正俗關係的。一般是先列俗字，腳註「俗」，後列正字，然後釋義注音。若該組的俗字已經成為通行字，則在正字後指出「今從俗」。例如「簒俗篹今從俗。＝，逆奪也。又宦反。」按篹，依《說文》，為「從厶算聲」的形聲字，但俗書多寫作上莫下厶，為流行寫法，故云「今從俗」。

　　但是也可以看到，有的條目只有單字，不辨正俗，如「隙〔＝〕，壁際孔也。丘亦反。又郤音」條，按《干祿字書·去聲》：「隟隙郤郤並上通下正」〔註 2〕大概「隙」字雖是俗體，但已成通用字形，故不指斥為俗，亦不列正字。

　　在所辨析的字形中還有「稊第」這一組，也未標註何者為俗，這大概是因為二者都是通行異體。慧琳《一切經音義》卷六九《阿毘達磨大毘婆沙論》音義「稊稗」條：「上弟黎反，《考聲》：『稊，草名也。』《文字典說》云：『從禾弟聲，或作稊，亦作第、荑。』」（T54／756c12）按：稊，《說文》作稊。《說

〔註 2〕顏元孫《干祿字書·去聲》，北京：紫禁城出版社，1990 年，第 62 頁。

文》又有茦字，同薺，俗作芣。薺與稊同源通用。《孟子·告子上》：「五穀者，種之美者也；苟為不熟，不如薺稗。」例中的「薺」即通「稊」。這類都是同源通用異體，所以不辨正俗。

4. 所出詞頭，既有生僻字，也有常見字

一般來說，佛經音義當注釋疑難字詞。但 Ch5552 號卷末所出 17 組詞條中，既有字面生澀者，也有字面普通的，如羂、嬈、讎、衒等，筆畫較多，或屬於繁難字；但像狗、淋等字，卻為日常用字。之所以摘出者，或許是因為它們是口頭用語，〔註3〕詞多俗體，故標示正體引起注意；或者有異詞同字現象，故列出此處匹配形義，以示區別。以「狗」為例，《干祿字書·上聲》：「……猗狗，並上俗下正。」〔註4〕這裏直書「狗」形以示正體。又「狗」亦為「豿」的俗體。《廣韻·厚韻》：「狗，狗犬。」同韻又有「豿，熊虎之子。」《廣韻·厚韻》：「豿，熊虎子也。《漢律》『捕虎，購錢三，其豿半之』是也，通作狗。」又「狗」與「豹」的俗體「犳」也形近，《一切經音義》卷八三《玄奘傳》音義「黑豹」條：「《考聲》云：『豹，獸名也。從豸，從勺。』《傳》從犬作犳，俗字，非也。」（T54／845B2）所以 Ch5552 號音注特書「狗，家犬也」以辨別同形詞。

三、Ch5552 號的抄寫時代

據張涌泉先生調查，敦煌的韻書、字書、音義書卷子，字頭在注解中重出時常見用省代符號代替的現象。〔註5〕如：

斯 2071 號《箋注本切韻》平聲魚韻：「籚，ゝ篨。」

斯 6117 號《時要字樣》：「迴，ㄟ行。」「振，ㄟ動。」。

據丁治民研究，「《時要字樣》是唐代的作品，這是可以確定的」，「成書時

〔註3〕據汪維輝研究，「大概不晚於西漢後期，口語中『狗』對『犬』的替換已經完成。」見《漢語核心詞的歷史與現狀研究》，北京：商務印書館，2018 年，第 245 頁。不過後代「犬」和「狗」仍有文白色彩義的差別。

〔註4〕見顏元孫《干祿字書》，北京：紫禁城出版社，1990 年，第 44 頁。又唐張參《五經文字·犬部》亦出「狗」字：「狗，從犬，句聲。孔子曰：狗，叩也。叩氣吠以守。音苟。」見杉本つとむ主編《異體字研究資料集成》（一期／別卷一），東京：雄山閣出版株式會社，昭和 48 年（1974），第 97 頁。

〔註5〕張涌泉《〈說文〉「連篆讀」發覆》，《文史》第 60 輯，北京：中華書局，2002 年，第 248～253 頁。

間最晚也應在五代之前」。〔註6〕而斯 2071 號，姜亮夫先生考訂為長孫納言《切韻》增字本之前的一種增字加訓本，成書於隋唐之間。〔註7〕施安昌先生認為該卷為中唐後期至晚唐的寫卷。〔註8〕

從字頭在注解中重出用省代符號這一現象來看，將 Ch5552 號定作 7～8 世紀的唐寫卷應該是比較穩妥的。

又，Ch5552 號音義「稟」條：「稟=，賜穀也。方枕反。」「稟」的反切為「方枕反」，方，《廣韻·陽韻》府良切，非母；而「稟」，《廣韻·寢韻》筆錦切，幫母。可以看出 Ch5552 號中是用輕唇音切重唇音，這說明 Ch5552 號音義產生的時代輕重唇音極有可能還沒有分化。據研究，「漢民族共同語中輕唇音的產生不會晚於盛唐時期即公元 8 世紀左右」，〔註9〕因此，Ch5552 號或是初唐時期的作品。

又，Ch5552 號音義「什」條：「什=，相什保。十音。」〔註10〕釋語「相什保」或來自《孟子·滕文公上》：「夫物之不齊，物之情也。或相倍蓰，或相什佰，或相千萬。」《說文·人部》：「佰，相什伯。」段注：「相什佰也。佰汲古閣作伯，誤。佰連什言者，猶伍連參言也。佰之言百也。《廣韻》一百為一佰。《過秦論》曰『俛起什佰之中』，《漢書音義》云『首出十長、百長之中』，此謂十人之長為什，百人之長為佰也。」「什」作為戶籍編制單位，早見於先秦，十家為「什」。《周禮·族師》：「五家為比，十家為聯；五人為伍，十人為聯；四閭為族，八閭為聯。使之相保相受，刑罰慶賞相及相共，以受邦職，以役國事，以相葬埋。」《管子·立政》：「分國以為五鄉，鄉為之師；分鄉以為五州，州為之長；分州以為十里，里為之尉；分里以為十游，游為之宗；十家為什，五家為伍。」而「保」作為戶籍編制單位，最早見於隋代。《隋書·食貨志》：「及頒新令，制人五家為保，保有長。保五為閭，閭四為族，皆有正。」唐、宋沿用。《資治通鑑·唐高祖武德七年》：「百戶為里，五里為鄉，四家為

〔註6〕 丁治民《敦煌殘卷〈時要字樣〉考述》，《文獻》2004 年第 1 期，第 71 頁。

〔註7〕 姜亮夫《S 二〇七一為隋末唐初增字加訓本陸韻證》，見《瀛涯敦煌韻書卷子考釋》卷十二，杭州：浙江古籍出版社，1990 年，第 181 頁。

〔註8〕 施安昌《論漢字演變的分期——兼談敦煌古韻書的書寫時間》，《故宮博物院院刊》1987 年第 1 期，第 67 頁。

〔註9〕 唐作藩《漢語語音史教程》，北京：北京大學出版社，2011 年，第 84 頁。

〔註10〕「什」摘自《大般涅槃經》卷六「經書什物悉以奉上」句。

鄰，四鄰為保。」《宋史・兵志六》：「十家為一保，選主戶有幹力者一人為保長。」若「相什保」不是「相什佰」之誤的話，那麼 Ch5552 號的上限或許可以提前到隋代。

四、Ch5552 號卷末音義與敦煌所出音義比較

敦煌的音義寫卷分為三類，一是眾經音義寫卷，如《一切經音義》寫卷。二是單經音義寫卷，如《大般涅槃經音》寫卷。這兩類都是音義專著。三是音注單經寫卷。它們有的集中在一卷之後，有的散佈於經文字行。〔註11〕集中在一卷之後的音義，也叫隨函音義。敦煌隨函音義主要集中在《金光明最勝王經》上，〔註12〕而尚未發現《大般涅槃經》隨函音義。Ch5552 號的出現，增加了單經音注的種類，為我們探索單經隨函音義和單經音義寫卷之間的關係提供了新的材料。

敦煌《大般涅槃經音》及《大般涅槃經難字》寫卷，目前發現了 9 件之多，張涌泉先生主編的《敦煌經部文獻合集》全部予以收錄校注，〔註13〕其中有《大般涅槃經》卷六音注及難字的寫卷共有八號：伯 2172 號、斯 2821 號、伯 3438 號、斯 5999 號、斯 3366 號、斯 1522 背、伯 3578 號背、伯 3823 號。今將這些卷子中的音注和難字表列如下（表 1。跟辨形關係不大的俗字徑錄為規範繁體），並和 Ch5552 號卷末音義條目予以比較（括弧裏是條目數量）。

表 1　寫本音注及難字與 Ch5552 號卷末音義內容比較表

	音注及難字獨有條目	與 Ch5552 號共有條目	Ch5552 號獨有條目
伯 2172 號（五代以後寫本）	憎惡上曾，下汙之將下醫來請淨治化上值，亦裏邏盧簡反冠灌噴責惺星，亦性擴擴覆相上赴堤氐塘唐裁有上纔鍑富狩守春五龍反憤內上古對反，下史（17）	儸郤綺戟反稊稗上提，下稗儲除篡楚患反淋林銜絢（8）	侵漸進也，一曰犯也狗家犬也，公後反怯多畏也，丘劫反嬈戲弄也，乃了反稞穀也。方枕反（5）
斯 2821 號	踰為☐逯大純淮平德惡稻道熙喜拒巨忽弊閉稚除叛塘淼賣貞綺去餝昔貯至（17）	稞儐噓虛稗橐儸陳喫稊弟淋秾（8）	

〔註11〕張金泉《敦煌佛經音義寫卷述要》，《敦煌研究》1997 年第 2 期，第 115 頁。

〔註12〕敦煌文獻中有四百多件載有《金光明最勝王經》經音的寫卷，詳參張涌泉、李玲玲《敦煌本〈金光明最勝王經音〉研究》，《敦煌研究》2006 第 6 期，第 149～154 頁。

〔註13〕張涌泉主編、審訂《敦煌經部文獻合集》，北京：中華書局，2008 年，第 10 冊，5150～5274 頁。

伯 3438 號	縷緀貿	
斯 5999 號 （五代以後 寫本）	塘唐儐稟艱很憋併尊集（5）	衙玄稊提稗敗秮又莠又篡 鱹凶（7）
斯 3366 號	偡叛邐（3）	稊（1）
斯 1522 背	堤塘耘（3）	秮稗（2）
伯 3578 號 背（五代寫 本）	稚貯鍑磻（4）	鱹稗篡稊莠（5）
伯 3823 號	梢豹豺狼稻粳熙拒艱翼叛犴躄 緩堤塘稻芸（18）	鱹稊儲〔註 14〕篡什秮 衙（7）

從內容上看，Ch5552 號在摘錄條目上與敦煌《大般涅槃經》音注及難字有部分重合，但 Ch5552 號的「侵」「狗」「怯」「嬈」四條不見任何音義和難字寫卷。反過來，「堤」「塘」條見於絕大部分敦煌《大般涅槃經》音注及難字寫卷，而不見於 Ch5552 號，可見敦煌《大般涅槃經》音注及難字寫卷之間的關聯度較高，而 Ch5552 號則具有一定的獨立性。

從注音體式上看，Ch5552 號卷末音義與敦煌《大般涅槃經音》不完全相同。敦煌《大般涅槃經音》的注音有反切和直音兩類。反切的表示也有兩種體式，一是「某某反」，如伯 2172 號「篡楚患反」，或者不用反字，只寫反切上下字「某某」，如斯 2821 號「純准平」。直音的表示只有一種體式，就是直接腳註同音字，沒有「音」字，如伯 2172 號「狩守」，斯 2821 號「拒巨」，斯 5999 號「莠又」等。Ch5552 號的反切體式是「某某反」，直音體式是「某音」。直音的體式跟敦煌《大般涅槃經音》不同。

考敦煌佛經音義寫卷，直音的體式有兩類，一類是直接腳註同音字，沒有「音」字，一類是腳註的同音字帶有「音」字。帶有「音」字的音義寫卷，絕大部分「音」字是放在同音字前作「音某」，如伯 3415 號《大般涅槃經音》「豚音屯」「髴音弗」（5231 頁）〔註 15〕，俄敦 19027 號《大方廣華嚴經音》「（纖芥）（上）息廉切,（下）音介」（5140 頁），斯 6691 號《大佛頂經音義》「絃音賢」（5385 頁），伯 3506 號《佛本行集經難字音》「囿音右」（5542 頁），斯 3553 號《藏經

〔註14〕伯 3823 號出「儥」字，當為「儲」之訛字。《說文·人部》:「儲，儥也。」大概是摘抄時誤將注文當作字頭。今視作「儲」之誤。

〔註15〕括號內為引文在張湧泉主編的《敦煌經部文獻合集》中的頁碼，下同。

音義隨函錄摘抄》「援音院」（5041 頁）等等，〔註16〕只有《普賢菩薩所問經音》和《不空羂索神咒心經音》兩部佛經音的直音作「某音」，如津藝 34 號「棄棄音」「瞻占音」（5131 頁），伯 3916 號「卷拳音」（5367 頁）。值得注意的是，據張涌泉先生的研究，伯 3916 號可能是五代以前所抄寫的。〔註17〕

從字形辨析上看，敦煌單部佛經音義很少在條目上直接標注俗字的，對於異體字，一般只標異，不正俗。如俄敦 699 號《正法念處經難字》：「彰障郭。」（5493 頁）伯 2172 號《大般涅槃經音》：「罅郤下綺戟反，亦作隙。」（5159 頁）斯 6691 號《大佛頂經音義》：「絃音賢。樂絃，若從弓，則弓弦也。」（5385 頁）在敦煌佛經音義專書中，有正俗內容。如伯 2948 號《藏經音義隨函錄摘抄》之《妙法蓮華經音》「多陁音陀，又尸爾反，非。」（5035 頁）「頹毀上徒迴反，正作隤。」（5036 頁）但是《藏經音義隨函錄》標目字下不會註腳「俗」字。〔註18〕

從體例上看，五代行瑫（895～956）的《內典隨函音疏》和 Ch5552 號似乎更接近一些。如日本東京大學東洋文化研究所藏行瑫隨函音疏之《琉璃王經音義》：

> 俠非挾惡，胡頰切，懷也。
>
> 負非圓光，｜｜一尋也。
>
> 或復福音，重衣也。

可以看出，行瑫《內典隨函音疏》會在字頭下腳註「非」字，字頭重出會用重文符號「｜」，直音的體式為「某音」。只不過在字形辨析上，行瑫辨是非，而 Ch5552 號辨正俗。

敦煌《金光明最勝王經》卷末音注跟 Ch5552 號相比，面貌更是不同。以斯 6691 號《金光明最勝王經音》為例，「注文以注音為主，僅個別條目下有辨析字形的內容」（5322 頁），詞目並不釋義。注音全是反切，體式為只寫反切上下字「某某」，如「羂古縣」（5326 頁）。標目字頭重出也不用重文符號。至於斯 6691 號《金光明最勝王經音》卷末音義的抄寫時間，據張涌泉先生的

〔註16〕伯 2271 號《佛經難字音》直音體式除了一處「贖隊音」（5668 頁）是「某音」式外，其他的都是「音某」式，疑這一處「某音」是筆誤。

〔註17〕詳參《敦煌經部文獻合集》第 11 冊 5367 頁。

〔註18〕刻本《可洪音義》辨析正俗的體例，可參看韓小荊《〈可洪音義〉研究》，浙江大學博士論文，2007 年，第 31～38 頁。

研究，可能是在五代以後。〔註19〕

五、Ch5552 號卷末音義與刻本隨函音義比較

　　跟後世刻本《大般涅槃經》卷六隨函音義比較，Ch5552 號卷末音義的條目和音注體式也與它們互有異同（表2）。

表2　刻本隨函音義與 Ch5552 號卷末音義內容比較表

	隨函音義獨有條目	與 Ch5552 號共有條目	Ch5552 號獨有條目
思溪藏	脅虛業切偷託候切稍朔音鈎勾音鬮鬪音戰之膳切膽都敢切詐側駕切妬當故切憋毗祭切豹包貌切豸土皆切狼郎音翅施音粟須玉切粳更音糧良音鈍徒困切稻陶倒切噉淡切峻私閏切拒巨音艱諫顏切澀森戢切競渠敬切虐宜約切折舌音翼蠅即切崩北騰切伺四音叛畔音邐郎簡切灌罐音爵諮藥切躃毗辟切寤悟音擯必刃切緩乎管切隄丁兮切穿川音懈戒音菴庵音纔在災切齎祖稽切姊姊音欺去其切奧烏到切贏力為切姦諫顏切諭臾音諂丑琰切貯丁呂切耕庚音（52）	怯去劫切窫姑法切噓許於切稗排拜切讎受州切隥綺戢切秭弟低切儲除音篡初患切秀酉音衒縣音（11）	侵漸進也，一曰犯也狗家犬也，公後反什相什保，十音（3）
磧砂藏	脅虛業切偷託候切稍朔音鈎勾音鬮鬪音戰之膳切膽都敢切詐側駕切妬當故切憋匹滅切豹包貌切豸土皆切狼郎音翅施智切粟須玉切粳更音糧良音鈍徒困切稻杜昭切噉淡音峻私閏切拒巨音艱諫顏切澀色入切競渠敬切虐宜約切折舌音翼蠅即切崩北騰切伺四音叛畔音邐郎簡切灌貫音爵諮藥切躃毗壁切寤悟音擯必刃切緩互管切隄丁兮切（39）	怯去劫切窫姑法切噓許於切稗排拜切讎受州切隥綺戢切秭弟低切儲除音篡初患切（9）	
嘉興藏（勘同龍藏南本）	秔古莖切，稻之不粘曰秔虐魚約切，酷也擯必刃切，斥也貯展呂切，積也貿莫候切，易財也（5）	嬈而沼切秭秭秭，杜奚切；稗，蒲拜切，秭秭似穀，穢草也隥綺戢切，怨也篡初患切秀與久切，似苗草也衒黃絹切，鬻也（7）	
永樂北藏（勘同龍藏北本）	憋匹滅切，急性也隄都黎切，岸也諛容朱切，面從也諂醜琰切，佞言也販方願切，買賤賣貴也（5）	稗旁卦切，秭秭也讕乞逆切，怨隙也秭田黎切，似穀穢草也篡初患切，逆而奪取之曰篡秀以九切，穢草也衒黃絹切，行且賣也（6）	
光緒本	陳俗作陣非憋音僻隄音題（3）	稗音敗讕作讕者非秭音題秀音酉，似苗之草。作秀非（4）	

　　這裏就會發現一個有意思的現象，跟敦煌寫本相比，Ch5552 號卷末音義反而跟後世刻本佛經隨函音義比較接近。從內容上看，二者重合率相對較高，特別是在明清隨函音義中的表現更為突出。從音注體式看，《思溪藏》《磧砂藏》隨函音義的直音也是「某音」形式，與 Ch5552 號同。在光緒本《大般涅槃經》卷六隨函音義有辨析字形正俗的內容，雖然說可能來自佛經音義專書，但其思想遠紹 Ch5552 號寫卷。可見，後代的《大般涅槃經》隨函音義分別繼承了 Ch5552 號卷末音義的某一特點。

　　因此，可以這麼說，Ch5552 號卷末音義應該是一種早於敦煌《金光明最勝王經音》的隨函音義，至遲成書於盛唐時期，極有可能是初唐作品。Ch5552 號卷末音義音注形式比較獨特，以正俗辨形為主，輔以釋義注音，這與敦煌其他音義寫卷的特徵都不太相同，開創了後世的佛經隨函音義的體式，值得進一步研究。

六、參考文獻

1. 榮新江，《敦煌學十八講》，北京：北京大學出版社，2001 年。

2. 榮新江，《海外敦煌吐魯番文獻知見錄》，南昌：江西人民出版社，1996 年。

3. 徐時儀，俄藏敦煌寫卷《放光般若經》音義考斠，《古籍整理研究學刊》2008 年第 3 期，頁 3～7。

4. 張涌泉主編、審訂，《敦煌經部文獻合集》，北京：中華書局，2008 年。

5. 張涌泉，《敦煌本玄應〈一切經音義〉敍錄》，《漢語史研究集刊》第 10 輯，成都：巴蜀書社，2007 年，頁 564～579。

6. 張涌泉，《敦煌俗字研究》（第二版），上海：上海教育出版社，2016 年。

《磧砂藏》隨函音釋
及其語境信息的自動匹配*

黃仁瑄、王燁*

摘　要

　　《磧砂藏》隨函音釋中的條目大多有音無義，獲取經文語境信息是辨識其中音切所示音義關係的唯一途徑。《大正藏》CBETA 2022 版大體可以作為語境信息的來源。利用《磧砂藏》隨函音釋中的《大般若》、《大智度論》音義進行自動匹配嘗試，最終能夠得到 60%左右的結果，這對促進《磧砂藏》隨函音釋之音義匹配工作有積極意義。

關鍵詞：《磧砂藏》；隨函音釋；音注；語境；自動匹配

　　《磧砂藏》隨函音釋（下稱磧藏音釋）指的是隨附《磧砂藏》經卷末尾的注釋文字〔註1〕，所涉範圍覆蓋了全藏的 72.9%（此據 1936 年《影印宋磧砂藏經》。該版本收經 1532 部計 5785 卷，其中 4218 卷末尾附有音義）。磧藏音

　＊ 基金項目：國家社會科學基金重大項目「中、日、韓漢語音義文獻集成與漢語音義學研究」（19ZDA318）；華中科技大學一流文科建設重大學科平臺建設項目「數字人文與語言研究創新平臺」

　＊ 黃仁瑄，男（苗），1969 年生，貴州省思南縣人，博士，教授，主要研究方向是歷史語言學和漢語音義學；王燁，男，1997 年生，浙江省安吉縣人，碩士，主要研究方向是漢語音義學。華中科技大學中國語言研究所，武漢 430074。

〔註1〕隨函音釋，一般謂之隨函音義，考慮到相關內容多以「釋音、音釋」標識領起，故改為今名。

釋依經文順序摘字立目，且大字書寫；注音釋義的文字則用雙行夾注的形式標識。《磧砂藏》經卷末尾通常另起一行，行首標注經名卷次，行末標注函號，作為該卷結束的標識。磧藏音釋往往在這行之後，另起一行書寫。我們可以利用卷末標識快速確定磧藏音釋所從出經卷的大致信息。

一、音釋文字概況

磧藏音釋通常附於經卷末尾，一般不作任何標識，偶亦見以「音釋」「釋音」「經名」「經名＋釋音」「經名＋音釋」等字樣標識音義文字的情況。

（一）以經名領起標識

虛空藏神呪經

> 罽賓　上居例反。國名。
>
> 鎧　苦愛反。
>
> 麒麟　上音其，下音隣。
>
> 綟　零帝反。
>
> 瞢　莫登反。
>
> 呿　丘迦反。
>
> 咃　音他。
>
> 哛　音波。
>
> 仇　音求。
>
> 抵　音底。
>
> 儥　正作質。
>
> 埵　丁果反。
>
> 讁　音摘。伐罪。
>
> 嘍　音樓。
>
> 澡　音早。
>
> 啥　音含。
>
> 颰　蒲末反。
>
> 筏呢　上音伐，下音尼。
>
> 秡　尼救反。
>
> 蜜呧　上音蜜，下音底。

　　嚽　　音致。

　　拯　　烝字上聲。

　　鞞　　步迷反。

　　㕭　　莫可反。

　　發㖤　　上音潑。

　　嘽　　他丹反。

　　嚹　　力大反。

觀虛空藏菩薩經

　　癘病　　上音利。

　　圊廁　　上音青，下音次。（98／36a）〔註2〕

　　《虛空藏菩薩神呪經》《觀虛空藏菩薩經》卷末音義分別由「虛空藏神呪經」「觀虛空藏菩薩經」領起。

（二）以「釋音」領起標識

釋音

　　傲逸　　上吾告反。

　　勵　　音例。

　　藏恡　　上自郎反，下良刃反。

　　嗜　　音視。

　　饕餮　　二音叨鐵。

　　憒肉　　上俱妹反，下鬧字。

　　瞀　　莫候反。

　　犝　　觸字。

　　分齊　　二字並去聲。（78／17b）

　　《大寶積經》第五十二卷末音義由「釋音」領起。

（三）以「經名＋音釋」領起標識

睒子經音釋

　　蹋地　　徒荅反。

　　　　魏　　飛字。

　　　　嘿呼　胡力反，下去聲。

　　　　扷摸　上亡粉反。拭也。

　　太子慕魄經音釋

　　　　朦瞶　上音蒙，下愚唯反。～～，無所見聞也。

　　　　凌嗤　上尺之反。～～，欺凌嗤笑也。

　　　　犇　　奔字。

　　　　𥄷　　苦候切。

　　　　嘿默　二同音墨。

　　　　頷頭　上五感反。搖頭也。

　　　　厝　　七故反。

　　　　罪釁　下許近反。

　　　　踆蠕　上七起反，下而誰反。

　　　　愚戇　下陟降反。（158 / 83b）

　　《睒子經》《太子慕魄經》卷末音義由「睒子經音釋」「太子慕魄經音釋」
領起。

　　有的佛經卷帙較多，首卷開頭往往有序，所對應之隨函音釋，往往分別標
注「序」「序音」「經」「入經」「經音」等以示所立字目之所從出。例如：

　　序

　　　　闡　　昌演反。

　　　　宏　　惠萌反。大也。

　　　　垠　　魚斤反。岸也。

　　　　竅鑿　上苦弔反，下音昨。

　　　　墊　　音店，下也。

　　　　軌範　上俱水反，下音犯。法則也。

　　　　澍　　音注。

　　經

　　　　幽邃　下私遂反。深遠也。

　　　　殞　　羽敏反，正作隕。～，墜也。

　　　　偉　　羽鬼反，異也。

敵　　徒的反。

該徹　上古哀反，下丑列反。

奮迅　上方問反，下私閏反。（492／7b）

這是以「序」「經」領起，明示所屬字目之所從出。

序音

耿介　上古猛反，下二同。

隘　　於界反。

諮詢　下思旬反。

沖　　直弓反。

敞　　尺兩反。

鄙　　碑美反。

仄陋　上音則。

宏　　東萌反。

險陂　下彼避反。

衿　　音今。

裨　　音卑。

祛　　丘居反。

淵　　烏懸反。

第一卷

牛紐　下女久反。

謬　　苗幼反，虛～反。

穩破　上先才反。

悕望　二字音希亡。

堲　　泥字。

家　　寂字同。

垂壺　下音胡。（237／55b）

這是以「序音」「第一卷」領起，明示所屬字目之所從出。

流洒　下彌展反。

闢　　毗益反。

跨　　苦化反。

頹運　上徒回反。

柬壞　下汝兩反。

洎　　其器反。

統括　上他孔反，下古活反。

宏致　上東萌反。

發軔　下之忍反。

繕寫　上時扇反。

入經

栰悉　上音伐。

徹骨　上丑列反。

洲渚　下之呂反。

重秤　上去聲，下尺證。（201／68b）

這是以「入經」領起，明示所屬字目之所從出。

序音

緒　　似女反。

筌　　之宣反。

藉　　才夜反。

逗　　音豆。

葉　　音葉。

諒　　音亮。

爰　　音負。

齡　　音令。

夙邁　下古候反。

遽　　渠庶反。

蓄　　勑六反。

架　　音介。

攝　　之葉反。

縹　　疋渺反。

經音

淤泥　上於去反。

蹣　　俱懸反。

俾　　音卑。

徵求　上音征字。

循環　巡還二字。

勱　　音例。

掉　　徒吊反。

捫淚　上音門。正作抆，亡粉反。

虐害　上宣昔反。（221 / 49a）

這是以「序音」「經音」領起，明示所屬字目之所從出。

有的佛經內容較少，因而存在幾部經文共為一卷的情形，卷末所附之隨函音釋分別由相應的經名領起、區隔。

無字寶篋經

篋　　苦怗反。

名稱　下尺證反。

懈怠　上居賣反，與懈同。下音待。

離文字普光明藏經

宴息　上於見反。安也。

輒　　音図。

惛　　音昏。亂也。

長者子制經

匃　　音蓋。乞也。

燥　　蘇老反。

嬈我　上音遶，亂也。又奴鳥反，弄也。

捶林　上之委反。

斧　　音甫。

蝡　　音軟，又而誰反。細而能動虫。

刻鏤　下音陋。

淹　　因廉反。（159 / 7a）

159 冊第一卷中《無字寶篋經》《離文字普光明經》《長者子制經》三經同卷，卷末音義就由單獨成行的「無字寶篋經」「離文字普光明經」「長者子制經」領起，劃然而分。

當然，亦有不作區分的情況。例如：

二經合卷音

　　闚　　傾彌反。舊作闚。

　　殆棄　　待棄二字。

　　懌　　音亦。樂也，悦也。

　　劇　　奇逆反。

　　燿　　余照反。

　　秉　　音丙。

　　錠光　　上音定。

　　姟　　古哀反。～，數也。

　　詵貳　　上之延反。

　　怨敵　　上音冤，下徒的反。（169 / 33a）

例如 169 冊第四卷中《佛說無量門微密持經》《佛說出生無量門持經》二經同卷，卷末音義由「二經合卷音」領起，內部不作區分。

經卷後如果沒有音義，有時也會用「不出字」「不出音」「並無音」「不出字音」等進行標記。例如：

　　釋音：藏本，不出字。（10 / 9a）

　　不出音。（353 / 30a）

　　並無音。（256 / 62b）

　　不出字音。（361 / 59b）

以上分別見《大般若波羅蜜多經》第九十一卷卷末、《阿毗曇八犍度論》第二十四卷卷末和 256 冊第九卷《無相思塵論》《觀所緣緣經》二經同卷卷末、《阿毗達磨品類足論》第九卷卷末，因無難字可音，於是標識「不出字」「不出音」「並無音」「不出字音」。

這樣看來，除了散見於諸經卷卷末不便集中利用，磧藏音釋的行文體例跟玄應《大唐眾經音義》等（參見黃仁瑄 2011）其實並無根本不同。

二、音釋文字特點

比較佛典音義（黃仁瑄 2011：82），磧藏音釋多數條目只有注音，有「苟簡」之嫌。以《大般若波羅蜜多經》（下稱《大般若》）第一卷「音義」為例（表 1）：

表 1　慧琳《一切經音義》（下稱慧琳音義）、磧藏音釋條目形式比較表

字目 音義	慧琳音義		磧藏音釋	
	數　量	佔　比	數　量	佔　比
注音	0	0	48	96%
注音＋釋義	127	100%	2	4%
總計	127	100%	50	100%
備註	（1）表中數字都為各部分音義條數，「注音」「注音＋釋義」分別表示單純注音和注音兼釋義。（2）磧砂藏版《大般若》卷一正文前有兩篇序，一篇記。其中《僧玄則再序》慧琳未出音義，其餘內容，兩書都有作音義。			

可以看出，兩部音義在注釋形式上區別明顯。慧琳音義所有條目注音釋義兼備，沒有單純注音的條目。磧藏音釋中單純注音的條目佔了 96%，注音釋義兼備的條目僅占 4%。

比較發現，《大般若》第一卷「音義」中，慧琳音義和磧藏音釋的近似條目共有 29 條〔註3〕，其詳見表 2：

表 2　慧琳音義、磧藏音釋近似條目

編號	慧琳音義		磧藏音釋	
	字目	音　義	字目	音　義
1	潛寒暑	上漸閻反。《廣雅》：「潛，沒也，藏也。」《爾雅》：「沈也，深也。」《說文》：「涉水也。從水，朁聲。」朁音憯，七敢反。有從二天或從二夫，皆誤略也。下旱安反。《蒼頡篇》云：「寒，冷也。」《說文》：「凍也。從宀，從人，從茻，下從仌。」宀音綿，茻音莽，仌音冰。古莽字，上下二草也。（57p0403a〔註4〕）	潛	昨塩反。（1／9b）
2	窺天	犬規反。《考聲》：「窺，覷也。」《韻詮》云：「竊見也。」《說文》：「小視也。從穴，規聲也。」或作闚。覷音青預反。（57p0403a）	窺	傾彌反。（1／9b）

〔註3〕謂近似條目，指的是兩部音義書中字頭相同或相似的條目。
〔註4〕「p」前數字表示《中華大藏經》的冊次，「p」後數字表示頁碼，a、b 分別表示該頁之上、下欄；下同。為討論方便，引文文字原則上仍其舊。

3	控寂	上苦貢反。《考聲》：「控，持也。」《說文》：「引也，告也。從手，空聲。」下情亦反，俗字也。《說文》作宗，正體字也。（57p0403a）	控	苦貢反。（1/9b）
4	蠢蠢	春尹反。《毛詩傳》曰：「蠢蠢，蟲動也。」郭璞注《爾雅》云：「動搖皃也。」從蚰春聲也。或作偆，或作蠢、作惷，皆古字。蚰音昆。（57p0403b）	蠢	尺尹反。（1/9b）
5	庸鄙	上勇從反。《考聲》：「庸，愚也。」鄭眾注《大戴禮》：「孔子曰：所謂庸人者，口不道善言，又不能選賢人善士而託其身以為己直，從物而流，不知所歸。若此者，可謂庸人也。」《楚辭》亦云：「斯賤之人也。」《說文》：「從庚，用聲也。」下悲美反。《考聲》：「鄙，賤人也。」惡鄙野不慧之稱名鄙夫。《說文》：「五酇為鄙。從邑，啚聲。」啚音鄙。酇音子短反，百戶也，凡五百家為鄙。（57p0403b）	庸鄙	卑美反。（1/9b）
6	拯含	拯音無疊韻，取蒸字上聲。杜預注《左傳》：「拯，助也。」《韻詮》：「救也。」《方言》：「拔出溺也。」《古今正字》：「拯，拼也。」從手丞聲也。拼音升也。（57p0403b）	拯	之肯反。（1/9b）
7	紛糾	上拂文反。《廣雅》：「紛紛，亂也。」《楚辭》：「盛也。」《說文》：「從糸，分聲。」下經酉反。杜注《左傳》：「糾，舉也。」《說文》：「從糸，丩聲。」隸書省作丩，音糾。糸音覓也。（57p0403b-0404a）	紛糾	上方文反，下吉酉反。（1/9b）
8	隆替	［上］六沖反。郭注《爾雅》云：「中央高起也。」《說文》：「豐大也。從阜。」形聲也。［下］天計反。俗字也。《爾雅》：「相待也。」賈注《國語》云：「豐（去）也。」《說文》作暜，廢也。並兩立，一偏下曰替，會意字。今作替，俗字也。（57p0404a）	隆替	上六中反。（1/9b）
9	詎能	渠禦反。《韻英》云：「疑詞也。」《莊子》：「詎能者，不定之詞也。」轉注字也。（57p0404a）	詎	音巨。（1/9b）
10	訛謬	上五戈反。鄭箋《毛詩》云：「訛，偽也。」下眉救反。《韻英》云：「謬，誤也。」《韻詮》：「詐妄也。」《說文》：「從言，翏聲。」此翏音六幼反。（57p0404b）	訛謬	上五禾反，下眉救反。（1/9b）
11	條析	上亭姚反。《廣雅》：「條，教也。」《毛詩》：「科也。」《說文》：「小枝也。從木，攸聲也。」下星亦反。《廣雅》：「析，分也。」《說文》：「破木也。從木，從片。」或作柝、斳，古字也。（57p0404b）	析	先擊反。（1/9b）
12	翹心	衹姚反。《廣雅》：「翹，舉也。」杜注《左傳》：「翹翹，遠皃也。」《說文》：「從羽，堯聲也。」（57p0404b）	翹心	上渠遙反。（1/9b）
13	遠邁	埋拜反。《廣雅》云：「邁，遠行也。」從萬從辵。辵音丑略反。（57p0404b）	邁	莫敗反。（1/9b）
14	躡霜	女輒反。《方言》：「躡，登也。」《廣雅》：「履也。」《說文》：「蹈也。從足，聶聲也。」聶音同上。（57p0404b）	躡	尼輒反。（1/9b）

15	探賾	上他含反。變體俗字也。古文從突作揬。突音徒感反。孔注《尚書》云：「探，取（又）〔也〕。」《說文》：「遠取也。從手，罙聲。」下柴革反。《韻詮》云：「幽深也。」《桂苑珠叢》：「玄微也。」《古今正字》從臣。臣音夷。賾字，正從束束音次作賾。（57p0405a）	探賾	上土含反，下士責反。（1／9b）
16	泫其	玄羂反。《韻詮》云：「草露水光也。」《考聲》（困）〔曰〕：「（泫水）〔流下〕皃也。」《說文》：「流也。從水，玄聲。」又音玄也。困音淵也。（57p0405b-0406a）	泫	玄犬反。（1／9b）
17	軌躅	上居洧反。賈逵注《國語》：「軌，法也。」《廣雅》：「跡也。」《說文》：「車轍也。從車，從宄省聲也。」宄音鬼。下重綠反。《漢書音義》云：「躅，跡也。」《說文》：「蹢躅也。從足，屬聲也。」或作躅，略也。（57p0406b）	軌躅	下廚玉反。（1／9b）
18	綜（栝）〔括〕	宗宋反。《桂苑珠藂》云：「機上織具也。」綜理絲縷使不相亂者名綜。《說文》：「機縷也。從糸，宗聲。」下官活反。韓康伯注《易》云：「括，結也。」《韓詩》：「束也。」《考聲》：「撿也。」《說文》：「（潔）〔挈〕也。從手，舌聲也。」（57p0406b）	綜括	上子宋反。（1／9b）
19	黔黎	儉廉反。鄭注《禮》云：「黔首，萬民也。」《史記》云：「始皇二十六年更名萬民為黔首也。」《說文》：「從黑，今聲。」下禮提反。孔注《尚書》云：「黎，眾也。」（57p0407a）	黔	其淹反。（1／9b）
20	斂衽	上廉撿反。《爾雅》：「斂，聚也。」《考聲》：「錄也。」《說文》：「收也。從攵，僉聲也。」下壬枕反。《說文》：「衿也。從衣，壬聲。」（57p0407a）	衽	而甚、如禁二反。（1／9b）
21	神甸	亭現反。鄭玄注《周禮》云：「甸，猶田也。天子服治之田也。」孔注《尚書》云：「規方千里之內謂之甸服，王城四面各五百里也。」今謂之畿甸即是也。畿音祈。（57p0407b）	甸	音殿。（1／9b）
22	齠齔	上亭遙反。俗字也。正體從髟作髫。《埤蒼》：「髫，髦也。」《考聲》云：「小兒剃髮留兩邊胎髮曰髫。」從髟召聲。下初觀反。《說文》：「毀齒也。男八月齒生，八歲而齔；女七月齒生，七歲而齔。從齒，七聲。」經從乙，訛也。髦音毛，髟音必姚反，剃音天計反。（57p0407b-0408a）	齠齔	上田聊反，下初謹反。（1／9b）
23	足岳	上將裕反。俗字也。正從口從止作足。杜注《左傳》云：「足，成也。」《韻英》：「增益。」亦假借字也。下五角反。《廣雅》：「嶽，碻也。」《白虎通》云：「碻同功德也。」或作嶽。經作岳，古字也。碻音苦角反。（57p0408a）	足嶽	上子遇反。（1／9b）
24	重擔	上柱勇反，上聲字。下躭濫反。《廣雅》：「擔，負也。」以木荷物也。《說文》：「舉也。從手，詹聲。」經有從木作簷，誤也。（57p0409a）	擔	丁濫反。（1／9b）

25	嚬嘁	上毗寅反，下酒育反。《文字集略》云：「嚬者，嘁眉也。」顧野王曰：「嚬嘁者，憂愁思慮不樂之皃也。」《考聲》云：「嘁嗒，忸怩也。」《說文》：「涉水則嚬嘁。」古文作矉，亦作䙋，今從省略。下嘁字，或作慼，亦同。古文作噈。經文作戚，非本字，訓為窮也，迫也，罪也，急也。非經義也。（57p0409a）	嚬慼	上音頻，下子六反。（1/9b）
26	兩腨	遄㬎（也）[反]。《文字集略》云：「脛之腹也。」《說文》：「足腓腸也。」或作踹、踹、膞，四形並同。今從肉。遄音舩。（57p0409b）	腨	時軟反。（1/9b）
27	兩䏶	鼙米反。《考聲》：「䏶，股也。」《說文》正從骨作髀。髀，股外也。卑聲也。或作䏶，古字也。今經從月作胜，非也，本無此字。（57p0409b）	胜	部禮反。（1/9b）
28	兩髆	牓莫反。《字林》云：「髆，胛也。」《說文》：「肩（脾）[胛]也。從骨，從博省聲。」經多從月作膊，非也，音普博反。郭璞云：「披割牛羊五藏謂之膊。」非經義。（脾）[胛]音（卑）[甲]，專從甫從寸。（57p0410a）	髆	伯各反。（1/9b）
29	殑伽	西國河名也。上其疑反，下語佉反。為就梵音作此翻。古名恒河，即前說四大河之一南面河也。（57p0410b）	殑伽	上巨升反，西域河名。（1/9b）

在字目相似、可資比較的 29 條近似條目的音義中，慧琳音義所有條目注音釋義兼備，磧藏音釋中注音釋義兼備的只有 1 條，僅佔 3.4%（表 3），這更能說明磧藏音釋「苟簡」的特徵。

表 3　慧琳音義、磧藏音釋近似條目形式比較表

類目\音義	慧琳音義		磧藏音釋	
	數　量	比　例	數　量	比　例
注音	0	0	28	96.7%
注音＋釋義	29	100%	1	3.4%
總計	29			

隨文注音釋義是音義書的共同特徵，也就是說，一個字讀什麼音表什麼義跟所在語境密切相關，因此，辨識音義匹配關係顯然是合理利用音義書的重要基礎工作。磧藏音釋有行文「苟簡」的特點，這一辨識工作無疑變得尤為重要，回歸經文語境應該是有效開展該項工作的必需而正確的步驟。

還以《大般若》卷一的磧藏音釋為例。前述之 50 條音義材料中，涉及的破音字多達 14 個。例如：

（1）控　苦貢反。（1／9b）

按：據《廣韻》〔註5〕，「控」有江韻、送韻兩讀：（1）苦江切，義為「打也」；（2）苦貢切，義為「引也、告也」。考「控」見《大般若波羅蜜多經》卷第一：「況乎佛道崇虛，乘幽控寂。」（1／1a）詳經意，知磧藏音釋「控」的音讀可從。

（2）湛寂　上宅減反。（1／9b）

按：據《廣韻》，「湛」有澄母侵韻、澄母賺韻、端母覃韻三讀：（1）直深切，義為「從俗浮湛」；（2）丁含切，義為「湛樂」；（3）徒減切，義為「水皃，又沒也，安也，亦姓」。「宅減反」屬澄母賺韻，同丁含切，釋義應為「湛樂」。但是磧藏音釋中沒有釋義，因此要判斷「宅減反」是否正確，必須要回歸原文語境。考「湛寂」見《大般若波羅蜜多經》卷第一：「妙道凝玄，遵之莫知其際，法流湛寂，挹之莫測其源。」（1／1a）詳經義，「湛」大約是「安靜」的意思，與端母覃韻徒減切的「安也」相合，與澄母賺韻丁含切的「湛樂」不合，這樣看來，例中「宅減反」呈現出了不同於《廣韻》的音義匹配關係。

（3）翹心　上渠遙反。（1／9b）

按：據《廣韻》，「翹」有平聲、去聲兩讀：（1）渠遙切，義為「舉也，懸也，危也，又鳥尾也」；（2）巨要切，義為「尾起也」。「渠遙反」屬平聲，同渠遙切。考「翹心」見《大般若波羅蜜多經》卷第一：「是以翹心淨土，往遊西域。」（1／1a）詳經意，「翹」表意跟平聲渠遙切的「舉也，懸也」相合，例中音切所示之音義匹配關係同《廣韻》。

（4）黔　其淹反。（1／9b）

按：據《廣韻》，「黔」有侵韻、鹽韻兩讀：（1）巨金切，義為「黑而黃，亦姓，齊有黔熬」；（2）巨淹切，義為「黑黃色，說文曰：黎也，秦謂民為黔首，謂黑色也，周謂之黎民」。「其淹反」屬鹽韻，同巨淹切。考「黔」見《大般若波羅蜜多經》卷第一：「德被黔黎，斂衽而朝萬國。」（1／2a）詳經意，「黔」表意跟鹽韻巨淹切的「黔首」相合，例中音切所示之音義匹配關係同

〔註5〕隨函音義具有繼承性（譚翠 2013），磧藏音義整體反映宋代語音（李廣寬 2014），因此我們選用《廣韻》進行比較。

《廣韻》。

（5）烱　古頂反。（1／9b）

按：據《廣韻》，「烱」有匣母、見母兩讀：（1）戶頂切，義為「光也，明也」；（2）古迥切，義為「火明皃」。「古頂反」屬見母，同古迥切。考「烱」見《大般若波羅蜜多經》卷第一：「況搦䉍之辰，慨念增損，而魂交之夕，烱戒昭彰。」（1／2b）詳經意，「烱」表意跟匣母戶頂切的「明也」相合，跟見母古迥切的「火明皃」有參差。

如上語例充分證明：回歸經文語境，有助於判斷有音無義的條目中音切的音義匹配情況。磧藏音釋中的字目多有重複，注釋的內容也大多相同（李廣寬2014：16；譚翠2013：11），因此，已有的研究往往去除其中的重複部分。我們認為，單憑字目和音注形式上的相似，就判斷音義條目相同，進而將海量的材料排除在外，這樣的做法顯然是欠妥的。只有獲取每一條重複字目的語境信息，明確注音和意義間的匹配關係，讀者才可能真正明白形式相同的條目間的區別，進而全面而合理地利用磧藏音釋材料。

三、語境信息自動匹配

如前所述，要科學研究磧藏音釋，我們必須要回歸《磧砂藏》經卷原文，匹配音注對應的語境信息。但是音注的海量決定了回歸原文語境必然是一項非常艱難的工程。

磧藏音釋散佈在《磧砂藏》各經卷末尾，其數量譚翠（2013：11）認為「多達數十萬條之巨」，李廣寬（2014：31）認為「大約有七八萬個詞目」。譚翠統計的是音義的條數，李廣寬統計的是磧藏音釋中詞目的個數，統計口徑不同，後者可能將重複詞目歸併計算，但不同的研究者估算的數字差距可達上萬條，這不能不引起我們的注意。

李廣寬（2014：33）在博士論文中詳細列出了《磧砂藏》中無音義冊次的表格。表格顯示第10冊月字函、第12冊昃字函、第15冊列字函和第538冊宅字函中沒有隨函音釋。第538冊《佛說一切如來金剛三業最上秘密大教王經》第二卷末尾確實有一條隨函音釋——「句召：音鉤。」（538／15b）這說明由於《磧砂藏》卷帙浩繁，相鄰卷次之間區別可能不太明顯，研究者翻檢過程中很有可能遺漏其中的隨函音釋。同時第10冊《大般若波羅蜜多經》第九

十一卷末（10／9a）、第 12 冊《大般若波羅蜜多經》第一〇二卷末（12／15b）、第 15 冊《大般若波羅蜜多經》第一四四卷末（15／30a）都有「釋音：藏本不出字」字樣。如果經文無注可出，音義家往往會進行標記，避免重複勞動。例如慧琳對《大般若波羅蜜多經》所作的音義中就有「從第三百五十二卷已下至三百五十五，並無字可音訓」（57p0458b-0459a）的標識。李廣寬（2014：33）研究磧藏音釋，有意無意地忽略了沒有音切的條目。但是我們認為磧藏音釋這些標識音義不出的字樣，也是磧藏音釋編纂者在創作時留下的，理應屬於磧藏音釋的一部分，應當納入考量範圍。

此外有部分磧藏音釋並不出現在卷末，容易發生遺漏。經卷正文後一般另起一行，書寫經名卷次和函號，標識正文結束。磧藏音釋一般出現在該行之後。但也有出現在該行之前的。

     ……想是菩薩摩訶薩修行般若波羅蜜多速得圓滿。

     踰繕那　《名義》云踰繕那，此云限量。踰繕那，自古聖王一日行也，唯六十里。

     放牧　下音目，放牛羊之地。

     那庾多　此云萬億，又苑師音義云阿庾多者，當此方一兆之名也。

     大般若波羅蜜多經卷第三百　呂十（30／75b）

第 30 冊《大般若波羅蜜多經》第三百卷的音義就出現在卷末標識「大般若波羅蜜多經卷第三百　呂十」之前，容易被忽略。

另外，《磧砂藏》中存在少量的幾部經合寫一卷的情況，有時音義直接寫在每部佛經正文的後面，整卷末尾只有該卷寫入的最後一部佛經的音義。

    虛空藏菩薩能滿諸願最勝心陀羅尼求聞持法

     出金剛頂經成就一切義品　唐三藏法師翰波迦羅譯（200／22b）

     尒時薄伽梵。入諸波羅密平等性三摩地。從定起已即說此能滿諸願虛空藏菩薩最勝心陀羅尼曰……隨得一種法即成就。得此相已便成神藥。若食此藥即獲聞持。一經耳目文義俱解。記之於心永無遺忘。諸餘福利無量無邊。今且略說少分功德。如至却退圓滿已來。三相若無法不成就。復應更從初首而作。乃至七遍。縱有五逆等極重罪障亦皆消滅法定成就。

虛空藏菩薩能滿諸願最勝心陀羅尼求聞持法

白氎　上郎達反，下女爾反。

拽體　上羊世反，下天彡反。

頌　　烏割反。

波襄　下羊世反。

熙怡　下余之反。

編附　上必綿反。

蕎麥　上音橋。

恰湏　上共合反。

橘柏　上俱出反，下音百。

與洗　上音貫。

相捻　下泥帖反。

拳　　巨負反。

槙上　上豬孟反。

手搯　下口夾反。

澍行　上音注，下何孟反。

日蝕　音食。

七枚　下音梅。

攬　　古巧反。（200／24a）

佛說善夜經　羊三

唐三藏法師義淨奉制譯

如是我聞。一時薄伽梵。在王舍城竹林園所。去斯不遠有一苾芻住溫泉側。時有一天顏貌端嚴光明殊妙。過初夜分詣苾芻所。彼天威光周圓赫奕。悉皆照耀普遍溫泉。合掌禮……爾時世尊說是經已。時彼苾芻及諸大眾。人天八部諸鬼神等皆大歡喜信受奉行。

佛說善夜經　羊三（200／25b）

200冊第三卷收錄《佛說拔除罪障呪王經》《一切功德莊嚴王經》《虛空藏菩薩能滿諸願最勝心陀羅尼求聞持法》和《善夜經》四部經。其中《虛空藏菩薩能滿諸願最勝心陀羅尼求聞持法》的音義就出現在第三卷中間，《虛空藏菩

薩能滿諸願最勝心陀羅尼求聞持法》正文的後面。而《善夜經》作為四經合卷的最後一個部分，其卷末不僅是《善夜經》的最後一部分，同時也是整個第三卷的最後一部分，其後沒有音義文字。

這些事實說明，如果翻檢時不加注意，很容易誤認為該卷沒有隨函音釋。要全面考察隨函音釋，必須對《磧砂藏》逐頁翻檢，仔細考察，不然，非常容易發生遺漏的情況。

因此，彙輯整理磧藏音釋實在是研究磧藏音釋時必然面臨的第一大困難。譚翠（2013：13）只對磧藏音釋做了部分的整理研究工作，李廣寬（2014：6）僅關注磧藏音釋音切所反映的韻類特徵。要對磧藏音釋進行全面系統的研究，必須以辭書的眼光看待磧藏音釋，對《磧砂藏》每卷末尾進行全面排查，完成磧藏音釋的彙輯整理。

彙輯整理散居各經卷的音義文字只是有效利用磧藏音釋的第一步，匹配音義文字跟所出語境的關係才是更為重要的工作。回歸經文語境，根據音義所立字目，在經文中逐一翻檢，最終確定其所從出的位置，這是傳統的做法。因為形體原因，隨函音釋某字目在文中可能重複出現多次，所以不能簡單地將該字目在文中首次出現的語境作為該字目的實際語境。要確定某字目對應的實際語境，必須要依靠該字目前後字目所對應語境在經文中的位置。而前後字目所對應語境的確定，同樣需要其前後字目的語境信息。一卷經文的隨函音釋，少則一兩條，多則五六百條，要確定某字目所對應的語境，事實上需要涉及前後百餘個字目的語境信息。整個過程相當繁瑣，非常容易出錯。如果要複覈語境信息，只能在經文中重新翻檢，事實上與重做無異。如果音義條數不多，對應原文不長，那麼傳統的方法還可以勉強適應具體研究的需要。磧藏音釋有數萬條，對應的經文也有四千多卷，具體字數必然是以億萬計。要獲取《磧砂藏》中每一條音義的語境信息，需要耗費不可估量的人力。事實上，傳統的做法不可能滿足數字時代磧藏音釋音義匹配研究的客觀需要，我們必須尋求新的解決問題的方法：開發計算機程序，自動匹配隨函音釋的音注與語境信息。

（一）音注、語境信息自動匹配的可行性

我們認為利用計算機程序實現磧藏音釋音注和語境信息的自動匹配，不論是技術，還是材料，都有其可行性。

1. 技術可行性

計算機硬件和高級程序語言，為隨函音釋音注語境信息的自動匹配提供了必要的技術支援。隨著計算機硬件的發展和普及，兼具「運算速度快、容量大、體積小、功耗少、可靠性高、應用範圍廣的特點，可以廣泛地應用於文字和文本處理」（張霄軍、陳小荷 2006：37）的第四代計算機，已經成為我們工作和生活必不可少的工具。與此同時，「易學、易用、易維護」（張霄軍，陳小荷 2006：38）的高級程序語言的出現，為人文學者利用新技術提供了最大程度的可能性，「面向學科本體、面向學術研究、面向專家工作在電腦上實現最精密的腦力勞動」（尉遲治平 2008：100）的計算機輔助研究也從觀念大踏步走進了現實。

上世紀末就有學者嘗試編製計算機軟件研究文獻語言的語音、詞彙、語法和修辭（尉遲治平 2000：59），發展到現在，計算機輔助漢語史研究已經走過了二十多年的歷史，在此期間，研究技術不斷進步，研究思路也不斷拓寬（李明傑等 2020：134）。已有研究的成功為我們提供了寶貴的經驗。

2. 材料可行性

實現磧藏音釋音注和所從出語境信息的自動匹配，有賴於隨函音釋的彙輯整理和《磧砂藏》經文的全面數字化。

國家社科基金重大項目「中、日、韓漢語音義文獻集成與漢語音義學研究」課題組正在對磧藏音釋進行彙輯整理，已經初步完成這一工作。

《磧砂藏》版本眾多，但基本都以文物的形式保存在海內外相關機構，常人難以接觸，更不要說將其數字化了。1936 年在上海根據開元、臥龍寺本影印的《影印宋磧砂藏經》是《磧砂藏》的第一次現代出版。此後由不同出版社出版的各種版本，大多是在《影印宋磧砂藏經》的基礎上，將版本切割重組、影印出版的。在這些版本中，保存古籍原貌最好的還是《影印宋磧砂藏經》。《影印宋磧砂藏經》的數字化成果目前只有圖像版。圖像數字化確實有利於文獻的保存和使用，促進文獻的複製和流通。但圖像中的漢字難於被計算機識別，我們不能通過計算機對其中的文字進行編輯或複製。《影印宋磧砂藏經》的圖像數字化成果不能滿足我們研究的需要。如果說磧藏音釋的數字化可以憑借少數人力完成，那麼，《磧砂藏》體量是隨函音釋的千百倍，僅憑少數人力，它的全文數字化工作可能註定將會遙遙無期，顯然無法開展自動匹配工作，需要考慮和

尋找其他解決途徑。

目前公開的大藏經數字化成果中，規模最大、質量最高的是《大正新修大藏經》（下稱《大正藏》）。《大正藏》是由日本著名佛教學者高楠順次郎、渡邊海旭主持編輯的一種鉛印本大藏經，是當前流通最廣、影響最大的一種大藏經（李富華、何梅等 2003：612）。《大正藏》在編纂過程中，以現代學術思想為指導，採用現代校勘學的基本方法，搜羅古今一切收藏本，逐字校對同一經籍的不同版本，並留下了校記，是一部價值非常高的大藏經（李富華、何梅等 2003：618）。全文數字化的《大正藏》，現已被收錄在 CBETA 電子佛典集成中，並通過互聯網公開發行，最新版本是 2022 版。獲取和使用《大正藏》文本幾乎沒有任何門檻。

《大正藏》CBETA 2022 版可以服務於自動匹配的研究實踐，理由如次：

（1）《大正藏》是在《高麗藏》《嘉興藏》等刻本大藏經基礎上編製的鉛印本大藏經，它們都屬於漢文大藏經（李富華、何梅等 2003：14），《磧砂藏》亦是漢文刻本大藏經，主體部分都翻譯自相同的印度佛教原典，相同的來源決定了它們的內容具有一定的相似性。

（2）《大正藏》收錄佛典範圍很廣，基本囊括了《磧砂藏》的收經範圍（李富華，何梅等 2003：615），我們幾乎可以在《大正藏》中找到《磧砂藏》中所有經籍的對應版本。

（3）《大正藏》以《資福藏》《普寧藏》《嘉興藏》為校本，部分經卷直接以《嘉興藏》為底本（李富華、何梅等 2003：618）。這幾種作為校本和底本的大藏經，和《磧砂藏》一樣都屬於南方系大藏經，相互之間聯繫緊密，有一定的相似性（方廣錩 2006：418）。其中《嘉興藏》以《永樂北藏》為底本，《永樂北藏》與《永樂南藏》關係密切，《永樂南藏》是《初刻南藏》的再刻本，《初刻南藏》又是《磧砂藏》的覆刻本，因而以《嘉興藏》為底本的部分《大正藏》，與《磧砂藏》的相似程度可能非常高。

（二）音注、語境信息的自動匹配程序設計

不論是磧藏音釋，還是《大正藏》原文，數據海量是其共有的特徵，為順利推進匹配工作，需要科學設計運算程序。根據磧藏音釋、《大正藏》數據庫的特點，結合程序設計規範，我們認為提取跟音注相匹配的語境信息應包括以下步驟：

1. 原文數據庫的建立

1.1 在 CBETA 電子佛典數據庫找到對應經卷原文。格式調成：按行顯示，保留行首標號，選擇以通用字形式顯示疑難字。複製內容保存到新建的文本文檔當中，記為原文數據。

1.2 原文數據的結構化處理

1.2.1 為原文文中所有字符出現的位置標號，記為字符的出現位置。

1.2.2 提取每一個字符的出現位置，和它所在的行首標號，形成一個字典，記為「行標＋位置」字典。

1.2.3 查找字的出現位置所在的完整句子。

1.2.3.1 提取所有標識句子結束的標點符號所在的位置，如「。」「？」「！」「……」的位置，形成一個列表，記為句子結束位置組。

1.2.3.2 比較字出現的位置和句子結束位置組。

1.2.3.2.1 若字出現的位置在句子結束位置組最小位置前，那該字就出現在原文的第一句。

1.2.3.2.2 若字出現的位置在某兩個鄰近句子結束位置之間，那該位置所在的完整句子就以這兩個鄰近句子結束位置為起迄點。

1.3 音義字目的處理

1.3.1 單音節字目

1.3.1.1 提取字目字所有的出現位置，記為該字可能的出現位置。

1.3.1.2 如果檢索不到相應的位置，那字目可能是出現了問題，存在寫作異體字的情況，需要人工查檢。

1.3.2 多音節字目

1.3.2.1 取多音節字目首字所有可能的出現位置。

1.3.2.2 取多音節字目次字所有可能的出現位置。次字可能的出現位置減去 1 個單位，應當是首字的出現位置。如果一個位置既屬於首字可能出現的位置，又屬於次字可能出現位置減去 1 個單位的位置，那麼該位置才可能是多音節字目真正可能出現的位置。

1.3.2.3 依此類推，若該字目是三音節，第三字可能出現的位置減去 2 個單位，應當是首字的出現位置，若該字目是四音節，第四字可能出現的位置減去 3 個單位，應當是首字的出現位置。這些條件可以輔助剔除無效的位置數據。

1.4 字目對應原文唯一位置的確定

1.4.1 按照隨文摘字出注的順序，一個字目出現的位置應當在前一字目之後。如果一個字目可能出現的最大位置，小於前一字目的最小位置，即前一字目不可能出現在該字目之前，那麼該字目可能出現的最大位置是無效的，應當被剔除。

1.4.2 按照隨文摘字出注的順序，一個字出現的位置應當在後一字目之前。如果一個字目可能出現的最小位置，大於後一字目可能出現的最大位置，即後一字目不可能出現在該字目之後，那麼該字目可能出現的最小位置是無效的，應當被剔除。

1.4.3 按照隨文摘字出注的規則，字目對應的原文位置，應當是其所有可能出現位置中，相對靠前的一個。如果經過剔除，一個字目依然可以查出多個對應的原文位置，那麼應當取其中出現位置最靠前的作為該字目對應原文的唯一位置。

1.5 字目對應原文語境信息的提取

1.5.1 根據字目對應原文的唯一位置，從「行標＋位置」字典中提取行標，以便查檢。

1.5.2 根據字目對應原文的唯一位置，通過 1.2.3 的算法提取字目對應原文所在的句子。

（三）音注、語境信息的自動匹配實驗

應用計算機程序匹配所有音注的語境信息之前，必須選取一定比例的文本進行實驗工作。為驗證該思路的可行性，我們根據上述步驟，我們運用 python3.10 編寫了自動匹配程序，並選取 CBETA 2022 版《大正藏》中《大般若波羅蜜多經》600 卷、《大智度論》100 卷這兩種規模較大、且比較重要的佛經進行測試。

磧藏音釋一共為《大般若波羅蜜多經》出了 1687 條音注，通過計算機程序，我們找出了其中 1012 條的語境信息，查出率為 60%；磧藏音釋一共為《大智度論》出了 1612 條音注，通過計算機程序，我們找出了其中 924 條的語境信息，查出率為 57.3%。經覆核，匹配結果基本沒有錯誤。

不能查出的情況，以《大般若波羅蜜多經》第一卷後的音義為例：該卷音

義一共 50 條，程序能夠自動檢索出 14 條音義的語境信息，查出率僅為 28%。剩下 36 條中：20 條注《聖教序》，8 條注《聖教記》，大正藏版《大般若波羅蜜多經》前並沒有收入《聖教序》和《聖教記》，因而不能查出這 28 條在情理之中；7 條由於有異體字不能檢出，具體為：閱—閱〔註6〕，媿—媿，搦札—搦扎，炯—焗，苾蒭—苾蒭，胜—髀，鱄—鱄，還有 1 條「諮」，由於前面連續出現不能檢出的條目「媿」「搦札」「炯」，程序無法判定「諮」的情況，因而也不能檢出。這就說明，雖然《磧砂藏》收錄的經卷都能在《大正藏》中找到對應的版本，但兩種版本卻存在內容多寡不一的參差。如果是同經異譯，那篇章和語體都可能有很大的不同；如果兩個版本之間有源流關係，那也可能因為流傳中訛脫倒衍產生字詞的異文。同時磧藏音釋中的部分字目可能兼具辨字等功能，已經有過一定程度的規範化，不一定都以語境中的形式呈現，這種情況就不能通過程序自動檢出。因此，未能匹配的 40% 的音注需要在計算機處理結果的基礎上再進行人工比對。這種情況下的人工比對與傳統的手工翻檢方法其實有很大的不同。首先，有了原文數字化成果的支持，讀者可以在文中快速定位相關文字；其次，這 40% 的音注得到了 60% 已查出語境信息的支持，因此這部分音注語境信息的檢索，不需要從頭開始，可以有很高的處理效率。

綜上，基於《大正藏》的數字化成果，利用計算機輔助技術，進行《磧砂藏》隨函音釋語境信息的匹配工作切實可行，這對促進磧藏音釋的音義匹配工作具有積極意義。該研究可以在一定程度上滿足音義匹配研究實踐的需要，最大程度地節約人力物力。南方系大藏經如《毗盧藏》《思溪藏》《永樂北藏》《龍藏》等都附有海量隨函音釋，本研究可以為同類工作提供借鑒。

最後需要強調的是，不管怎樣，60% 的匹配成功率都是不夠高的，因為沒能充分發揮計算機技術的優勢。基於現有條件，我們認為有必要做好兩方面的工作：一是全面調查磧藏音釋，歸納特殊的體例，對與語境中出現形式不同的字目進行專門的處理；一是徹底摸清《大正藏》《磧砂藏》收錄經本之間的版本差異。而要真正解決版本差異導致的異文問題，就有必要建立專題數據庫。關於大藏經異體字，目前已經有一些可資借鑒的研究成果，例如《高麗大藏經異體字字典》（李圭甲 2000）就能較好地促進我們的研究。把《高麗大藏經異

〔註6〕「-」前為《磧砂藏》中的字形，「-」後為《大正藏》中的通用字形。下同。

體字字典》加入到我們的大藏經異體字數據庫中，能極大地提升語境信息自動匹配的成功率。當然，從長遠來看，利用機器學習的方法，對《磧砂藏》全文進行版本和圖像識別，完成《磧砂藏》的數字化，最終建立《磧砂藏》全文數據庫，才有可能促成該問題的最優解決。

四、參考文獻

1. 方廣錩，《中國寫本大藏經研究》，上海：上海古籍出版社，2006 年。
2. 黃仁瑄，《唐五代佛典音義研究》，北京：中華書局，2011 年。
3. 李富華、何梅等，《漢文佛教大藏經研究》，北京：宗教文化出版社，2003 年。
4. 李廣寬，《影印本〈磧砂藏〉隨函音義韻類考》，武漢大學博士學位論文，2014 年。
5. 〔韓〕李圭甲，《高麗大藏經異體字典》，韓國高麗大藏經研究所，2000 年。
6. 李明傑、張纖柯、陳夢石，古籍數字化研究進展述評（2009～2019），《圖書情報工作》第 6 期，2020 年，頁 130～137。
7. 譚翠，《〈磧砂藏〉隨函音義研究》，北京：中國社會科學出版社，2013 年。
8. 尉遲治平，計算機技術和漢語史研究，《古漢語研究》第 3 期，2000 年，頁 56～60。
9. 尉遲治平，漢語史研究和計算機技術，《語言研究》第 4 期，2008 年，頁 100～104。
10. 徐時儀校注，《一切經音義三種校本合刊》，上海：上海古籍出版社，2008 年。
11. 張霄軍、陳小荷，古文字自動識別過程及其程序實現，《中國文字研究》第七輯，2006 年，頁 37～41。

【附記】本文曾在「第二屆漢語音義學研究國際學術研討會」（中國・杭州，2022.10.29～30）宣讀，此次發表，個別文字有改動。

《續一切經音義》引《切韻》考述*

賀　穎*

摘　要

　　希麟《續一切經音義》徵引《切韻》凡 623 例共 541 字，比較《切韻》殘葉、箋本、王本、裴本以及《廣韻》，我們發現希麟音義引據之《切韻》跟殘葉、箋本、王本、裴本都有一定的距離，應該是當時在遼境內流通之某種唐傳本《切韻》，該《切韻》跟唐《廣韻》間亦有相當的聯繫。

關鍵詞：《續一切經音義》；《切韻》；考述

　　服務於注音釋義的需要，遼釋希麟《續一切經音義》（下稱希麟音義〔註1〕）廣引經、史、子、集〔註2〕，《切韻》是其中徵引頻率較高的一種。經初步統計，希麟音義徵引《切韻》凡 623 例〔註3〕共 541 字（下稱希麟《切韻》）。汪

---

　　* 基金項目：國家社科基金重大項目「中、日、韓漢語音義文獻集成與漢語音義學研究」（19ZDA318）

　　* 賀穎，女，1992 年生，陝西省西安市人，主要研究方向為歷史語言學和漢語音義學。西安石油大學人文學院中文系，西安 710065。

〔註1〕文中《希麟音義》（即《續一切經音義》）採用韓國海印寺高麗大藏經本，乃目前可考最接近原版本。

〔註2〕黃仁瑄（2011）認為「希麟音義引書凡 172 種（篇），其中內典 15 種」。

〔註3〕此指標識「切韻」者。希麟音義尚有標識「孫愐」、「孫愐廣韻」等語料，於此不論。另據汪壽明（2003）考日本獅谷白蓮社藏版，認為共有 637 例。

壽明（2003：60～64）〔註4〕從引書釋義層面對其進行了一定的考釋工作，所論都為舉例性質。希麟《切韻》與《切韻》殘葉、箋本、王本、裴本〔註5〕間的關係究竟怎樣，跟《廣韻》的關係又是如何，諸如此類問題汪壽明（2003：60～64）探討不夠深入，實有進一步梳理的必要。

一、希麟音切特徵

因希麟《續一切經音義》中的音切並未明確說明其出處，試將希麟音義中含引《切韻》條例字目的音切與各版本《切韻》逐條進行比對。其在《切韻》殘葉中可考者僅 16 條計 12 字，詳見下表（「×」表示有字而無音義）：

編號	字目	韻字	希麟注音	希麟《切韻》	韻部	頁碼	殘葉注釋
1.006〔註6〕	空箜	空	苦紅	大也	東	38	苦紅反。五
4.112	鉼缸	缸	下江	甖類也	江	57	甖類（下江）
5.061	逶迤	迤	弋支	溢也	支	42	逶迤〔註7〕（弋支）
4.073	怡暢	怡	輿之	和樂也	之	60	悅怡（与之）
10.074	貽訓	貽	與之	既也	之	60	既遺（与之）
4.084	遲緩	遲	直知	久晚也	脂	70	又直立反
3.177	資糧	資	即夷	資亦貨財也	脂	59	×（即脂）
3.134	資糧	資	即夷	資亦貨財也	脂	59	×（即脂）
3.095	沈溺	沈	直林	沈沒也，濁也	侵	63	除深反。四
4.019	沈淪	沈	直林	大也，濁也	侵	63	除深反。四
6.122	沈溺	沈	直林	沒也	侵	63	除深反。四
6.060	沈淪	沈	直林	沒也	侵	63	除深反。四
3.035	婬佚	婬	餘針	邪也，蕩也	侵	63	婬蕩（餘針）
1.012	羈鞅	鞅	於兩	車軮荷也	養	69	於兩反。四
2.035	雷震	震	章認	動也，起也	震	71	職刃反
5.097	纔發	纔	昨哉	僅也	咍	55	僅。或作裁（昨來）

〔註4〕汪壽明（2003）通過比勘《切韻》殘葉、王本（敦煌、宋跋、項跋）、蔣斧本《唐韻》及宋《廣韻》，對希麟音義引《切韻》前後重出例、引書名稱疑似混淆例及諸書均不匹例等情況進行了舉例論述。由此推測希麟音義恐非希麟獨作，乃集眾力成書；其或在中國北方流傳時為不少釋子依宋本《廣韻》進行增補。

〔註5〕文中殘葉（即陸法言《切韻》傳寫本）、箋本（即長孫訥言箋註本《切韻》）、王本（即王仁昫刊謬補缺《切韻》）、裴本（即裴務齊正字本《刊謬補缺切韻》）均採自周祖謨《唐五代韻書集存》（中華書局 1983）。

〔註6〕「1.006」為字目「空箜」的編號，指希麟音義第一卷第六條音義；下同此例。

〔註7〕迤，原為文字略寫符號「〻」，今據改。

據上表，可大致得出如下幾點意見：

（1）見於殘葉的 16 條材料中，8 例計 5 字（「空、遲、沈、鞅、震」）有音無義，2 例計 1 字（「資」）闕釋文，5 例計 5 字（「缸、怡、貽、婬、纔」）意義相同或相通，1 例計 1 字（「迤」）意義相遠。

（2）8 例注音材料中，希麟音、殘葉音上、下字相同者 2 例計 2 字（「空、鞅」），上、下字不同而音值同者 4 例計 1 字（「沈」），上字不同而音值同者 1 例計 1 字（「震」），上字同下字不同者 1 例計 1 字（「遲」。因是又音，不考慮二者的音值異同）。

（3）12 字分屬東、之、支、江、侵、脂、咍（以上平聲）、養（以上上聲）、震（以上去聲）9 個韻部。

綜言之，希麟音切見於《切韻》殘葉的材料雖不多，據其可考者，大致可推知希麟音切與《切韻》殘葉間的關係比較疏遠。

相較於數目極少的殘葉，希麟音切於箋本、王本、裴本以及《廣韻》中可考者甚多。除去僅可考字形而闕釋音釋文以及註音方式為直音法的條目外，其反切上下字與其對應音值的異同在《切韻》中共有如下 7 種情況：

（1）希麟音與《切韻》音上、下字字形字音完全相同：

2.073 甍棟　上莫耕反。《切韻》：「甍亦棟也。」

　　案：甍。箋本（頁 124 耕韻）：「屋棟。莫耕反。二。」裴本（頁 553 耕韻）：「莫耕反。屋棟。九。」王本（頁 464 耕韻）：「莫耕反。屋棟。七。」

（2）希麟音與《切韻》音上、下字字形不同而音值同：

6.068 飛蛾　上甫非反。《切韻》：「飛，翔也。」

　　案：飛。箋本（頁 166 微韻）：「翔。」（匪肥）王本（頁 442 微韻）：「翔：（飛）。」（匪肥）

　　甫非反、匪肥反。非母微韻平聲。

（3）希麟音與《切韻》音上字字形不同而音值同：

2.180 脣吻　下無粉反。《切韻》云：「口吻也。」

　　案：吻。箋本（頁 133 吻韻）：「口吻。武粉反。三。」裴本（頁 578 吻韻）：「武粉反。口：（吻）。亦䐇。五。」王本（頁 478 吻韻）：「武粉反。口吻。亦作䐇。五。」

無粉反、武粉反。微母吻韻上聲。

（4）希麟音與《切韻》音下字字形不同而音值同：

8.143 彎弓　下居戎反。《切韻》云：「弓天也。」

　　案：弓。箋本（頁161東韻）：「居隆反。四。按〈說〉、〈易〉：『絃木為弧』即弓也。」裴本（頁537東韻）：「居隆反。四。〈易〉曰：『弦木為弧』即弓也。」王本（頁436東韻）：「居隆反。射具。四。」

　　居戎反、居隆反。見母東韻平聲。

（5）希麟音與《切韻》音上下字字形不同而上字音值同：

4.147 腐爛　下郎肝〔註8〕反。《切韻》：「火熟也。」從火闌聲。

　　案：爛。裴本（頁594翰韻）：「盧旦反。火孰。〈說文〉上有草。或徔間。七。」王本（頁500翰韻）：「盧旦反。火熟。亦作煉。三。」

　　郎肝反，來母寒韻平聲；盧旦反，來母瀚云去聲。

9.135 弿柵　下楚革反。《切韻》：「材柵也。」

　　案：柵。箋本（頁146陌韻）：「村柵。測戟反。三。」裴本（頁620陌韻）：「惻戟反。村柵。三。」王本（頁520陌韻）：「惻戟反。木。三。」

　　楚革反，初母麥韻入聲；惻戟／測戟反，初母陌韻入聲。

（6）希麟音與《切韻》音上下字字形不同而下字音值同：

3.180 竝將　上音滿〔註9〕迴反。正體並字也。《切韻》：「比也。」

　　案：竝。箋本（頁197迴韻）：「比。萍迴反。二。」王本（頁485迴韻）：「萍迴反。比。通作並。三。」

　　滿迴反，明母迴韻上聲；萍迴反，並母迴韻上聲。

（7）希麟音與《切韻》音上下字字形與音值均不同：

6.103 拓鉢　上他各反。《切韻》：「手承物也。」

〔註8〕考察高麗藏（冊73頁651），爛音郎𤚩反。考「煥爛」例及其音切，「肝」疑似「旰」字訛。

〔註9〕考察高麗藏（冊73頁645），竝音𤔲迴反。考「竝豎」例及其音切，「滿」疑似「蒲」字訛。

案：拓。鐸韻（他各反）音各本《切韻》均缺。唯考王本（頁 525

昔韻）：「（摭）拾。或作拓」（之石）

他各反，透母鐸韻入聲；之石反，章母昔韻入聲。是以僅此條

以王本「字音均異」計。

將希麟音義中含引《切韻》條例字目的反切上下字分別考以《切韻》傳本

及《廣韻》，並將其中完全相同、字異音同（此類別《箋本》共 126 條佔比

34.52%、《裴本》共 179 條佔比 41.24%、《王本》共 245 條佔比 39.90%、《廣

韻》共 174 條佔比 27.97%）這 2 類條例一併以「同」歸納，則可得各版本字

音異同相對佔比表如下：

各版本字音異同占比表

	字異下音異		字異上音異		上字音均異		下字音均異		字音均異		字音均同	
廣韻	2	0.32%	1	0.16%	7	1.13%	27	4.34%	0	0	585	94.05%
裴本	8	1.84%	0	0	5	1.15%	15	3.46%	0	0	406	93.55%
箋本	5	1.37%	6	1.64%	4	1.10%	15	4.11%	0	0	335	91.78%
王本	8	1.30%	4	0.65%	5	0.81%	18	2.93%	1	0.16%	578	94.14%

希麟音切在不同版本《切韻》及《廣韻》中收入的韻部情況亦有所差別，

謹列表如下：

	廣　韻	箋　本	裴　本	王　本
平聲韻數	55	45	27	50
上聲韻數	37	31	18	37
去聲韻數	43	8	35	42
入聲韻數	30	22	26	28
韻部總數	165	106	106	157

綜合以上 2 表，可大致得出如下幾點意見：

（1）反切音所屬的韻部數目與不同版本《切韻》書的存留情況密切相關：

箋本《切韻》的整體特點是收字少，釋義少，關涉韻部少，去聲韻缺失嚴重；

王二（裴本）的特點是收字較少，關涉韻部較少，平聲韻與上聲韻缺省嚴重；

而在 4 版唐《切韻》傳本中，因王三（王本）內容最為完善，是以可考條例最

多、參考價值最高。

（2）623 條希麟音義例中的反切音與王、裴、箋三版本《切韻》及宋本《廣

韻》間均存在一定差異；相比之下，希麟音切與王本《切韻》最為接近。希麟

音義中，反切用字不同而音韻地位與《切韻》、《廣韻》中對應條目相同的用例較為常見。

二、希麟引《切韻》釋義特徵

對比箋本、王本、裴本《切韻》與《廣韻》，考察希麟《切韻》涵括義項的特徵，共計有以下 5 種類別：

（1）有音無義：

4.026 攢鏵　上在桓反。《切韻》：「合也。」

案：攢。王本（頁 500 翰韻）：「（攢）。在翫反。一。」

（2）僅存字形而闕釋音釋文：

2.050 捃拾　上居運反。《切韻》云：「捃，拾取也。」

案：捃，其字形見於箋本（頁 206 問韻）。

（3）意義相遠：

3.034 鬚藜　上相俞反。《切韻》：「小髻也。」

案：鬚。箋本（頁 111 虞韻）：「古作須。相俞反。八。」王本（頁 444 虞韻）：「相俞反。頟下毛。古作須。十。」

（4）意義相同或相通：

9.132 鞵鞋　下戶佳反。《切韻》云：「鞵屩，履屬也。」

案：鞵。裴本（頁 556 佳韻）：「履。又鞋。」（戶佳）王本（頁 447 佳韻）：「屬。亦作鞋。」（戶佳）

（5）查無此字：

5.074 麻糠　下側加反。《切韻》：「麻糠也。」又：糠糝。《考聲》：「滓也。」

總體而言，相較於以注音為核心功能的唐《切韻》以及體量大、包含反切多、所收義項相對最全的宋《廣韻》，希麟《切韻》中的注釋較為簡短，往往只包含一或二個義項，隨意性較強。例如：

4.158 休廢　下芳肺反。《切韻》：「止也。」

案：廢。裴本（頁 592 廢韻）：「方肺反。捨也。七。」王本（頁 498 廢韻）：「芳肺反。舍。八。」

《玄應音義·正法華經·第七卷》（高麗藏冊 58 頁 33）釋「勞

廢」:「府吠反。廢,退也。罷止也。經文作廄,非也。」

　　《廣韻》(頁 27 上·廢韻):「止也。大也。方(肺)〔肺〕切。九。」

7.065 雜插　上徂合反。《切韻》云:「集也,穿也。」

10.180 雜糅　上徂合反。《切韻》云:「雜,集也。」又:穿也〔註10〕。

　　案:雜。箋本(頁 146 合韻):「徂合反,四。」裴本(頁 618 沓韻):「徂合反,正四,雜。」王本(頁 521 合韻):「徂合反,物不純白,六。」

　　遼釋行均《龍龕手鏡·入聲·雜部第五十九》(頁 543):「(雜/雜)。徂合反。集也。帀也。猝也。穿也。二。」

　　《廣韻》(頁 45 上·合韻):「帀也,集也,猝也,穿也。〈說文〉曰:『五綵相合也』。徂合切。七。」

8.101 溫澳　上烏昆反。《切韻》云:「和也,善也。」

　　案:溫。箋本(頁 115 魂韻):「於渾反。四。」王本(頁 451 魂韻):「烏渾反。爰。四。」

　　《玉篇·卷十九》(頁 343):「於冤切。水名。又顏色和也、漸熱也、善也。」

　　《廣韻》(頁 55 上·冤韻):「水名,出犍為。又和也,善也,良也,柔也,暖也。又姓,唐叔虞之後,受封於河內溫,因以命氏。又卻至食采於溫,亦號溫季,因以為族,出太原。又漢複姓,二氏。〈莊子〉有溫伯雪子,〈姓苑〉又有溫稽氏。」(烏渾)

　　此外,希麟《切韻》中還存在義項與唐《切韻》及宋《廣韻》均不同、疑似訛誤的條目。試舉例如下:

5.125 龍湫〔註11〕　上力種反。《切韻》:「君也。」

　　案:龍。箋本(頁 161 鍾韻):「力鍾反。四。」裴本(頁 539 鍾韻):「力鍾反。四加四。鱗蟲。又八尺馬也。」王本(頁 437 鍾韻):「力鍾反。龗。通俗作龍。四。」

〔註10〕穿,獅本(頁 4052)、大通本均作「穿」。
〔註11〕參見《不動使者陀羅尼祕密法》一卷:「亦令空中飛鳥隨念而墜,亦能乾竭龍湫。」

《玉篇‧卷二十三》（頁 440）：「力恭切。能幽明大小登天潛水也。又寵也、和也、君也、萌也。」

《廣韻》（頁 13 下‧鍾韻）：「通也，和也，寵也，鱗蟲之長也。《易》曰：『雲從龍』。又姓。舜納言龍之後。力鍾切。九。」

9.031 攀靬〔註12〕　上普班反。《切韻》：「戀也。」

案：攀。篆本（頁 117 刪韻）：「引。普班反。二。」王本（頁 453 刪韻）：「普班反。引。或作扳。二。」

《慧琳音義‧卷六十九》（高麗藏冊 76 頁 192）注「攀攬」：「上盼蠻反。王逸注〈楚辭〉云：『攀，引也』。〈廣雅〉：『戀也』。〈說文〉作『艸』云：『引也。』從反艸。今作攀。從手樊聲。」

《廣韻‧刪韻》（頁 60 下）：「引也。普班切。三。」（普班）

將希麟《續一切經音義》中明確徵引自《切韻》的條例對比殘葉、王本、裴本、篆本及宋本《廣韻》後可得表如下：

各版本注釋異同相對佔比表

	殘葉（佔比）		篆本（佔比）		裴本（佔比）		王本（佔比）		廣韻（佔比）	
希注同	5	31.25%	236	63.27%	350	80.65%	526	85.67%	575	92.44%
希注異	1	3.70%	29	5.69%	50	9.65%	68	9.69%	46	6.88%
希注無	10	38.46%	108	22.45%	34	7.26%	20	3.15%	1	0.16%

（表中「無」行表示注釋中存在反切、直音或異體字而無釋義項）

據表可知，希麟《切韻》義項與宋本《廣韻》及王本《切韻》的相似度均高於裴本《切韻》與篆本《切韻》。但同時也能發現，即使是一致性最高的兩個版本，希麟《切韻》中所引的具體釋義例也與其存在一定差異。

三、結語

通過全面系統地比對諸版本《切韻》及宋《廣韻》可知，希麟音切與王本《切韻》及其後的宋本《廣韻》相似度較高。結合其中字異音同項目的比例來分析，則希麟在羅列音切時極有可能參考了《切韻》或某一《切韻》系的韻書

〔註12〕參見《根本說一切有部毗奈耶破僧事》第四卷：「時四天子各扶馬足，爾時車匿一手攀靬，一手執刀。」

音。希麟所引《切韻》的版本目前尚無定論，但從其成書時間、傳輸路徑以及音義對比諸版本《切韻》後的情況進行綜合推斷：希麟很可能引用了當時在遼國境內流傳的某種唐本《切韻》。

首先，《續一切經音義》的成書時間要早於宋版官修《廣韻》（1008 年）：據羅炤（1988：73～81）考，契丹藏前後有統和（983 年～1012 年）與重熙—咸雍（1032 年～1074 年）二版本，其中較早的統和本編校主持人為遼釋詮明，希麟音義即是應詮明之請為其續添二十五帙標音釋義的書。據虞萬里（1997）、聶鴻音（2001：95～96）考察內蒙古黑城所出土的遼希麟《續一切經音義》殘片及相關文獻可知：希麟音義約始撰於遼統和五年，即宋雍熙四年（987 年）左右；約撰成於統和八年左右（990 年）。

其次，希麟音義在成書後，應當未曾在中國境內流傳［註13］：遼聖宗統和至太平（983～1030）年間，希麟音義錄入契丹藏中刊印，契丹幾次贈此藏給高麗，最早的一次是在高麗文宗十七年（1063 年；宋仁宗嘉祐八年；遼道宗清寧九年）。目前學界所說的高麗藏指再雕本《高麗藏》（1236 年～1251 年），該書以《開寶藏》、契丹藏、《高麗藏》初刻本、《高麗藏》續刻本互校後雕成。據崔光弼、龔文龍（2012：7～11）所考，《高麗藏》初刻完成後至再刻期間，高麗國有四次得藏之舉，其中除宋元豐六年（1083 年）迎宋朝大藏經外均迎遼藏，1083 年所迎的宋朝大藏經乃是官版（971 年～983 年）。希麟音義應當是經由契丹入高麗，而後傳至日本，19 世紀 80 年代初，又從日本傳回中國。

不可否認，希麟《切韻》確與《廣韻》間存在緊密聯繫，但該《廣韻》應只可能是某版傳入遼國的唐本《廣韻》，其原因有二：

（1）趙曉慶（2017：130～137）認為反切用語的更換顯示了時代的不同：唐代前的反切注音皆用「××反」，唐代雖有諱「反」而改作「××切」者，但並不普遍，而到了宋代為避諱才開始推行「××切」。縱觀希麟引《切韻》條例內的字目音切用字，無一「××切」例，則此書的成書時代應當早於宋本《廣韻》；

（2）《廣韻》一名在宋代官修其書前已有，最早可推至唐五代時期，常用以命名增廣《切韻》的相關韻書。方國瑀（1931：377～562）在《敦煌五代刻本唐〈廣韻〉殘葉跋》中便明確表示「其已通行之舊本，當名為《廣韻》，故新

［註13］徐時儀（2002）、虞萬里（1997）對於《續一切經音義》的傳播途徑已有比較細致的梳理，可參。

修者名《重修廣韻》。」《續一切經音義》中存在包含有「孫愐《廣韻》」及「《廣韻》」的條例。此「廣韻」應非筆誤。是以對於希麟音義中雜糅了部分《廣韻》條例的情況，徐時儀（2002：27～30）認為「這些《廣韻》條例應當來源於孫愐《唐韻》或同時期類似《唐韻》的增補本《切韻》（即唐《廣韻》）」，但「不可能是宋代重修的《廣韻》」。筆者認可這一推論。

總之，希麟《切韻》跟殘葉、箋本、王本、裴本都有一定距離，應該是當時在遼境內流通之某種唐傳本《切韻》，該種《切韻》跟唐《廣韻》間有相當的聯繫。

四、參考文獻

1. 崔光弼、龔文龍，《高麗大藏經》的刊刻及其價值，《內蒙古民族大學學報（社會科學版）》，2012 年第 5 期，頁 7～11。

2. 方國瑀，敦煌五代刻本唐《廣韻》殘葉跋 // 方國瑀，《方國瑀文集》，昆明：雲南教育出版社，2003 年，頁 377～562。

3. 黃仁瑄，《唐五代佛典音義研究》，北京：中華書局，2011 年。

4. 柯斌，《希麟〈續一切經音義〉引史書研究》，華中科技大學碩士學位論文，2015年。

5. 羅炤，再談《契丹藏》的雕印年代，《文物》第 8 期，1988 年，頁 73～81。

6. 聶鴻音，黑城所出《續一切經音義》殘片考，《北方文物》第 1 期，2001 年，頁 95～96。

7. 汪壽明，《續一切經音義》引《切韻》考，《語言科學》第 1 期，2003 年，頁 60～64。

8. 王艷紅、畢謙琦，《續一切經音義》的重紐，《漢語史學報》第 13 輯，2013 年，頁 125～134。

9. 徐時儀，《希麟音義》引《廣韻》考，《文獻》第 1 期，2002 年，頁 27～30。

10. 姚永銘，《慧琳音義》與《切韻》研究，《語言研究》第 1 期，2000 年，頁 95～101。

11. 虞萬里，《榆枋齋學術論集》，南京：江蘇古籍出版社，2001 年。

12. 岳利民，音義匹配的方法——以《經典釋文》為例，《長沙理工大學學報（社會科學版）》第 1 期，2009，頁 89～92。

13. 趙曉慶，《新修玉篇》之《玉篇》底本考，《中國文字研究》第 1 輯，2017 年，頁 130～137。

【附記】本文發表於《漢語史學報》第二十六輯。

《三國志》裴松之音切之音義匹配研究*

黃　娟*

摘　要

　　《三國志》裴注總計 99 條音切材料，裴松之（372 年～451 年）共為 96 個字頭注音，注音方法包括直音，反切，音如，其中直音 50 條，反切 39 條，音如 10 條，包括方言音 2 條。文章運用反切比較法，內證法，據注音字的音定被注字等方法來明確字的注音和意義之間的匹配關係，逐條梳理裴氏音切，明確落實所有音切的注音對象，及其音義關係。最後的音義匹配結果以音義匹配範式呈現，發現音義完全匹配的條例共 71 條，佔比 71.7%。得出裴氏注音的作用主要有：一、清除閱讀障礙；二、辨析字音字形的關係；三、明時人及地域的讀音差別。文章在音義匹配研究的基礎上，揭示出符合語言事實及特色的音義關係，歸納出裴松之的注音特點，注音作用，推進中古漢語音系研究，豐富漢語史中的相關內容。

關鍵詞：《三國志》；裴注；注音；音切；音義匹配

　　裴松之為《三國志》原文及注中字做了注音，或直接注音，或引用其他學者及文獻典籍中的注音。前人對裴氏注音多有關注，文章擬用以音義匹配為原

---

　　*　基金項目：中國國家社會科學基金重大項目「中、日、韓漢語音義文獻集成與漢語音義學研究」（19ZDA318）

　　*　黃娟，女，1996 年生，湖北省武漢市人，韓國慶星大學文科學院中國學系漢語語言學專業博士研究生，主要研究方向為漢語音義學、韓國（海外）漢籍和國際中文教育。慶星大學文科學院中國學系，韓國釜山 48434。

則指導音義研究的方法對裴注中所有的音切材料進行音義匹配疏證，以明確字的讀音和意義之間的關係，探索裴氏注音的作用，歸納其注音特點，推進中古漢語音系研究，豐富漢語史中的相關內容。

前人研究中比較有代表性的有黃坤堯（1998）將裴松之的注音分為四類，在全部 85 條資料中，其與《廣韻》同音者 48 條，已占半數。另由《集韻》所增輯者 4 條。由於多屬罕見的人名地名，不在日常用字範圍之內，大家相承用之，不必另行訂音，故異讀的爭議不多。儲泰松（2004）考裴氏注音，去除重複，共 92 條，其中反切 39 條，直音 53 條。認為裴氏注音基本接近《切韻》音系，差異很小，被注字多是疑難字或有特殊讀音之字，也有俗字、古字。探討了注音來源，裴注所見的語音變化，對裴注中注音或者被注字與韻書不一致的地方做出分析，發掘出導致這樣的差異的原因。楊小平，唐樹梅（2014）總結出了裴氏注音條例，對注音方式進行了細緻的分類，認為裴氏語言領域的注釋十分簡略，帶有隨文釋義的味道，體現《三國志》語言研究之萌芽期的語言特點，且沒有語法領域的探討。

一、《三國志》裴注音切性質

文章以《三國志》為研究材料，對《三國志》全文進行了數字化，以商務印書館 1944 年版《宋紹熙本三國志（百衲本二十四史）》為底本，對照中華書局 1971 年出版的《三國志》（全五冊）進行校對，建立數據庫。〔註1〕系統梳理了裴注中的全部音切條例，分類探索歸納。

（一）注音體例

裴松之注音多採用直音法和反切法，直音注音共 50 條，占全部注音條例

〔註1〕《三國志》的最早刻本為北宋咸平六年（西元 1003 年）國子監刻本，今已不存。現存的版本主要有四個：一、南宋中期建陽刻本，南宋光宗時期刻印，是現存最早的刻本。《宋紹熙本三國志（百衲本二十四史）》（文中簡稱百衲本）即以此本為底本。二、元大德十年（一三〇六）池州路儒學刻本（文中簡稱元刻本，元刻《三國志》現存七卷，魏志卷十五至十九，蜀志卷十二、十三）。三、明毛氏汲古閣本（簡稱毛本）。四、清乾隆御覽本四庫全書薈要本（文中簡稱四庫本，《乾隆御覽本四庫全書薈要·史部》，浙江大學圖書館藏，2009）。專治三國史的學者盧弼撰寫的《三國志集解》（文中簡稱《集解》，中華書局，1982），以毛本為底本，同時也多參考金陵局覆刻毛本（簡稱局本），歷朝官私刊本，及各家評校本，（「余是書雖依據毛本，然局本校改之善者多從之。復以歷朝官私刊本，及各家評校本，參校分注於下。」見：盧弼，中華書局 1982 年版《三國志集解》，第 1 頁總目）頗具權威性，有很高的參考價值。

的 50.5%；反切注音共 39 條，占 39.4%。另外還有音如某字之音，及方言音的注釋。

直音是最常見的注音方法之一，即用一個與被注字音相同的漢字進行注音，主要形式為「某音某」，注音字的讀音應較常見，且無明顯爭議，才能達到有效注音的目的。裴氏的直音注音示例如下：

> （1）公將征之，鑿渠，自呼沱入泒水，<u>泒音孤</u>〔註2〕。名平虜渠；又從泃河口<u>泃音句</u>。鑿入潞河，名泉州渠，以通海。（《武帝紀第一·魏書·國志一》頁 28〔註3〕）

此句為裴松之直接給疑難字注音，在被注字所在詞語後給出直音注音。重在疏通文章字詞讀音。

> （2）九月，巴七姓夷王朴胡、賨邑侯杜濩舉巴夷、賨民來附，<u>孫盛曰：朴音浮。濩音戶。</u>於是分巴郡，以胡為巴東太守，濩為巴西太守，皆封列侯。（《武帝紀第一·魏書·國志一》頁 46）

此處裴松之引用他人注音，表示同意孫盛的注音，並引用過來加以注釋，孫盛為東晉中期史學家，著《魏氏春秋》，《晉陽秋》等，裴注中多處引用孫盛的說法及著述。

> （3）冬十一月癸卯，令曰：「諸將征伐，士卒死亡者或未收斂，吾甚哀之；其告郡國給槥櫝殯斂，送致其家，官為設祭。」槥音衛。漢書高祖八月令曰：「士卒從軍死，為槥。」應劭曰：「槥，小棺也，今謂之櫝。」應璩百一詩曰：「槥車在道路，征夫不得休。」陸機大墓賦曰：「觀細木而悶遲，覩洪櫝而念槥。」（《文帝紀第二·魏書·國志二》頁 61）

此處在句末注音「槥音衛」後，還引用了《漢書》和其他詩賦中的記錄來討論「槥」的意義，在此句中當作「棺櫝」解。裴氏注音中共引書注音 12 條，引人注音 4 條，裴松之自己注音 84 條，占比 84.8%。在總 99 條中，儘注音 81 條，占比 81.8%，注音兼討論釋義的有 18 條，占 18.2%。

反切法即用兩個漢字相拼給被注字注音，反切上字取聲母，反切下字取韻母和聲調，常見注音形式為「某音某某反」。如：

〔註2〕引文中裴松之的注釋用小五號華文楷體表示，注音內容加下劃線表示，本章節下同。
〔註3〕此頁碼為該例在中華書局 1971 年出版的《三國志》（全五冊）中的頁碼。

（4）好公羊春秋而譏呵左氏，每與來敏爭此二義，光常譊譊謹咋。
譊音奴交反。謹音休表反。咋音徂格反。（《杜周杜許孟來尹李譙郤
傳第十二·蜀書·國志四十二》頁 1023）

此外，裴注中有 10 處採用「某音如某某之某」的方式進行注音，此種注
音方法沒有給出準確的注音，但是給出了注音字所在的語境，被注字主要為人
名。例如：

（5）孤今為四男作名字：太子名薑，薑音如湖水灣澳之灣，字苗，苗音如迄今
之迄；次子名霅，霅音如児虓之虓，字羿，羿音如玄礥首之礥；次子名鉅，
鉅音如草莽之莽，字昷，昷音如舉物之舉；次子名皰，皰音如襃衣下寬大
之襃，字燹，燹音如有所擁持之擁。（《三嗣主傳第三·吳書·國志四
十八》頁 1160〜1161）

另有方言音 2 條，裴松之為由地域差異引起的漢字異讀問題進行注釋，主
要作用在於解釋原文或引書中人名與史實讀音不同的原因。

（二）音切性質

裴氏注音中儘 3 條注音的字頭相同，且差異不大。針對專有名詞的單純注
音較多，按內容分類，人名 32 條，專有名詞共 44 條，包括地名（38 條），河
流名（2 條），渡口名，山谷名，車名和官名各 1 條，其他注音 23 條。主要為
生僻、不熟悉的地名、專名，以及罕見姓氏和人名注音，以輔助閱讀。涉及內
容理解方面的情況下，會添加釋義或引書加以補充說明。如：

（6）尚將沮鵠守邯鄲，沮音菹，河朔間今猶有此姓。鵠，沮授子也。又擊
拔之。（《武帝紀第一·魏書·國志一》頁 25）

裴氏注音有首音 97 條，又音 2 條，見：

（7）粲與北海徐幹字偉長、廣陵陳琳字孔璋、陳留阮瑀字元瑜、汝
南應瑒字德璉、瑒，音徒哽反，一音暢也。東平劉楨字公幹並見友
善。（《王衛二劉傳傳第二十一·魏書·國志二十一》頁 599）

（8）權與亮書曰：「丁厷掞張，掞音夷念反，或作豔。臣松之案漢書禮樂
志曰「長離前掞光耀明。」左思蜀都賦「擿藻掞天庭。」孫權蓋謂丁厷之
言多浮豔也。陰化不盡；和合二國，唯有鄧芝。」（《鄧張宗楊傳
第十五·蜀書·國志四十五》頁 1072）

例（7）的目的在羅列異音，被注字「瑒」為人名。例（8）為區別詞義。
捺，夷念反屬㮇韻，豔屬豔韻，結合後文「浮豔」義，此處「捺」應「音豔」，
釋為詞藻浮華艷麗，華而不實之義。《廣韻》中的「捺」作「舒也」解，未收
錄「浮豔」義，故此音不能作為音義匹配的對象，《集韻》中的「捺」有「以
贍切」，另《廣韻》中的「豔」為「以贍切」，故「捺」與以贍切的「豔」音義
可以匹配。

裴氏注音的性質還有辨析音形。見：

（9）臣松之案：翻云「古大篆『卯』字讀當言『柳』，古『柳』『卯』同字」，
竊謂翻言為然。故「劉」「留」「聊」「柳」同用此字，以從聲故也，與日
辰「卯」字字同音異。然漢書王莽傳論卯金刀，故以為日辰之「卯」，今
未能詳正。然世多亂之，故翻所說云。（《虞陸張駱陸吾朱傳第十二·
吳書·國志五十七》頁 1323）

此處裴松之就「卯」及與之相聯繫的系列漢字展開探討，就字音字形和字
際關係進行分析，「卯」和「柳」字形相近，易混同，然字音和字義有一定差
異。

綜上所述，裴松之主要採用直音和反切的注音方法，多為生僻、複雜的地
名人名等專有名詞注音，音和義有分歧的地方會引其他文獻材料或時下盛行學
者之言加以補充說明，然後給出自己的看法，注釋嚴謹，行文簡介凝練，對異
讀和字形也有所關注，主要目的在於清除閱讀障礙，疏通文意，補充史實和背
景信息。

二、裴注音切之音義匹配疏證

文章選取《大宋重修廣韻》作為參照，進行音義匹配疏證工作，若《廣韻》
中不收，則查《集韻》，《集韻》也不收則查其他韻書字書，如《韻略》,《龍龕
手鏡》等。裴氏注音大體上接近切韻音系，契合條例過半，也有音義不匹配的
條例，說明裴氏做注時期存在部分聲韻調相混的情況，具體結合語境進行分
析。文章以裴氏三種注音方式，直音，反切和音如進行章節劃分，音義匹配結
果按照岳利民（2017）總結的音義匹配範式呈現：被注字，被注字的《廣韻》
反切（音韻地位），裴松之音切（音韻地位）。例如：肆羊至切（以至去）以四
反（以至去）。

（一）直音

（1）沮音菹，河朔閒今猶有此姓。（卷一《武帝紀第一》「尚將沮鵠
守邯鄲」注。頁 25）

按：沮側魚切（莊魚平）音菹（莊魚平）

沮音葅。（卷六《董二袁劉傳第六》「從事沮授說紹曰」注。頁 192）

按：沮側魚切（莊魚平）音葅 J〔註4〕（莊魚平）

兩卷中，裴松之用了不同的注音字進行注音，音義完全匹配，其中「葅」
字《廣韻》未收，《集韻》收作「臻魚切」。又《世本》云：沮誦、蒼頡作書，
並黃帝時史官。「河朔」指黃河以北，見《宋史·地理志》：「河朔幅員二千里，
地平夷無險阻。」又見《中國姓氏大全》注云：「沮水為周朝發祥地（今陝西
郴縣、歧山一帶）的河流（見《詩經·大雅·綿》和《周頌·潛》），以水名為
氏。」即可相互印證「沮」姓的讀音與起源。

（2）沠音孤。（卷一《武帝紀第一》「自呼洈入沠水」注。頁 28）

按：沠古胡切（見模平）音孤（見模平）

（3）洵音句。（卷一《武帝紀第一》「又從洵河口鑿入潞河」注。頁
28）

按：洵 J 俱遇切（見遇去）音句（見遇去）

此處「洵」為「洵河」，「洵水」義，見《竹書紀年》：「齊師反燕，戰於洵
水，齊師遁。」

（4）朴音浮。（卷一《武帝紀第一》「巴七姓夷王朴胡」注，引孫盛。
頁 46）

按：朴 J 披尤切（滂尤平）音浮（奉尤平）

《廣韻》釋「朴」為「上同〔樸：木素。〕。又厚朴，藥名。」，實為「樸」
注音，音義不匹配。又查《集韻》「朴」為披尤切，故正確的音義匹配應是：
朴披尤切（滂尤平）音浮（奉尤平）。滂母和奉母相混，可以看出東晉時期聲
母的輕重唇還未分化。「朴」姓起源於東漢時益州巴郡，屬罕見姓氏，見《集
韻》：「披尤切，音飆。夷姓。」又見清陳廷煒《姓氏考略》載：「朴，板楯七
姓蠻。」故裴松之為此姓引注音。

〔註 4〕參照《集韻》的音切或音韻地位前加「J」以表示。

（5）濩音戶。（卷一《武帝紀第一》「實邑侯杜濩舉巴夷」注，引孫
　　　　盛。頁 46）

按：濩胡誤切（匣暮去）音戶（匣姥上）

匣母屬全濁，全濁聲母的上聲字到後期已歸為去聲字，即「濁上歸去」的
語音變化規律在此已得到體現。

（6）槥音衛。（卷二《文帝紀第二》「其告郡國給槥櫝殯斂」注。頁
　　　　61）

按：槥于歲切（云祭去）音衛（云祭去）

（7）虹音絳。（卷三《明帝紀第三》「分沛國蕭、相、竹邑、符離、
　　　　蘄、銍、龍亢、山桑、洨、虹十縣為汝陰郡」注。頁 112）

按：虹古巷切（見絳去）音絳（見絳去）

（8）橫音光。（卷六《董二袁劉傳第六》「公卿已下祖道於橫門外」
　　　　注。頁 176）

按：橫古黃切（見唐平）音光（見唐平）

橫門位於長安，是漢代長安城北城墻西側城門。《史記·外戚世家第十九》：
「蹕道，先驅旄騎出橫城門，乘輿馳至長陵。」集解如淳曰：「橫音光。《三輔
黃圖》云：北面西頭門。」另有「橫橋」，「橫亭」。見正義括地志云：「渭橋本
名橫橋，架渭水上，在雍州咸陽縣東南二十二里。」《水經注·睢水》載：「杜
預曰：梁國睢陽縣南有橫亭，今在睢陽縣西南，世謂之光城，蓋光、橫聲相近，
習傳之非也。」

（9）旉音敷。（卷十《荀彧荀攸賈詡傳第十》「八子：儉、緄、靖、
　　　　燾、詵、爽、肅、旉。」注。頁 307）

按：旉（《韻略》）芳蕪切（虞平）音敷（敷虞平）

（10）音翼。（卷十《荀彧荀攸賈詡傳第十》「子惲、寯」注。頁 319）

按：寯（《字彙補》）移益切（喻昔入）音翼（喻職入）

「寯」字《廣韻》未收，《字彙補》：「移益切，音翼。人名。」給出了兩個
注音，按「音翼」則與《三國志》注完全相符，按「移益切」聲母聲調相同，
昔韻和職韻相混。

（11）枸音苟，鹵地。（卷十三《鍾繇華歆王朗傳第十三》「宅此枸邑」

注。頁 395）

按：枸 J 須倫切（心諄平）音荀（心諄平）

《廣韻》未收「枸」字，而收「楈」思尹切，心母準韻上聲，音韻地位與「音荀」不合。《集韻》的「枸」為心母諄韻平聲，與「音荀」的音韻地位完全相合。且釋義為「邑名。在扶風。一曰木名。」所以採用《集韻》音切，音義匹配。

（12）悳音德。（卷十四《程郭董劉蔣劉傳第十四》「淮南成悳人也」

注。頁 442）

按：悳多則切（端德入）音德（端德入）

（13）栩音詡。（卷十四《程郭董劉蔣劉傳第十四》「出為郇陽、役

栩、贊令」注。頁 457）

按：栩況羽切（曉麌上）音詡（曉麌上）

（14）郖音豆。（卷十六《任蘇杜鄭倉傳第十六》「遂詭道從郖津度」

注。頁 495）

按：郖徒候切（定候去）音豆（定候去）

（15）狟音桓。（卷十八《二李臧文呂許典二龐閻傳第十八》「南安狟

道人也」注。頁 545）

按：狟胡官切（匣桓平）音桓（匣桓平）

（16）繁，音婆。（卷二十一《王衛二劉傳傳第二十一》「繁欽」注。

頁 602）

按：繁薄波切（並戈平）音婆（並戈平）

（17）閿音聞。（卷二十一《王衛二劉傳傳第二十一》「進封閿鄉矦」

注。頁 611）

按：閿無分切（微文平）音聞（微文平）

（18）愚謂乾讀宜為乾燥之乾。蓋謂有所徼射，不計乾燥之與沈沒

而為之。（卷二十一《王衛二劉傳傳第二十一》「以徼乾沒乎」

注。頁 627）

按：乾古寒切（見寒平）音乾（見寒平）

（19）阽音鹽，如屋詹。（卷二十三《和常楊杜趙裴傳第二十三》「久

而阽危」注。頁 655）

按：阽余廉切（以鹽平）音鹽（以鹽平）音簷（以鹽平）

（20）（禽）〔离〕音離。（卷二十三《和常楊杜趙裴傳第二十三》「子禽嗣」注。頁 657）

按：呂支切（來支平）音離（來支平）

「禽」與「离」字形相近，易混。

（21）音飯。（卷二十三《和常楊杜趙裴傳第二十三》「乘薄輂車」注。頁 662）

按：輂扶晚切（奉阮上）音飯（奉阮上）

（22）祏音石。（卷二十四《韓崔高孫王傳第二十四》「而宗廟主祏皆在鄴都」注。頁 678）

按：祏常隻切（禪昔入）音石（禪昔入）

（23）會音膾。（卷二十五《辛毗楊阜高堂隆傳第二十五》「必考于司會」注。頁 715）

按：會古外切（見泰去）音膾（見泰去）

（24）梁音渴。（卷二十八《王毌丘諸葛鄧鍾傳第二十八》「大戰梁口」注。頁 762）

《經籍舊音辨證》吳承仕按：「梁無『渴』音，且字誠作『梁』，亦不煩作音也。尋《冊府元龜》引作『濄口』，云：『濄音過。』『梁』『濄』、『渴』『過』，皆以形近致譌。」『濄』即『過』。

故正確的音義匹配為：濄烏禾切（影戈平）音過（見戈平）。見母和影母鄰類相轉。

按：梁呂張切（來陽平）音渴（群薛入）

（25）棓與棒同。（卷二十八《王毌丘諸葛鄧鍾傳第二十八》「白棓數千」注。頁 792）

按：棓步項切（並講上）音棒（並講上）

此條即說明在此語境下，「棒」與「棓」的音義皆同，又見《魏志》云：「曹操為北部尉，門左右縣五色棓各十枚。」

（26）宓音密。（《三國志》目錄中「秦宓」注。頁 7〔註5〕）

〔註 5〕此條未見於中華書局本《三國志》，此為中華書局 1982 年盧弼《三國志集解》中的頁碼。

按：宓彌畢切（明質入）音密（明質入）

（27）上蠢。（卷三十一《劉二牧傳第一》「屯朐腮」注。頁 868）

按：朐尺尹切（昌準上）音蠢（昌準上）

（28）涪音浮。（卷三十一《劉二牧傳第一》「由墊江水詣涪」注。頁 868）

按：涪縛謀切（奉尤平）音浮（奉尤平）

（29）佷音恆。（卷三十二《先主傳第二》「自佷山通武陵」注。頁 890）

按：佷〔很〕J胡登切（匣登平）音恆（匣登平）

「佷」是「很」的異體字，此處實為「很」注音。《集韻》「佷」作胡登切。

（30）智音笏。（卷三十二《先主傳第二》「遣將軍陳智討元」注。頁 891）

按：智呼骨切（曉沒入）音笏（曉沒入）

（31）臣松之案：湔，縣名也，屬蜀郡，音翦。（卷三十三《後主傳第三》「後主至湔」注。頁 897）

按：湔子仙切（精仙平）音翦（精獮上）

裴氏注音平聲上聲相混。

（32）胲音改。（卷三十七《龐統法正傳第七》注「樹煩胲」中注。頁 954）

按：胲〔頦〕古亥切（見海上）音改（見海上）

顏師古注：「頰肉曰胲。」黃坤堯（1998）：「案：『胲』當為『頦』。」「胲」「頦」形近相混。

（33）鞞音髀。（卷三十九《董劉馬陳董呂傳第九》「益州牧劉璋以為牛鞞、江原長、成都令。」注。頁 979）

按：鞞幷弭切（幫紙上）音髀（幫紙上）

（34）郪音淒。（卷四十《劉彭廖李劉魏楊傳第十》「盜賊馬秦、高勝等起事於郪」注。頁 998）

按：郪七稽切（清齊平）音淒（清齊平）

（35）朱音銖。（卷四十《劉彭廖李劉魏楊傳第十》「豐官至朱提太守」注。頁 1001）

按：朱章俱切（章虞平）音銖（禪虞平）

章母和禪母相混。儲泰松（2004）：「依據《王三》、《廣韻》，蘇林章禪相混。」

（36）䢵音盲。（卷四十四《蔣琬費禕姜維傳第十四》「江夏䢵人也」
注。頁 1060）

按：䢵武庚切（明庚平）音盲（明庚平）

《廣韻》另收䢵「莫杏切」，與「武庚切」的釋義相同，均為「縣名。在江夏。」屬義同音不同的情況。

（37）黟音伊。（卷四十七《吳主傳第二》「使賀齊討黟、歙」注。頁
1117）

按：黟於脂切（影脂平）音伊（影脂平）

（38）歙音攝。（卷四十七《吳主傳第二》「使賀齊討黟、歙」注。頁
1117）

按：歙書涉切（書葉入）音攝（書葉入）

（39）筑音逐。（卷四十七《吳主傳第二》「南陽陰、酇、筑陽、筑音
逐。山都、中廬五縣民五千家來附」注。頁 1121）

按：筑直六切（澄屋入）音逐（澄屋入）

（40）脽，音誰，見漢書音義。（卷四十七《吳主傳第二》「祭汾陰
在水之脽」注。頁 1137）

按：脽視隹切（禪脂平）音誰（禪脂平）

（41）誧音普。（卷五十《妃嬪傳第五》「漢遣議郎王誧銜命南行」
注。頁 1196）

按：誧古潡切（滂姥上）音普（滂姥上）

（42）泭音敷。（卷五十《妃嬪傳第五》「宜伐蘆葦以為泭」注。頁
1197）

按：泭芳無切（敷虞平）音敷（敷虞平）

（43）逯音錄。（卷五十八《陸遜傳第十三》「又魏江夏太守逯式兼
領兵馬」注。頁 1352）

按：逯力玉切（來燭入）音錄（來燭入）

（44）銜音道。（卷五十九《吳主五子傳第十四》「而謝景、范慎、
　　　刁玄、羊銜等皆為賓客」注。頁 1363）

按：銜徒晧切（定晧上）音道（定晧上）

（45）汗音干。（卷六十《賀全呂周鍾離傳第十五》「大潭同出餘汗」
　　　注。頁 1378）

按：汗古寒切（見寒平）音干（見寒平）

《三國志》裴注直音注音條例中，音義完全匹配的共 39 條，占比 78.0%。

（二）反切

（46）眭，申隨反。（卷一《武帝紀第一》「黑山賊于毒、白繞、眭
　　　固等」注。頁 8）

按：眭息為切（心支平）申隨反（書支平）

音義不匹配，「眭」的音義多樣，取姓氏義的注音為「息為切」，但《廣韻》
和《集韻》的「眭」均無書母音，說明心母和書母存在相混的情況。

（47）肄，以四反。三蒼曰：「肄，習也。」（卷一《武帝紀第一》
　　　「作玄武池以肄舟師」注。頁 30）

按：肄羊至切（以至去）以四反（以至去）

此條裴松之引用了《三蒼》中的釋義「習也」，與《廣韻》所收「習也，嫩
條也。」相符合。

（48）椑音扶歷反。臣松之桉：禮，天子諸侯之棺，各有重數；棺
　　　之親身者曰椑。（卷二《文帝紀第二》「國君即位為椑」注。頁
　　　81）

按：椑房益切（並昔入）扶歷反（並錫入）

此條裴松之不僅對「椑」進行了注音，還限定了「椑」的意義為「棺之親
身者」。「椑」的讀音和意義有很多，出現了音義不匹配的情況。可見《廣韻》
中對「椑」的字義已做出了細緻的劃分。昔韻和錫韻相混。另有部迷切表圓榼
義，即橢圓形的盛酒器，《漢書》云：美酒一椑。又《說文解字》：「椑，圓榼也。
從木卑聲。部迷切。」

（49）茬音仕狸反。（卷三《明帝紀第三》「山茬縣言黃龍見」注。
　　　頁 108）

按：茬 J 仕之切（崇之平）仕貍反（崇之平）

（50）邸音其己反。（卷三《明帝紀第三》「分襄陽臨沮、宜城、旍
陽、邸四縣」注。頁 110）

按：邸壚里切（溪止上）其己反（群止上）

「其」在《中原音韻》中為溪母音。

（51）洨音胡交反。（卷三《明帝紀第三》「分沛國蕭、相、竹邑、
符離、蘄、銍、龍亢、山桑、洨、虹十縣為汝陰郡。」注。頁
112）

按：洨胡茅切（匣肴平）胡交反（匣肴平）

《廣韻》釋義：水名。出常山。又縣名。在沛郡。

（52）令音郎定反。（卷八《二公孫陶四張傳第八》「遼西令支人也」
注。頁 239）

令音郎定反。（卷五十五《程黃韓蔣周陳董甘凌徐潘丁傳第十》
「遼西令支人也」注。頁 1285）

按：令郎定切（來徑去）郎定反（來徑去）

此兩條為同一個字頭「令」注音，兩次反切均相同，且與《廣韻》反切字
一致，音義完全匹配。

（53）支音其兒反。（卷八《二公孫陶四張傳第八》「遼西令支人也」
注。頁 239）

支音巨兒反。（卷五十五《程黃韓蔣周陳董甘凌徐潘丁傳第十》
「遼西令支人也」注。頁 1285）

按：支章移切（章支平）其兒反（見支平）

支章移切（章支平）巨兒反（群支平）

此兩條內部注音反切上次不同，且音義均不合，《廣韻》作「支度也，支
持也。亦姓。」解，又何氏《姓苑》云：琅邪人。《後趙錄》有司空支雄。又
漢複姓。《莊子》有支離益，善屠龍。說明作地名的「支」與動詞和姓氏的「支」
音不同。《廣韻》和《集韻》均未見「支」的見母音和群母音，可得東晉時期
見母群母章母易混。

（54）口浪切。（卷八《二公孫陶四張傳第八》「郎鄉侯印」注。頁
242）

按：斺苦浪切（溪宕去）口浪切（溪宕去）

（55）祋音都活反。（卷十四《程郭董劉蔣劉傳第十四》「出為郃陽、
祋祤、贊令」注。頁457）

按：祋丁括切（端末入）都活反（端末入）

（56）搯苦洽反。（卷十六《任蘇杜鄭倉傳第十六》「侍中傅巽搯則曰」
注。頁492）

按：搯〔掐〕苦洽切（溪洽入）苦洽反（溪洽入）

「搯」與「掐」音義差距過大。此條「搯」意為「掐，用手的虎口及手指緊
緊握住。」「掐」在《廣韻》為「苦洽切（溪洽入）」，音義地位完全相合，當為
「搯」與「掐」字形相近導致的傳抄訛誤。〔註6〕

（57）卷音壚權反。（卷十七《張樂于張徐傳第十七》「使擊卷、原武
賊」注。頁528）

按：卷〔𢭏〕丘圓切（溪仙平）壚權反（溪仙平）

儲泰松（2004）認為「卷」字當作「𢭏」字，形近譌誤。

（58）瑒，音徒哽反，一音暢也。（卷二十一《王衛二劉傳傳第二十
一》「汝南應瑒字德璉」注。頁599）

按：瑒徒杏切（澄梗上）徒哽反（定梗上）

澄母為舌上全濁音，定母為舌頭全濁音，澄母是定母顎化後的結果。

（59）排蒲拜反。（卷二十四《韓崔高孫王傳第二十四》「作馬排」
注。頁677）

按：排步拜切（並怪平）蒲拜反（並怪去）

（60）睚，五賣反。（卷二十七《徐胡二王傳第二十七》「今以睚眦
之恨」注。頁741）

按：睚五懈切（疑卦去）五賣反（疑卦去）

（61）眦，士賣反。（卷二十七《徐胡二王傳第二十七》「今以睚眦
之恨」注。頁741）

按：眦士懈切（崇卦去）士賣反（崇卦去）

〔註6〕元刻本作「搯」，注音「苦洽反」；《集解》作「掐」，盧弼，1982，《三國志集解》，
中華書局，第435頁；四庫本作「搯」，《乾隆御覽本四庫全書薈要·史部》，《三國
志·魏志·卷十六~十八》，第12頁。

（62）帢苦洽反。（卷二十八《王毌丘諸葛鄧鍾傳第二十八》「人賜白帢」注。頁792）

按：帢苦洽切（溪洽入）苦洽反（溪洽入）

（63）辿勅連反。（卷二十八《王毌丘諸葛鄧鍾傳第二十八》「會所養兄子毅及逡、辿等下獄」注。頁793）

按：辿（《龍龕手鏡》）丑連反（徹仙平）勅連反（徹仙平）

（64）下如振反。（卷三十一《劉二牧傳第一》「屯朐腮」注。頁868）

按：腮如順切（日稕去）如振反（日震去）

震韻稕韻為開合口之別，裴氏注音開合口混。

（65）墊音徒協反。（卷三十一《劉二牧傳第一》「由墊江水詣涪」注。頁868）

按：墊徒協切（定怗入）徒協反（定怗入）

（66）枊五葬反。（卷三十二《先主傳第二》「解綬繫其頸著馬枊」注。頁872）

按：枊五浪切（疑宕去）五葬反（疑宕去）

（67）猇許交反。（卷三十二《先主傳第二》「於夷道猇亭駐營」注。頁890）

按：猇許交切（曉肴平）許交反（曉肴平）

（68）斜，余奢反。（卷三十三《後主傳第三》「曹真由斜谷」注。頁896）

按：斜以遮切（以麻平）余奢反（以麻平）

（69）廖音理救反。（卷四十《劉彭廖李劉魏楊傳第十》「廖立」注。頁997）

按：廖力救切（來宥去）理救反（來宥去）

（70）罞音忙角反，見字林，曰「罞，思貌也。」（卷四十一《霍王向張楊費傳第十一》「子罞嗣」注。頁1013）

按：罞莫角切（明覺入）忙角反（明覺入）

（71）擽，虛晚反。（卷四十二《杜周杜許孟來尹李譙郤傳第十二》「以相震擽」注。頁1023）

按：㩻虛偃切（曉阮上）虛晚反（曉阮上）

（72）譊音奴交反。（卷四十二《杜周杜許孟來尹李譙郤傳第十二》「光常譊譊讙咋」注。頁1023）

按：譊女交切（娘肴平）奴交反（泥肴平）

裴氏注音娘母和泥母無分別。

（73）讙音休袁反。（卷四十二《杜周杜許孟來尹李譙郤傳第十二》「光常譊譊讙咋」注。頁1023）

按：讙況袁切（曉元平）休袁反（曉元平）

（74）咋音徂格反。（卷四十二《杜周杜許孟來尹李譙郤傳第十二》「光常譊譊讙咋」注。頁1023）

按：咋鋤陌切（崇陌入）徂格反（從陌入）

由此可得，崇母和從母相混。

（75）句古侯反。（卷四十三《黃李呂馬王張傳第十三》「平同郡漢昌句句古侯反扶忠勇寬厚」注。頁1051）

按：句古侯切（見侯平）古侯反（見侯平）

（76）痰音夷念反，或作豔。（卷四十五《鄧張宗楊傳第十五》「丁夼痰張」注。頁1072）

按：痰舒贍切（書豔去）夷念反（以掭去）

裴氏注音與《廣韻》不同，說明到了《廣韻》時期，語音發生了變化。

痰舒贍切（書豔去）音豔（以豔去）

（77）庱音攄陵反。（卷四十七《吳主傳第二》「親乘馬射虎於庱亭」注。頁1120）

按：庱丑升切（徹蒸平）攄陵反（徹蒸平）

（78）巢音祖了反。（卷四十八《三嗣主傳第三》「太傅恪率軍過巢湖」注。頁1151）

按：巢子小切（精小上）祖了反（精篠上）

裴氏注音篠韻和小韻相混。

（79）筰音壯力反。（卷四十九《劉繇太史慈士燮傳第四》「筰融先至」注。頁1184）

按：筰側伯切（莊陌入）壯力反（莊職入）

陌韻和職韻相混。

（80）蘛音于鄙反，見字林。（卷四十九《劉繇太史慈士燮傳第四》「次弟徐聞令蘛領九真太守」注。頁1191）

按：蘛榮美切（云旨上）于鄙反（云旨上）

（81）查音祖加反。（卷五十一《宗室傳第六》「便分軍夜投查瀆道」注。頁1205）

按：查鉏加切（崇麻平）祖加反（精麻平）

崇紐與精紐相混。

（82）鄮莫候反。（卷五十七《虞陸張駱陸吾朱傳第十二》注「鄮主簿任光」中注。頁1325）

按：鄮莫候切（明候去）莫候反（明候去）

《三國志》裴注反切注音條例中，音義完全匹配的共24條，占比61.5%。

（三）音如

「音如」的方式沒有給出明確的注音，只表明兩字讀音相近，而不完全相同。人名中的生僻字多用此種注音方式。

（83）提音如北方人名匕曰提也。（卷四十《劉彭廖李劉魏楊傳第十》「豐官至朱提太守」注。頁1001）

按：提是支切（禪支平）〔匙〕是支切（禪支平）

《廣韻》：「匙，匕也。是支切。」實際注音字為「匙」。

（84）𩅦音如湖水灣澳之灣。（卷四十八《三嗣主傳第三》注「太子名𩅦」中注。頁1160～1161）

按：𩅦烏關切（影刪平）音如灣（影刪平）

《廣韻》收錄了該字的人名義，並給出了具體音切，如「𩅦，烏關切，吳（王）〔主〕孫休長子名。見《吳志》。」「莔，許訖切，吳王孫休長子字也。」故音義完全匹配，下同。又見鄭樵《六書略》：「𩅦〈音彎〉、莔〈音迄〉、䨻〈音觥〉、㒭〈音礥〉、𣪘〈音莽〉、昷〈音舉〉、㝭〈音褒〉、㲋〈音擁〉。右八字。孫亮命子，據桂氏命姓，孫氏命子。」

（85）莔音如迄今之迄。（卷四十八《三嗣主傳第三》注「字莔」中注。頁1160～1161）

按：茴許訖切（曉迄入）音如迄（曉迄入）

（86）霣音如兒鮠之鮠。（卷四十八《三嗣主傳第三》注「次子名霣」
中注。頁 1160～1161）

按：霣古橫切（見庚平）音如鮠（見庚平）

（87）罜音如玄礦首之礦。（卷四十八《三嗣主傳第三》注「字罜」
中注。頁 1160～1161）

按：罜胡涓切（匣先平）音如礦（匣先平）

（88）鉅音如草莽之莽。（卷四十八《三嗣主傳第三》注「次子名鉅」
中注。頁 1160～1161）

按：鉅模朗切（明蕩上）音如莽（明蕩上）

（89）皿音如舉物之舉。（卷四十八《三嗣主傳第三》注「字皿」中
注。頁 1160～1161）

按：皿丁苟許切（見語上）音如舉（見語上）

（90）寇音如褒衣下寬大之褒。（卷四十八《三嗣主傳第三》注「次
子名寇」中注。頁 1160～1161）

按：寇博毛切（幫豪平）音如褒（幫豪平）

（91）燰音如有所擁持之擁。（卷四十八《三嗣主傳第三》注「字燰」
中注。頁 1160～1161）

按：燰Ｊ委勇切（影腫上）音如擁（影腫上）

（92）粗音如租稅之租。（卷五十六《朱治朱然呂範朱桓傳第十一》
「征粗中」注。頁 1307）

按：粗側加切（莊麻平）音如租（精模平）

注音字「租」注「粗」字不準確。

《三國志》裴注音如注音條例中，音義完全匹配的共 8 條，占比 80.0%。

《三國志》裴注總計 99 條音切材料，裴松之共為 96 個字頭注音，注音方法包括直音，反切，音如，其中直音 50 條，反切 39 條，音如 10 條，涉及方言音 2 條。直音和反切的注音方式占比較高，少有重複，存在注音字為破音字的情況。音義完全匹配的注音條例共有 71 條，占總音切條例的 71.7%，超過半數，說明裴氏音切與切韻音系相同者占半數以上，相同且相近的占多數。其

中直音注音和音如注音音義匹配數目較多，反切注音音義匹配者略少。

　　文章運用反切比較法，內證法，據注音字的音定被注字等方法來明確字的注音和意義之間的匹配關係，逐條梳理裴氏音切，明確落實所有音切的注音對象，及其音義關係。最後的音義匹配結果以音義匹配範式呈現。得出裴氏注音的作用主要有：一、清除閱讀障礙；二、辨析字音字形的關係；三、明時人及地域的讀音差別。音義相匹配的情況占多數，音義不匹配的條例反映出的語音特點有：精組字和莊組字相混，小韻相混，開合口不分，平上聲相混等。音義不匹配的情況還存在《廣韻》未收錄被注字在文中意義的情況，還有因字形訛誤導致的被注字不準確的情況等等。

　　文章從音義匹配的角度梳理了《三國志》裴氏注音，並重點關注音義不匹配的情況，據其探究音義的發展變化，和後漢至魏晉時期的語音變化及特點。在音義匹配研究的基礎上，揭示出符合語言事實及特色的音義關係，歸納出裴松之的注音特點，注音作用，推進中古漢語音系研究，豐富漢語史中的相關內容。

三、參考文獻

1. 〔東漢〕許慎，《說文解字》，北京：中華書局，2013 年。
2. 〔晉〕陳壽撰、〔宋〕裴松之注，《三國志》，北京：中華書局，1971 年。
3. 〔晉〕陳壽撰、〔宋〕裴松之注，《三國志》（《乾隆御覽本四庫全書薈要‧史部》），浙江大學圖書館藏，2009 年。
4. 〔晉〕陳壽撰、〔宋〕裴松之注，《宋紹熙本三國志（百衲本二十四史）》，北京：商務印書館，1944 年。
5. 儲泰松，《三國志》裴松之音注淺論，《江蘇大學學報（社會科學版）》第 5 期，2004 年，頁 70～74。
6. 崔曙庭，《三國志》本文確實多於裴注，《華中師範大學學報（哲學社會科學版）》第 2 期，1990 年，頁 122～126。
7. 高敏，《三國志》裴松之注引書考，《河南科技大學學報（社會科學版）》第 3 期，2007 年，頁 5～21。
8. 高樹藩，《正中形音義綜合大字典》，新北：正中書局，1974 年。
9. 何亞南，《〈三國志〉和裴注句法專題研究》，南京：南京師範大學出版社，2001 年。
10. 黃坤堯，裴松之《三國志注》的注音 // 《李新魁教授紀念文集》，北京：中華書局，1998 年，頁 129～136。

11. 黃坤堯，《音義闡微》，上海：上海古籍出版社，1997 年。

12. 柳士鎮，《魏晉南北朝歷史語法》，南京：南京大學出版社，1992 年。

13. 盧弼，《三國志集解》，北京：中華書局，1982 年。

14. 馬麗，《〈三國志〉稱謂詞研究》，復旦大學博士學位論文，2005 年。

15. 王力，《漢語史稿》，北京：中華書局，1980 年。

16. 王力主編，《王力古漢語字典》，北京：中華書局，2000 年。

17. 王文暉，《三國志》成語的語源構成方式，《語言研究集刊》，2011 年，頁 255～262 ＋327。

18. 汪耀楠，《注釋學》，北京：外語教學與研究出版社，2010 年。

19. 吳承仕，《經籍舊音辨證》，北京：中華書局，1986 年。

20. 吳金華，《三國志校詁》，南京：江蘇古籍出版社，1990 年。

21. 吳金華、蕭瑜，《三國志》古寫本殘卷中值得注意的異文，《中國文字研究》，2005 年，頁 100～110。

22. 徐復等編，《古代漢語大詞典》，上海：上海辭書出版社，2007 年。

23. 閻玉文，《〈三國志〉復音詞專題研究》，復旦大學博士學位論文，2003 年。

24. 楊小平、唐樹梅，試析《三國志》裴注中的注音，《西華師範大學學報（哲學社會科學版）》第 4 期，2014 年，頁 22～26。

25. 姚振武，《上古漢語語法史》，上海：上海古籍出版社，2015 年。

26. 岳利民，《〈經典釋文〉音切的音義匹配研究》，成都：巴蜀書社，2017 年。

27. 張宇，《裴松之〈三國志注〉研究》，濟南：山東大學出版社，2016 年。

《可洪音義》「麥」部字與他部字之音義混用——從「𪍽」、「𪎮」、「𪏻」談起

薛沛瑩*

摘　要

　　《可洪音義》（931～940）全名《新集藏經音義隨函錄》，共 30 卷，為後晉僧人可洪（生卒年不詳）所撰之佛經音義書。書中除對藏經文字進行訓詁，亦呈現可洪於佛經音義之釋義標準。因此，本文討論音義時，隨時檢驗書中之音義是否符合可洪理想。囿於篇幅，本文僅討論書中第 13 至 16 冊中之「𪍽」、「𪎮」、「𪏻」三組字。可發現，可洪在撰寫《可洪音義》時，均遵循自身所訂之四種謬誤標準，即使進行修改，亦符合規範，並非隨意更換。且以〈前序〉中可洪所提之四種謬誤進行判斷，「𪍽」、「𪎮」、「𪏻」三組字之音義混用大多為第二種妄增偏旁及第四種書寫錯誤。其他特例，如「名𪍽」一詞中之「𪍽」，則為第三種錯訛，抄寫者隨意將漢文同音的「𪍽」，假借為無法表達的梵文「𪍽」。而釋文中，可洪將其改為魚部「鮃」，是為了使字音及詞義均更為貼近梵文「𪍽」，並非不遵循自身所提出的謬誤準則。

關鍵詞：《可洪音義》；𪍽；𪎮；𪏻；音義混用；近義詞

---

　　* 薛沛瑩，女，1999 年生，臺灣省嘉義縣人，中正大學中國文學研究所碩士研究學生，主要研究方向為近代音韻。中正大學中國文學研究所，嘉義 621301。

一、前言

（一）研究問題

《可洪音義》（931～940）全名《新集藏經音義隨函錄》〔註1〕，共 30 卷，為後晉僧人可洪（生卒年不詳）所撰。書中所錄音義均出自《大藏經》，可知此書是閱讀《大藏經》之輔助工具，因而書中保留了當時通行字的形音義，有助於後人瞭解當時通行字之實際情況。

筆者觀察到《可洪音義》部分字詞中出現麥部、食部之混用情形。如「乾麵：麨一乾飯也，正作糒，平秘反，《玉篇》及郭氏並音夫，非也，又西川經音徒僧抵以來作笛、擲、麩三音，亦非也。」〔註2〕釋文提到，「乾麵」為「乾飯」之意，即在此處「麵」及「飯」之詞義可通。筆者好奇麥部之「麵」與食部之「飯」有何關聯。更仔細地說，麥部字及食部字間的混用情形，是否來自詞義重疊或者讀音相近等原因？進而，麥部字是否與其他部首之字亦有類似情形？此皆為本研究的發想動機。

「乾麵」與「乾飯」能夠互通，應與音義皆有關聯。《可洪音義》釋文言「麵」為「平秘反」，可能在可洪及當時人聽來，「麵」、「飯」讀音類似，因此借用「麵」表示「飯」，形成音近通假。

整理《可洪音義》中之麥部字時，亦發現部分麥部字釋文包含了許多可延伸討論的信息，如正、俗字、其他讀音及刊誤等。以前述所提之「乾麵」來看，釋文中使用「正作」說明「麵」之正字應寫作「糒」，其讀為「平秘反」，「麵」應為當時之通行字或俗字。由可洪強調正體為「糒」可知，可洪應能對正、俗字進行區分。再者，可洪除了記錄反切「麵：平秘反」外，亦有修正他書中之錯誤標音之舉，如《玉篇》及郭璞注中之「麵」音「夫」，西川經音徒僧則讀為「笛、擲、麩」三音，皆被可洪指正。可洪之判斷，有其訓詁上的價值。書中標示正、俗字字形之方法，除「正作」外，也有「或作」、「又作」等，而不同讀音則以「又音」標示。藉由這些正、俗字及讀音之相關紀錄，能有助本論文更加瞭解《可洪音義》成書時代麥部字之形音義情況。

〔註1〕〔後晉〕可洪：《新集藏經音義隨函錄》，《高麗大藏經》編輯委員會編《高麗大藏經》第 63 冊（北京：線裝書局，2004）。

〔註2〕〔後晉〕可洪：《新集藏經音義隨函錄》，《高麗大藏經》編輯委員會編《高麗大藏經》第 63 冊，頁 105。

　　《可洪音義》之相關研究頗豐，音韻、文字方面也已有多篇論述，但多是
由宏觀角度切入，較少有關單一部首字之討論。此外，筆者發現已有不少食部
字研究。如從《說文》分析食部字，包含其編排、說解及意義分類，並延伸至
中國古代飲食文化。〔註3〕亦有擴大範圍至《說文》繫字書者，按烹調、禮俗、
祭祀等劃分食部字，逐字探討其於字書、韻書中之意涵。〔註4〕綜觀先行研究，
筆者尚未見到有關「麥」部字之討論。本文欲以前人研究為基礎，借鑒食部字
之研究，分析《可洪音義》中之麥部字，從中觀察麥部字與他部字之音義混用
狀況。

　　本文採用《高麗大藏經》本（簡稱麗藏本）之《可洪音義》作為主要研究
材料。輔以其他版本，如趙城金藏本《可洪音義》，〔註5〕以及 CBETA Online 版
《可洪音義》，〔註6〕兩者進行整理與分析。敦煌殘版《可洪音義》僅在需要時
參考。〔註7〕關於「麥」部字界定，筆者以現代《漢語大辭典》中之「麥」部字
作為基礎，並參照《說文》以來字書等用字之說明。

（二）可洪對藏經文字「謬誤」之判斷標準

　　翻閱《可洪音義》可發現，某些麥部字字詞條多次出現，是因其在《大藏
經》中時常被使用所致。而從麥部字字詞之釋文上，可能略有差異，但大體上
相同，可洪於書中的字詞釋義應有固定標準。

　　《可洪音義·前序》中提及，「繇是資乎訓詁，足以聲明。四辯斯圓，萬法
皆爽。然後得真忘像，得意忘言。」〔註8〕由此，以訓詁作為輔助之具，就能明
白音讀。四方的辯論就能圓滿，萬法都能明朗。於是能夠得真忘像，得意忘言。

〔註3〕潘越：《說文解字》「食」部字研究，《牡丹江大學學報》第 25 卷第 4 期，2016 年，
　　　　頁 47～49。

〔註4〕魏曉燕：《食部字所蘊含的古代文化闡釋》，濟寧：曲阜師範大學，2009 年。

〔註5〕趙城金藏本《可洪音義》，參見《中國哲學書電子計劃》，網址：https://ctext.org/
　　　　library.pl?if=gb&res=80669，上網時間：2023/01/31。

〔註6〕CBETA Online 所錄之《可洪音義》為《高麗大藏經》版，出自《中華電子佛典協會
　　　　資料庫》，網址：https://cbetaonline.dila.edu.tw/zh/，上網時間：2023/01/31。

〔註7〕因敦煌版《可洪音義》為殘本，可見之詞條較少且並不完整，經筆者檢索，未見有
　　　　關麥部字之詞條記載，故本文主要仍以後世傳本，即麗藏本《可洪音義》作為主要
　　　　研究材料。敦煌殘版之《可洪音義》為網絡資料，出自北京中華書局《中華古籍資
　　　　料庫》，網址：http://publish.ancientbooks.cn/docShuju/platformSublibIndex.jspx?libId=
　　　　1826196&libId=6，上網時間：2023/01/31。

〔註8〕〔後晉〕可洪：《新集藏經音義隨函錄》，《高麗大藏經編輯委員會》編《高麗大藏
　　　　經》第 63 冊，頁 246。

由此可知，可洪透過訓詁，區辨書中之音義。此外，關於《大藏經》中之錯誤，〈前序〉亦有相關記載：「然藏經文字，謬誤頗繁。以要言之，不過三種。或有巧於潤色考義定文，或有妄益偏傍率情用字，或有此方無體假借成形，或有書寫筆訛減增畫點。」〔註9〕可見可洪在撰作《可洪音義》時，已發現《大藏經》中之錯訛繁多，並將錯訛之原因進行歸納。

依可洪所述，當時藏經文字中的訛誤頗多，其文字錯誤的主要原因可歸納成三種，但可洪卻舉出了四種狀況：第一種是為了追求章句潤飾，而以意義決定用字，未符合梵文原字；第二種為妄自增加或改動偏旁，任意用字；第三種是此梵文字、義在漢文中無對應之文字，而任意以讀音相同之漢字進行假借；第四種為書寫錯誤，增加或刪減文字筆畫。筆者推測，可洪所謂三種文字謬誤，應是針對〈前序〉中所提及之第二種到第四種之錯訛情形，即聚焦於文字之字形而言；至於第三種「此字無體，而任意假借」的問題，自然也涉及到了音韻的層面。至於第一種謬誤，應屬於修辭部分，而非直接與字形相關，即為了修飾文句而更動、抽換字詞，未忠於佛經原典，推測在可洪的觀點裡，第一種謬誤與文字並無直接相關，故其曰：「不過三種」。

據此，《可洪音義》中，除了針對《大藏經》中的文字進行訓詁，考定其之形音義外，亦呈現可洪於佛經音義之釋義標準，希望時人能夠更為正確的理解《大藏經》。因此，本論文將於音義討論的過程中，隨時參照可洪所列出的四個標準，以便從實際的例證當中，檢驗《可洪音義》中之音義是否符合可洪的理想。

筆者觀察「麥」部字詞條，發現《可洪音義》第 13 冊至第 16 冊中之麥部字，顯著地展現了麥部字與他部字之音義混用狀況。此即本文僅以「麩」、「糒」、「䴥」三組字作為主要討論內容的原因。此外，在推論三組例子時，將配合上述四種謬誤情況進行歸納。

二、「麩」組字

以下分為「麩」、「糒」、「䴥」三組字，並逐一討論。為釐清各麥部字之正、俗字，且方便指稱，本文以各組之正字稱呼之。如編號 1 為「麩」組字，編號

〔註9〕〔後晉〕可洪：《新集藏經音義隨函錄》，《高麗大藏經編輯委員會》編《高麗大藏經》第 63 冊，頁 246。

2 為「𪌭」組字，編號 3 為「𪍿」組字。

表 1「麬」組字中，第一欄為麥部字之字詞編號；第二欄標註麥部字詞條；第三欄為麥部字詞之釋文內容；第四欄則附上詞條之出處、頁數。往後表 2「𪌭」組、表 3「𪍿」組字之編排皆是如此，不再贅述。若過程中，遇到輸入法無法呈現之特殊字體，筆者直接擷取書中文字為圖檔。為方便查找、分析，下表中之麥部字詞條若出現二次（含）以上，在第二欄中，僅標示一次作為代表；第四欄則詳細標註此麥部字詞條之各個出處。此外，部分釋文較少、單錄切音者，本文會輔以《異體字字典》及其所附形體資料表作為參考。

表 1 《可洪音義》中「麬」與他部字混用之例

編號	詞 條	釋 文	出處：佛典 / 頁數
1.	著麬	芳無反，穀麥外皮也，下作麩、稃、柎三形。	《鞞摩肅經》，頁 26
	若麩	宜作�、秩，二同，羊力反，麥皮殼也，又音敷，非。	《魔嬈亂經》，頁 20
	名「麬」	芳無反，魚名也，正作鯹。	《佛說興起行經》上卷，頁 75

觀察表 1，可知「麬」組字有以下情況：

「著麬」的釋文提及，「下作麩、稃、柎三形」，可知「麬」為正體，另有「麩」、「稃」、「柎」三種俗體。書寫上，正、俗字兩者互通，均能代表同一字。推測這些正、俗字的出現可能與其聲符有關，「麬」及「稃」的聲符「孚」在《廣韻》為輕唇音敷母，「麩」的聲符「夫」與「柎」的聲符「付」在《廣韻》為輕唇音非母，聲符相近，若為了方便書寫或簡省筆畫，可能因此改換聲符。「麬」、「麩」、「稃」、「柎」四字之聲符，在《廣韻》中儘管僅是相近，但因《廣韻》成書時代較《可洪音義》晚，故可能在可洪的認知，或當時的時代中，此四字的聲符相同，可互相通用。

再者，查詢《異體字字典》可發現，「麥」、「禾」及「米」三部字常出現通假的情況，應與其字義多指穀物或餐食有關。〔註 10〕若將「麩」、「稃」、「柎」三字丟入 CBETA Online 中，查詢三字之所有音註可發現，可洪將三字之讀音

〔註10〕 在《異體字字典》首頁點選「部首查詢」，以部首筆畫查詢「禾」、「米」、「麥」三部，之後，依次點選部首外之筆畫數，以此瞭解「禾」、「米」、「麥」三部字之字義。可參見《異體字字典》，網址：https://dict.variants.moe.edu.tw/variants/rbt/word_attribute.rbt?quote_code=QjA1NzI4，上網時間：2023/01/31。

皆註為「芳無反」。〔註11〕可知對可洪而言，三字實為同音，故麥部「麩」可與
同為麥部的「麩」、禾部的「稃」及米部的「粖」通用，為讀音相同所形成的音
同通假。另外，「麩」之字義，釋文中解釋為「穀麥外皮也」，應為包裹於麥子
外層的穀皮。

　　搭配可洪對藏經文字「謬誤」之判斷標準來看，「麩」、「麩」、「稃」、「粖」
四字互通，應與第二種錯訛，妄自增加或改動偏旁，任意用字，及第四種錯訛，
即書寫錯誤，增加或刪減文字筆畫相關。可能當時抄寫者認為，在讀音相同，
皆為「芳無反」的前提下，形符與聲符均可進行更動，故筆畫較多的「麩」，可
以筆畫較少的「麩」、「稃」與「粖」代替。為了簡省筆畫、方便書寫，形成可
洪所謂任意改換偏旁，及刪減筆畫的錯誤情形。

　　而「若麩」之釋文提到，「宜作秖、秖，二同」，可知在「若麩」一詞中，
「麩」為俗字，正字應寫作「秖」或「秖」。由「宜作」一詞可瞭解，雖然俗
字「麩」可與正字「秖」、「秖」通用，但在書寫上，若能以正字「秖」或「秖」
表示更佳。固然可洪表示，「秖」、「秖」兩字相同，均為正字。但搭配讀音「羊
力反」來看，正確的聲符應寫作「弋」，如此聲符與字音才能一致。至於聲符
「戈」，可能為書寫失誤，在撰寫「弋」時，不慎多添一筆，誤寫為「戈」。據
此，「秖」為正字無誤，而「秖」則應寫作「秖」才正確。

　　透過「若麩，羊力反，又音敷，非」，可瞭解正字「秖」應讀作「羊力反」，
且尚有一種可洪不認同的俗音，讀為「敷」。可洪特意於「敷」後寫上「非」
字，表示讀為「敷」並不正確，應是為了避免當時人誤解，按俗字「麩」之讀
音來讀，將「秖」讀為「敷」。此外，「秖」之字義，詞條中亦有說明，為「麥
皮殼也」，應是指麥皮外的殼層。

　　而由「麩」讀「敷」亦可推測，「著麩」之「麩」，俗字可寫作「麩」，應與
「敷」音與「芳無反」兩者讀音相同有關。此推論可從《廣韻》獲得支持。《廣
韻》提到：「敷：芳無反」〔註12〕，可知「麩」借用為「麩」之俗字，應與「麩」

〔註11〕 於 CBETA Online 首頁的搜尋條中，輸入「麩」，搜尋完成後，於左側之「經典」中
　　　　勾選《新集藏經隨函錄》作為篩選條件。可參見 CBETA Online，網址：https://cbeta
　　　　online.dila.edu.tw/search/?q=%E9%BA%A9&lang=zh，上網時間：2023/01/31。其後，
　　　　以相同的步驟搜尋「稃」。可參見 CBETA Online，網址：https://cbetaonline.dila.edu.tw/
　　　　search/?q=%E7%A8%83&lang=zh，上網時間：2023/01/31。
〔註12〕 〔北宋〕陳彭年、丘雍等編纂，余迺永校注：《新校互註宋本廣韻》（上海：上海辭
　　　　書出版社，2000），頁78。

讀作「敷」相關,「麩」音「敷」與「麮」讀「芳無反」相同,故可借「麩」表
示「麮」。

結合可洪所舉之謬誤情況來看,「𥝂」、「秖」兩字互通,可能是第二種錯
訛,妄自增加或改動偏旁,任意用字。正字可寫作「𥝂」或「秖」,應是因形
符「麥」較「禾」繁複,為方便書寫,將麥部更換為禾部。與此同時,可能是
因第四種錯訛,即書寫錯誤,增加或刪減文字筆畫。書寫「秖」時,不小心在
聲符「弋」上多加一筆,寫成「戈」,故形成「𥝂」、「秖」兩種正字。但實際
上,正確的正字應寫作「𥝂」、「秖」。

此外,「名麮」此一詞條之「麮」,與前述「著麮」之「麮」或「若麩」之
「麩」不同,與「麥」、「禾」並無相關。「名麮」釋文提及,「芳無反,魚名也,
正作𩾌」,可知「麮」讀作「芳無反」,為魚的名稱,其正字應寫作「𩾌」。由此
可知,「麮」在「名麮」一詞中,僅作標示讀音之用,即表示其讀作「芳無反」,
未含字義解釋,可洪認為應寫作「𩾌」較為適宜。《佛說興起行經》中之〈佛說
頭痛宿緣經第三〉提到:「時池中有兩種魚:一種名麮,一種名多舌。」〔註13〕、
「爾時麮魚者,毘樓勒王是;爾時多舌魚者,今毘樓勒王相師,婆羅門名惡舌
者是。」〔註14〕可知有一種魚名為「麮」,且此魚為毘樓勒王。根據此佛經故事,
可能可洪認為,以魚部「𩾌」表示魚王之名更為恰當,不僅在讀音上達到一致,
「魚」部亦符合其詞義,故在釋文中指出,「麮」之正字應寫為「𩾌」。由此可
知,雖然「麮」改為魚部「𩾌」與麥、米兩部字之混用無關,但可反映出可洪
對於詞義之重視。綜上,「名麮」之「麮」應為當時隨佛經故事傳入所產生的外
來譯詞,僅是用來表示讀音,與「麮」之字形、義無關。

配合〈前序〉所提及之四種謬誤來看,「名麮」一詞中之「麮」應是屬於
第三種錯訛情形。因「麮」之梵文字、義在漢文中沒有相對應之文字,故撰經
者在繕寫時,僅是以讀音相同為標準,隨意挑選讀音相同的「麮」進行假借,
用來表示魚王名稱。但可洪並不認同此作法,故將原先的麥部「麮」改為魚
部「𩾌」。可洪更換偏旁,應是為了能同時符合字音及詞義,與第二種錯訛情

〔註13〕於 CBETA Online 首頁的搜尋欄中輸入「名麮」,即可找到《佛說興起行經》中之相
關故事。可參見 CBETA Online,網址:https://cbetaonline.dila.edu.tw/zh/T04n0197_
p0166c17?q=%E5%90%8D%E4%B4%B8&l=0166c17&near_word=&kwic_around=30
,上網時間:2023/01/31。
〔註14〕於 CBETA Online 首頁的搜尋欄中輸入「名麮」,即可找到《佛說興起行經》中之相
關故事。

況，妄自增加或改動偏旁，任意用字不同。

　　總結「鱉」組字中的音義問題，按可洪之分類，「鱉」組字之謬誤原因主要為第二種妄增偏旁，以及第四種書寫錯誤所致。至於作為魚名的「鱉」，則是第三種錯訛，因為當時的漢字中尚無表達此種魚類的用字，故假借同音的「鱉」字來用。可洪將其改為魚部「鱮」，使之與原先梵文中的字音及詞義更為相符。據此，可洪在檢視藏經文字中之謬誤時，有一套固定準則，且在更動形音義之時，亦需符合其所設立的標準，而非任意替換。

三、「䅯」組字

　　本小節進行「䅯」組字之討論，透過表 2 可知，「䅯」有兩音，可讀作：
1.「偪」音，又「平秘反」。
2.「步」音，又「蒲故反」。

　　依據「䅯」之兩種讀音，以下分成：（一）「䅯」讀作「偪」音；（二）「䅯」讀作「步」音，兩個小節進行字形、音、義之論述。為分析方便，表 2 中以虛線區分「偪」、「步」兩音之詞條。

表 2　《可洪音義》中「䅯」與他部字混用之例

編號	詞　條	釋　文	出處：佛典／頁數
2.	麨麱	上尺沿沼）反，下偪、步二音。糗也，亦餱餔乘饙也。正作䅯也，或作鱉、麯二形，並俗字也。	《十誦律》卷八，頁 103
	乾麯	麨麯〔註15〕乾飯也，正作䅯，平秘反，《玉篇》及郭氏並音夫，非也，又西川經音徒僧抵以來作笛、擲、麩三音，亦非也。〔註16〕	《十誦律》卷十二，頁 105
	麨粗	偪、步二音，乾飯也，亦米饙也。	《十誦律》卷十三，頁 105
	麨麯麴	下二同，上如前釋。	《十誦律》卷十三，頁 105
	無䅯	音偪，又蒲故反，餹䅯。	《十誦律》卷二十六，頁 107

〔註15〕《可洪音義》中，以省略記號「一」表示與所註字相同之字，本文為論述方便，直接補回原字，下文皆是如此，不再贅述。

〔註16〕《異體字字典》中《龍龕手鏡》（高麗本）頁 505 之「麥部」記載：「䴯、䴯二俗，平秘反，正作䅯、粄也」可知，正字「䅯」讀為「平秘反」，「䅯」與「䅯」反切相同，皆為「平秘反」，且偏旁也相似，推測兩字實際上應為同一字。《龍龕手鏡》中之麥部字記載可作為「乾麯」之釋文佐證。網址：https://dict.variants.moe.edu.tw/variants/rbt/word_attribute.rbt?quote_code=QjAzMzE3，上網時間：2023/01/31。

麨糒（糒、䊆）	音僃。	《十誦律》卷四十二，頁 111 《十誦律》卷五十五，頁 113
麨糒	僃、步二音。	《十誦律》卷六十一，頁 114
麨䴢	上赤沼（沼）反，下僃、步二音。 音僃。	《摩訶僧祇律》卷十，頁 92 《十誦律》卷十三，頁 105
麨䴢	音僃，糒也。	《摩訶僧祇律》卷十五，頁 94
麨䴢	音僃。	《摩訶僧祇律》卷十五，頁 94
麨糒	音僃。	《十誦律》卷十三，頁 105
麨䊆	音僃。	《十誦律》卷二十六，頁 107
乳餔	蒲故反。 音步。	《佛說瞿曇彌記果經》，頁 21 《佛本行集經》卷三十八，頁 70 《父母恩難報經》，頁 87
乳哺	音步。 音步，含食餧子也。 蒲悟反，哺唅也，餧子也。	《佛說鐵城泥犁經》，頁 22 《泥犁經》，頁 27 《五苦章句經》，頁 44 《佛本行集經》卷十一，頁 63 《本事經》七卷，頁 74
哺乳	上蒲故反。	《舍頭諫經》，頁 34 《末羅王經》，頁 85

（一）「糒」讀作「僃」音

「麨𪍓」一詞中提到，「正作糒也，或作麨、䴢二形，並俗字也」可瞭解，正字應寫作「糒」，「𪍓」、「麨」、「䴢」應為俗字。且「乾䴢：正作糒」亦可證實，「糒」實為正字無誤。可洪多次表示，正字寫為「糒」，可能是因當時人對正字「糒」之寫法並不清楚，僅知道俗字寫法之故。而觀察「麨糒」、「麨糒（糒、䊆）」、「麨糒」、「麨䴢」、「麨糒」、「麨䊆」等詞之用字，及釋文中直接指出者，「麨䴢䴢，下兩同」可知，「糒」之俗字頗多，除了前述提及的「𪍓」、「麨」、「䴢」外，應還有「糒」、「糒（糒、䊆）」、「糒」、「䴢」、「䴢」、「糒」、「䊆」等寫法。據此，「糒」組字之正字應為米部字，而非原先筆者認為的麥部字。可能此類俗字與正字「糒」彼此間，在字形上有一定程度的相像，因筆畫增減所出現。雖無法看出「糒」組字確切的字形演變過程，但觀察其正、俗字，可大略推測「糒」的字形演變，應是由繁至簡，逐漸走向簡化。

「麨𪍓」之釋文提到，「下僃、步二音」，可知「糒」應有兩音，即「僃」或「步」。而由「乾䴢」、「麨䴢」、「麨䴢」、「麨䴢」、「麨糒」、「麨䊆」等詞中所

記錄的讀音可發現，「糒」音「俻」時，有兩種標音方式，分為：

1. 直音：音「俻」。

2. 反切：「平秘反」。

同時，「糒」讀為「俻」時，屬重唇音幫母，但到了俗字「麨」、「麱」等，則轉變為輕唇音非母，出現字音上的弱化。筆者推測，「糒」從原先的重唇音幫母擴展出輕唇音非母，應與當時唇音輕化，抑或當時人逐漸無法區分輕、重唇音有關。原先「糒」念為重唇音幫母的「俻」音，因唇音輕化，逐漸發展出讀作非母輕唇音的「麨」或「麱」音。也有可能，是因在五代十國時期，輕、重唇音正在開始產生對立，但大多數人仍無法區分輕、重唇音，容易弄混或念錯兩者之讀音。故在《可洪音義》釋文中，特意標註其讀音，用來強調輕、重唇音的差異、分別。藉此告訴當時人，何者應讀為重唇音，何種又讀為輕唇音。

此外，「糒」組字亦展現出可洪自身的見解及其欲矯正、糾正當時錯誤發音之意圖。如「乾麱」之釋文提到，「《玉篇》及郭氏並音夫，非也，又西川經音徒僧抵以來作笛、擲、麩三音，亦非也」可知，《玉篇》及郭璞注均認為，「糒」應念為輕唇音非母「夫」；西川經音徒僧則將「糒」讀作「笛、擲、麩」三音，可洪並不認同此觀點，認為三者皆非。而藉由當時韻書或僧侶之標註，「糒」讀作「夫、麩」，可作為前述對「糒」字音演變推論之佐證。因輕唇音化，抑或當時輕、重唇音正在開始產生對立，許多人無法區辨，誤將「糒」之字音，由原先重唇音幫母的「俻」，念作輕唇音非母的「夫、麩」。

觀察「糒」組字之釋文可知，「糒」之字音、義具搭配關係，讀音為「俻」時為名詞，其之所指為乾糧或糕點。「糒」讀「俻」時，字義有如「糗也，亦餹餔柔餻也」、「麨麱乾飯也」、「乾飯也，亦米餻也」、「餹糒」等，可知可洪認為「糗」較能說明「糒」之字義，可見對可洪而言，「糒」與「糗」應為近義甚至同義字。進一步分析釋文，可瞭解「糗」應為米或麥所製成的乾糧、糕點。據此，推測「糒」應為以麥、米等穀物所製成的吃食，可作為正餐或點心食用。由「餹糒」中「糖」之異體「餹」可推知，「糒」之口感應該偏甜。

同時，藉由「糒」組字出現於佛經中之文脈可知，「糒」組字之吃食應為素食，僧侶可食用。透過其他釋文描述，「餹餔柔餻」、「乾飯」及「米餻」可知，「糗」可能類似糕點、餅類的吃食，為澱粉類的加工食品，方便攜帶、保存。另外，「餔」之解釋為「申時，指下午三點到五點，或泛指黃昏時分，通

哺」〔註17〕，可知「餔」所指的時間應為申時或黃昏時分。若結合佛教「過午不食」的習慣，「𪍿」組字所指之吃食，應是此時所食用之糕點。即使僧侶需過午不能食，但佛教中所謂「不食」，應是指不再食用正餐，若感到飢餓，仍能用些點心止飢，即傍晚沙門欲進食時，常選擇的甜口糕點。

以可洪所謂四種謬誤情形來看，「𪍿」讀「餔」時所出現的謬誤，可能是因第二種錯訛，妄自增加或改動偏旁，任意用字，及第四種錯訛，即書寫錯誤，增加或刪減文字筆畫。「𪍿」讀「餔」時，字形上的錯誤頗多，可能原因有二：一為撰寫者擅改偏旁，如可以「䴹」、「麭」、「麺」等代替「𪍿」；二為書寫錯誤所形成的筆畫增減，如誤將「𪍿」寫作「粬」、「糒（糒、糒）」、「䊀」、「糒」等。

而「乾麭」中提到，西川經音徒僧將重唇音幫母「𪍿」念作舌音定母「笛」、澄母「擲」兩音。舌音「笛」、「擲」，與原先的重唇音「餔」相距甚遠。筆者並不清楚「𪍿」誤讀為「笛」、「擲」兩音之確切原因，尚無充分證據可以進行推論。可洪雖不認同將「𪍿」讀作「笛」或「擲」兩音，但卻特意標示，應是為了矯正當時之錯誤讀音。此外，「笛」、「擲」兩音的出現，亦可能是因梵文音或西川經音徒僧之自身方言音。據此，可洪假借相同讀音之「笛」或「擲」標示，既記錄錯誤讀音，亦提醒當時人正確讀音為何，與第三種謬誤情形，因漢文中無表示此概念、意義之文字，隨意以同音字進行假借不同。

（二）「𪍿」讀作「步」音

透過「麨䴹」之釋文可知，「𪍿」應為正字，「䴹」、「䴷」、「麺」應為俗字。且由「麨粬」、「麨糒」、「乳餔」、「乳哺」、「哺乳」等詞可發現，除了「麭」、「䴷」、「麺」三種俗字，應還包含「粬」、「糒」、「餔」、「哺」等寫法之俗字。此狀況應是受字形相近所影響，產生筆畫簡省。由此，可得出與讀作「餔」音時相同的推論：一為「𪍿」組字之正字應屬米部，而非麥部；二為「𪍿」組字之字形演變方向，應為化繁為簡，逐漸簡化。

「無𪍿」的釋文提到，「音餔，又蒲故反」，結合前述，「𪍿」有「餔」、「步」兩音可知，「𪍿」的另一音「步」，可寫作「蒲故反」。據「乳餔；蒲故反，音步」、「乳哺：音步，蒲悟反」可瞭解，「𪍿」讀為「步」時，亦有兩種

〔註17〕 《異體字字典》，網址：https://dict.variants.moe.edu.tw/variants/rbt/word_attribute.rbt?quote_code=QjA1NzI4，上網時間：2023/01/31。

標音法，分成：

1. 直音：音「步」。

2. 反切：「蒲故反」、「蒲悟反」。

從「乳餔」、「哺乳」兩詞，及「乳哺」之釋文，「含食餧子也。哺啥也。餧子也。」可知，若「糒」讀音為「步」，其詞性為動詞或動名詞，有餵食、餵養，或給予食物之意。且「乳餔」、「哺乳」、「乳哺」等詞唯字形及用字順序有些許差異，可能是因當時抄寫者對於讀「步」音之「糒」未有固定的寫法，讀「步」音之「糒」應為當時常用字。

由〈前序〉中所提之四種謬誤判斷，「糒」讀「步」時，其錯誤應與第二種錯訛，妄自增加或改動偏旁，任意用字，及第四種錯訛，即書寫錯誤，增加或刪減文字筆畫有關。「糒」可寫作「糱」、「糱」、「麵」、「糒」、「糒」、「餔」、「哺」等，應是因字形上出現兩種錯訛：一為「糒」之偏旁被任意改動；二為「糒」在書寫時出現錯誤，與原先相比，筆畫可能增加或減少。為了便於書寫，進行筆畫簡省，及書寫時筆畫增減的失誤，皆為謬誤形成的可能原因。

綜上所述，「糒」組字的音義謬誤，依據可洪之說法，其主要錯訛情形為第二種妄增偏旁，及第四種書寫筆訛。此外，可洪記錄「糒」可讀作「笛」或「擲」兩音，是為了矯正當時的錯誤讀音。

四、「䵌」組字

表 3 中之「䵌」組字，其組成包含三部分：一為與「䵌」字互通者；二為具相同反切，「古猛反」者；三為聲符「黃」或「廣」者。儘管並非所有「䵌」組字均展現出，麥部字與他部字之混用情況，但據此，可更瞭解麥部字之音義問題。

表 3 《可洪音義》中「䵌」及「穬」與他部字混用之例

編　　號	詞　　條	釋　　文	出處：佛典／頁數
3.	麄䵌	古猛反。	《滿願子經》，頁 29 《阿難問學經》，頁 30 《正法念處經》卷五十八，頁 58 《燈指因緣經》，頁 84
	麄䵌	古猛反。	《生經》卷二，頁 45
	麄䵌䵌	二同，上此正。	《正法念處經》卷六十一，頁 58

𪍓麥	上古猛反。 上古猛反，大麥之類。	《摩訶僧祇律》卷二，頁 90 《摩訶僧祇律》卷三十一，頁 98 《十誦律》卷八，頁 103 《十誦律》卷十三，頁 105 《十誦律》卷二十六，頁 108 《十誦律》卷四十二，頁 111
𪍓麥	上古猛反。	《十誦律》卷十三，頁 105
麁獷	古猛反。 音鑛。	《生經》卷一，頁 44 《根本說一切有部毗奈耶律》卷六，頁 116 《根本說一切有部毗奈耶苾芻尼律》卷十五，頁 129
獷爆	上古猛反。	《根本說一切有部毗奈耶律》卷十六，頁 118
獷烈	上古猛反，下力竭反。	《根本說一切有部毗奈耶律》卷三十八，頁 122
沙鑛	古猛反。	《十誦律》卷十六，頁 105
麁礦	古猛反。	《根本說一切有部毗奈耶律》卷四十一，頁 123
麁橫	古猛反，正作礦也，玉篇音黃非此呼，郭氏音獷是也。	《正法念處經》卷六十一，頁 58
蘇礦	上此乎反，米不精也，正作糠也。下古猛反，穀芒也。上又桑乎反，非也。蓋譯主未善方言故呼，薩竭為蔡竭呼，□礦為蘇礦也。	《大樓炭經》卷六，頁 17
無礦	古猛反。	《生經》卷五，頁 46
礦麥	上古猛反。	《摩登伽經》中卷，頁 33 《根本說一切有部毗奈耶律》卷二十一，頁 119
稻礦	上徒老反，下古猛反。	《舍頭諫經》，頁 34
麁穬	古猛反。	《生經》卷五，頁 46
穬米	上古猛反。	《根本說一切有部毗奈耶律》卷三十二，頁 121
穬蜜	上徒郎反，正作糖。	《根本說一切有部毗奈耶苾芻尼律》卷二十，頁 130

　　「麁𪍓𪌴」一詞中提及，「二同，上此正」可知，正字應寫作「𪍓」，「𪌴」
則應為俗字，兩字可進行通假。雖然在《廣韻》中，「𪍓」的聲符「廣」為牙音
見母；「𪌴」的聲符「黃」為喉音匣母，兩者之聲符有差異，但可能在可洪之時

代，「廣」、「黃」可相互通用。為了簡省筆畫及方便書寫，將「⿰麥廣」之聲符改換為讀音相同，且字形相似，但筆畫卻較少的「黃」，變成「䵃」。而與前節「⿰米黄」組字中之「麨䵃」一詞對照，可發現「䵃」除了可作「⿰麥廣」之俗字外，亦為「⿰米黄」之俗字。據此推測，當時「米」、「麥」兩部字，可能常相互通用，且偏旁「黃」、「廣」、「黄」之字形相似，可能因書寫方便或失誤，「䵃」被視作正字「⿰麥廣」及「⿰米黄」之俗字使用。

由「麁穔」之詞條中所提，「正作穬」可知，「穔」應為俗字，正字應寫作「穬」。以正字「穬」在 CBETA Online 中進行搜索，可發現「穬」之俗字頗多，如「橫」、「雜」、「積」等，皆可與「穬」互通，作為俗字之用。〔註18〕且由此亦可瞭解，「⿰米廣米」一詞中之「⿰米廣」，同樣為「穬」之俗字。據此，可與「穬」進行通假之俗字，有兩種可能：一為聲符相同，將聲符限定在「廣」及當時讀音相同之「黃」兩者，進行「穬」之偏旁改換，出現俗字如「穔」、「⿰米廣」、「橫」等；二為書寫錯誤，因字形相似，抄寫者在撰寫時，不慎增減文字筆畫，跑出如「雜」、「積」等文字。

觀察表 3 可發現，「⿰麥廣」組字之讀音皆念作「古猛反」。筆者推測，「⿰麥廣」讀為「古猛反」，可能與聲符「廣」之讀音、意義有關。翻閱歷代字、韻書可知，「廣」之字義確立較早，且更動幅度不大，多是指寬廣、高遠，《廣韻》中之「廣」寫道：「大也、闊也，古晃切」〔註19〕，「廣」之讀音應近似於物體撞擊聲，且所撞擊之物應頗為堅硬，如此，方能發出匡噹聲。由此，「廣」的讀音衍生、發展出堅硬、強硬之意。之所以出現偏旁「黃」之文字，如「䵃」，應是因「黃」與「廣」在當時讀音相同或相近，但「黃」之筆畫更為簡省，為書寫方便，因此被借來代替聲符為「廣」之文字。

儘管上表中，僅能見到「⿰麥廣」、「䵃」兩字互通之情形，但若在 CBETA Online 進行檢索，〔註20〕可發現「⿰麥廣」亦能與「獷」、「鑛」、「穬」、「橫」等，即偏旁為

〔註18〕於 CBETA Online 首頁的搜尋條中，輸入「穬」，搜尋完成後，於左側之「經典」中勾選《新集藏經隨函錄》作為篩選條件。可參見 CBETA Online，網址：https://cbetaonline.dila.edu.tw/search/?q=%E9%BA%A9&lang=zh。

〔註19〕〔北宋〕陳彭年、丘雍等編纂，余迺永校注：《新校互註宋本廣韻》，頁 313。

〔註20〕於 CBETA Online 首頁的搜尋條中，輸入「古猛反」，搜尋完成後，於左側之「經典」中勾選《新集藏經隨函錄》作為篩選條件。可參見 CBETA Online，網址：https://cbetaonline.dila.edu.tw/search/?q=%E5%8F%A4%E7%8C%9B%E5%8F%8D&l

「廣」或「黃」之文字通假。此外，將表 3 中之詞條與 CBETA Online 一同參照
後，[註21] 還發現可洪記錄「𪍿」的兩種標音法，分別為：

1. 直音：音「鑛」。
2. 反切：「古猛反」。

據此，可歸納出「𪍿」組字之通假，應為音同通假，因讀音相同所形成，
與部首較無關連。「𪍿」、「麧」、「獷」、「鑛」、「穬」、「橫」等可互相通假，可能
是因「𪍿」組字在當時屬常用字。抄寫者認為，即使任意用字，但依據上下文
之脈絡，讀者仍可掌握佛經原意，故在挑選文字上，並未精確，而是較為關注
書寫簡省及便利性。也可能因「𪍿」組字之字音與義相搭配，多為堅硬且能發
出撞擊聲，故撰寫者在書寫時，隨意改換部首，僅維持了讀音上的一致，皆讀
作「古猛反」。此外，亦可能是因當時抄寫者對於「𪍿」並未有固定寫法，「𪍿」
應為當時的常用字，故出現多種書寫方式。

儘管通過表 3，僅能掌握「獷」、「鑛」讀為「古猛反」，但據「麁獷」、「獷
爆」、「沙鑛」等詞，及 CBETA Online 中「獷」、「鑛」之查詢結果來看，[註22]
「獷」、「鑛」應皆為正字，且可與諸多偏旁為「廣」或「黃」之字互通。

透過「𪍿麥」之釋文，「大麥之類」瞭解，在可洪的觀念中，「𪍿」應屬穀物
類，為某一品種的大麥。而與前述對字音之推論一同分析，此種稱作「𪍿」的大
麥，可能整體上甚為堅實，符合其讀音「古猛反」所展現之意。雖然僅通過一句
簡短的說明，無法清楚得知「𪍿」之確切意思。結合 CBETA Online 中之相關字
詞，如「𪍿麥」、「麧麥」、「穬麥」等詞條，[註23] 可知可洪認為「𪍿」之字義有
兩種可能：一為某種大麥；二是指青稞。據此，「𪍿」組字應是由聲符「廣」的
讀音有堅硬、強硬之意所造，其後添加不同部首強化原先「廣」聲符的字義。如
在聲符「廣」旁添上麥部，成為「𪍿、麧」，說明此麥類頗為堅實。

而「穬」之字義，在「蘇穬」一詞中為「穀芒也」；CBETA Online 中提到

---

ang=zh，上網時間：2023/01/31。

〔註21〕於 CBETA Online 首頁的搜尋條中，輸入「古猛反」，搜尋完成後，於左側之「經
典」中勾選《新集藏經隨函錄》作為篩選條件。

〔註22〕於 CBETA Online 首頁的搜尋條中，輸入「古猛反」，搜尋完成後，於左側之「經
典」中勾選《新集藏經隨函錄》作為篩選條件。

〔註23〕於 CBETA Online 首頁的搜尋條中，輸入「古猛反」，搜尋完成後，於左側之「經
典」中勾選《新集藏經隨函錄》作為篩選條件。

「穬」之詞條；〔註24〕《廣韻》中「穬」為「穀芒，又曰：稻不熟」〔註25〕；《集韻》為「一曰稻未春」〔註26〕，可知在可洪的說明中，「穬」為禾穀上的芒刺或未成熟的禾穀，抑或尚未春殼之禾穀，與韻書中「穬」之解釋相同。由「穬」為尚未成熟或春殼之禾穀，可與前述對字音之推測相互佐證，「穬」應非常堅硬。

從〈前序〉所指之四種謬誤情形分析，「穬」組字之通假，應屬第一種、第二種及第四種錯訛。「穬」、「穬」、「獷」、「鑛」、「穬」、「橫」、「穬」等互通，可能原因有二：一為在讀音相同，皆讀為「古猛反」的前提下，隨意改動部首，「穬」組字皆可互通，相互代替；二為書寫時的筆訛，不留神增減了筆畫，出現不同部首及兩種聲符之俗字。此類謬誤情況，可能因「穬」組字皆為常用字，故撰寫者使用上較為隨性，任意改動、簡省筆畫。

此外，「糖蜜」一詞中之「穬」字，與前述「穬」組字無直接相關。「糖蜜」之釋文提及，「上徒郎反，正作糖」，其包含兩部分訊息：一為「穬」在此處應讀為「徒郎反」，而非「古猛反」，因其所指涉之文字，與原先的正字「穬」不同；二為「糖蜜」一詞中之「穬」，其正字應寫作「糖」，「穬」為俗字。「糖蜜」之詞條內容雖未提及字義，但就可洪所標示之字形、音來看，「穬」應寫為「糖」才正確，「穬」應屬錯訛字，可能是抄寫時的錯誤，或者「穬」、「糖」二字在當時曾可通用，因而以「穬」代表「糖」。

與可洪所提之四種謬誤情況相比較，詞條「糖蜜」中之「穬」應為第二種與第四種錯訛情形。可能書寫時，撰寫者為求簡便，任意將聲符由原先的「唐」改為「廣」，以「穬」表示「糖」。又或者，因眼誤或筆訛，誤將「糖」視作「穬」，及把偏旁「唐」寫成「廣」，因此出現「穬」當作「糖」來用之謬誤情況。

大體而言，「穬」組字的音義混用，按可洪之歸類，其主要錯訛情形應是受第二種妄增偏旁，及第四種書寫筆訛所影響。

〔註24〕於 CBETA Online 首頁的搜尋條中，輸入「穬」，搜尋完成後，於左側之「經典」中勾選《新集藏經隨函錄》作為篩選條件。可參見 CBETA Online，網址：https://cbetaonline.dila.edu.tw/search/?q=%E7%A9%AC&lang=zh，上網時間：2023/01/31。

〔註25〕〔北宋〕陳彭年、丘雍等編纂，余迺永校注：《新校互註宋本廣韻》，頁 317。

〔註26〕〔北宋〕陳彭年、丘雍等編纂，余迺永校注：《新校互註宋本廣韻》，頁 317。

五、結語

　　分析完「麧」、「𪍿」、「𪌴」三組字後，可知可洪在撰寫《可洪音義》時，嚴格遵照自身所訂之四種謬誤標準，不僅糾正了他人之錯訛情形，即使是修改他人之錯誤，亦合乎其原先所立之規範，而非隨意更換。

　　以〈前序〉中可洪所提之四種謬誤情況判斷，「麧」、「𪍿」、「𪌴」三組字之音義混用主要集中在第二種妄增偏旁，以及第四種書寫錯誤。三者皆是為了追求書寫上的簡便，或因眼誤、筆訛，任意改換偏旁及增添、減省筆畫，因而形成音義問題。其他特例，如表示魚名之「麧」，是因當時漢字無法表達梵文中的「麧」，僅能隨意以同音的「麧」假借。據此，在釋文中，可洪將其改為魚部「鮍」。可洪之作法是為了在字音、詞義上，均更為貼近梵文「麧」，並非不遵循自身所提出的謬誤準則。

　　簡言之，透過可洪於《可洪音義》中對形音義之見解，以及糾正他書、他人錯誤讀音之內容，有助我們瞭解《可洪音義》於訓詁上的價值。此部分尚有研究空間，未來可再進行深入研究與分析。

六、參考文獻

（一）傳統文獻

1. 〔後晉〕可洪，《新集藏經音義隨函錄》，《高麗大藏經編輯委員會》編《高麗大藏經》第 63 冊，北京：線裝書局，2004 年。

（二）近人論著

1. 〔宋〕陳彭年、丘雍等編纂，余廼永校注，《新校互註宋本廣韻》，上海：上海辭書出版社，2000 年。

2. 韓小荊，《〈可洪音義〉研究──以文字為中心》，浙江大學人文學院博士學位論文，2007 年。

3. 潘越，《說文解字》「食」部字研究，《牡丹江大學學報》第 25 卷第 4 期，2016 年，頁 47～49。

4. 魏曉燕，《食部字所蘊含的古代文化闡釋》，曲阜師範大學文學院碩士學位論文，2009 年。

（三）線上資料庫

1. 《異體字字典》：https://dict.variants.moe.edu.tw/variants/rbt/home.do。

2. 《中華古籍資料庫》之《可洪音義》敦煌殘版：http://publish.ancientbooks.cn/

docshuju/platformsublibindex.jspx?libid=1826196&libld=6。

3. 《漢字古今音資料庫》：https://xiaoxue.iis.sinica.edu.tw/ccr。

4. 中華電子佛典協會《CBETA Online 電子佛典資料庫》：https://cbetaonline.dila.edu.tw/zh/。